묵향 4
복수의 장

묵향 4

초판 1쇄 발행일 · 2007년 06월 22일
초판 4쇄 발행일 · 2021년 06월 30일

지은이 · 전동조
펴낸이 · 유용열
기 획 · 김병준
편 집 · 김은희, 유지원
펴낸곳 · 도서출판 스카이미디어

주소 · 서울시 동대문구 용두동 234-35번지 대명빌딩 201호
전화 · (02)922-7466
팩스 · (02)924-4633
E-mail · skymedia62@hanmail.net
출판등록 · 제6-711호

Copyright ⓒ 전동조 2021

값 9,000원

ISBN · 978-89-92133-09-8 04810
ISBN · 978-89-92133-00-5 (세트)

※ 온라인상의 불법 복제물의 유포나 공유는 저작자의 재산권을 침해하는
   중대한 범죄 행위로 관련법에 의거해 처벌 대상이 됩니다.
※ 작가와의 협의에 의하여 인지는 생략합니다.
※ 잘못된 책은 본사나 구입하신 서점에서 교환해 드립니다.

DARK STORY SERIES I

묵향

전동조 장편 판타지 소설

4
복수의 장

차례
복수의 장

심장을 찌른 칼 ·· 7

꿈꾸는 자들 ··· 26

정략결혼 ·· 47

복수의 첫걸음 ·· 62

백일취주(百日醉酒) ·· 78

또 한 걸음의 전진 ·· 86

술수 ·· 98

인질이냐 짐이냐 ·· 110

국화 향기 속에서 ··· 144

섬서분타를 비우다 ··· 155

간신과의 합작 ·· 168

차례
복수의 장

- 알 수 없는 미래 …………………………… 178
- 기습에 기습 ………………………………… 191
- 정사대전(正邪大戰) ………………………… 203
- 분투와 계책 ………………………………… 214
- 총타 공격 …………………………………… 224
- 강자의 자리 ………………………………… 241
- 제자리 찾기 ………………………………… 249
- 가는 것과 오는 것 ………………………… 258
- 사라진 탈마의 고수 ……………………… 270

[부록] 묵향 교주 취임 직후 마교 세력 편제 ……… 285

심장을 찌른 칼

 길지(佶止)는 오늘도 정연(鄭蓮)이 년하고 만나기 위해 '달구경'을 하러 나왔다. 사실 오늘은 달이 잘 보이지도 않았다. 그렇지만 군데군데 불을 밝히고 있는 외등에 비춰지는 그의 모습을 보고도 아무도 그의 달구경 행각에 대해 의심조차 하지 않았다. 사실 그가 이놈의 '달구경'을 명분으로 정연이 년하고 밤마다 놀아나고 있다는 사실을 모르는 사람은 거의 없을 정도였다.
 얼마 전 타주 암살 미수 사건이 일어났을 때 살기를 풍기는 몇몇 마인들을 보고 혼쭐이 났을 만도 하건만, 그는 전혀 개의치 않고 다음 날도 어김없이 정연이라는 하녀와 산책을 즐겼다.
 하인, 하녀들에게 독방은 주어지지 않았고, 적으면 네 명에서 많으면 2, 30명이 들어가는 큰 방에서 집단생활을 하는지라 처녀, 총각이 사귈 만한 오붓한 공간이 없다는 것 또한 사실이었다. 더

구나 나이가 젊을수록 큰 방에 왕창 때려 넣었다. 결혼을 한 하인, 하녀들은 한 방에서 지내도록 배려하지만 총각, 처녀들에게 그 정도 투자를 할 필요가 없다는 게 이 장원 주인의 신념인지 총각, 처녀들의 집단생활은 변하지 않았다. 하기야 나이가 젊을수록 신분은 낮을 수밖에 없으니 그런 식의 대접을 받는 것도 당연할 것이다.

사실 집단생활은 하녀들에게 정조를 지키는 데 매우 유리하다. 여자들이 한꺼번에 모여 있는 곳에 침입해서 여자를 건드릴 만큼 간 큰 자도 없을뿐더러, 만약 어느 놈이 미쳐서 뛰어 들었다고 해도 그 많은 여자들을 모두 다 비명도 못 지르게 제압해야 한다는 문제점이 있었기 때문이다.

언젠가 열두 명의 젊은 하녀들이 자는 방에 여섯 명의 하인들이 침입했다가 비명 소리에 출동한 무사들에게 잡혀 반죽음이 되었다는 말이 전해지지 않는가? 하지만 그런 유리한 점이 있는 반면 배우자를 만드는 데 가장 불리한 게 또 집단생활이다. 여자들은 여자들끼리, 남자들은 남자들끼리……. 하는 일이 다르다 보니 낮에는 도저히 만날 가능성이 없다. 그렇다면 밤에라도 오붓하게 만나 대화로써 정을 쌓아 나가야 하는데, 그럴 공간이 없는 것이다.

하지만 정연이에게는 아주 운이 좋게도 길지라는 성실한 남편감이 생겼고, 그들은 밤마다 달구경을 하면서 친해졌다. 어디에 내놓기도 힘든 외모 때문에 '이러다가 결혼도 못 해 보고 죽는 게 아닌가' 하고 불안해하던 정연이의 마음은 매일 계속되는 달구경 속에서 사라져 가고 있었다. 하지만 이놈의 목석같은 길지는 자신의 마음을 아는지 모르는지, 아직도 혼인 얘기를 꺼내지 않았다. 그 둘의 달구경 행각은 거의 다섯 달이 다 되어 오고 있었는데도 말이다.

  길지가 정연이를 좀 더 으슥한 곳으로 데리고 들어가면서 처음의 가벼운 입맞춤은 이제 제법 농도가 짙어졌고, 길지의 손은 어느 결에 정연이의 말캉하면서도 탄탄한 젖가슴을 주무르게 되었다.

  야밤에 으슥한 곳에서 주고받는 서로에 대한 달콤한 애무를 멀찍이서 훔쳐보던 금석(金奭)은 입맛을 쩍쩍 다시며 옆의 동료 장경(張莖)에게 속삭였다.
  "오늘은 뭔가 할 것 같지 않냐?"
  금석과 같이 검은 옷으로 잘 위장하고 낮게 엎드려 있던 장경은 그쪽 풍경은 볼 가치도 없다는 듯 주위를 두리번거리며 시큰둥하게 대꾸했다.
  "뭘? 저러다가 또 그냥 돌아가겠지. 병신 같은 녀석……. 완전히 밥이 다 익고 뜸까지 들었는데, 또 시간을 끈단 말이야. 저러고 앉았다가 죽 쒀서 개 주지……."
  금석은 두 하인들의 하는 짓거리를 보다가 또다시 낮게 속삭였다.
  "아무래도 오늘은 할 거 같은데?"
  "저 병신 같은 녀석은 안 돼. 한 달 전부터 저 하녀 유방을 주물러 댔으면서 아직까지 더 이상 진도가 안 나가는 거 보면 오늘도 글렀어."
  "그래도……."

"아, 글쎄 보초나 제대로 서. 저 연놈들 하는 거 구경하려면 반년은 더 있어야 할걸?"

장경의 시큰둥한 대꾸에도 불구하고 금석의 생각은 조금 다른 모양이다. 그는 나지막하게 음흉한 웃음을 흘리며 말했다.

"흐흐흐, 그래도 보초 서면서 유일한 낙이 저거 구경하는 거 아니겠냐? 저것들은 우리가 보는지 꿈에도 모르고 있겠지만 말이야. 그 덕분에 여기서 보초 서려면 얼마나 경쟁이 심한데? 네놈도 혹시나 구경할 수 있을까 해서 이리 온 거잖아."

"어쨌든 오늘도 아닐 거야?"

"아냐, 어쩌면 오늘 할지도 몰라."

계속 치근덕거리는 금석을 향해 장경이 한 가지 제안을 했다.

"저것들이 안 한다는 데 열 냥 걸지."

"나는 한다는 데에……."

걸어 오는 내기를 마다할 정도로 쫀쫀한 금석이 아니었기에 둘의 내기는 곧이어 성립되었다.

"열 냥 벌었군, 흐흐흐."

장경과 금석은 서로의 승리를 자신하며 자그마치(?) 동전 열 냥씩을 걸었다. 원래가 마교에서는 수하들이 무공에만 전념해야만 한다는 미명 아래 봉록이 매우 짰다. 그들이 건 돈은 딴 사람들이 봤을 때는 소액인지 몰라도 그들에게는 꽤 큰 돈이었다.

금석과 장경은 외당과 내당 사이의 열두 곳에 투입된 24명의 보초들 중 한 조였다. 다섯 달쯤 전부터 시작된 하인과 하녀의 달구경은 이곳에 보초를 서는 자들 중에서 모르는 사람이 없을 정도로 소문이 자자했다. 그런데 사내 녀석이 어지간히 숫기가 없는지 마냥 느려 터져서는 구경하는 사람 복장 터지게 만들고 있는 것이다.

둘은 꽤 으슥한 곳이기는 하지만 언제나 같은 장소에서만 만났고, 그게 마침 제8조가 보초 서는 부근이었기에 고것들이 하는 행동이 그곳에서는 상당히 자세히 보였다. 거기에 보초 서는 인물들은 마교에서 잔뼈가 굵은 우수한 고수들이 아니던가? 이 정도 어둠은 그들의 안력(眼力)으로 봤을 때 아무런 장벽이 되지 못했고, 행여 바람을 잘 만나면 그 둘이 속삭이는 소리까지 들을 수 있었다. 그 때문에 초기에 그 둘이 언제 할 건지에 대한 내기가 오고 갔다. 그런데 사내 녀석이 미적거리는 통에 '얼마 안 있다가 사고(?) 친다'는 쪽에 걸었던 자들은 모두 다 피 같은 돈을 날려야만 했다.

거의 2각(30분) 정도가 지난 후 두 연놈들의 하는 짓거리를 감상 중이던 금석이 장경의 옆구리를 살짝 찔렀다. 장경이 고개를 돌리니 그 둘이 자리를 옮기고 있었다. 아무래도 오늘 따라 하는 짓거리가 조금 이상했다. 앞으로 한 시진(2시간) 정도는 더 쑥덕거려야 정상인데, 벌써 일어서다니? '오늘 진짜 하려나?' 하는 생각이 들기 시작했다.

둘은 조금 더 움직여 더 구석진 곳에 처박혔다. 그 뒤쪽은 아예 벽으로 막혔고 앞쪽에는 물건이 야트막하게 쌓여 있기에 보는 이들의 시야를 방해하고 있었다.

'저것들이 오늘 정말 뭔가 하려나? 제길, 열 냥 잃었군. 이렇게 된 거 구경이라도……'

장경은 군침을 꼴딱 삼켰다. 사내 녀석이 여자를 끌고 간 곳은 며칠 전 물건을 다 꺼내서 비어 있는 창고였다. 물건이 없으니 문을 잠가 놓지 않았고, 자연히 둘이 숨어 들어가기에는 안성맞춤이었다. 거기가 아늑한 둘만의 공간일 테니…….

그 둘은 이제 별빛마저 비치지 않자 자그마한 등에 불을 붙여 들고 창고 안으로 들어갔다. 환기가 잘되어야만 오래 저장할 수 있는 물품들을 넣어 두는 창고였기에 창문이 제법 널찍했다. 그들은 마침 뚫려 있는 창문 앞에 자리를 잡았다. 창문에 창호지를 발라 놓기는 했지만 물건이 없으니 그 창문마저 다 열어 놔서 안에서 하는 짓거리를 보는 데는 아무런 지장이 없었다.

하지만 문제는 그다음에 생겼다. 사내 녀석이 계집을 꼭 껴안으며 주저앉아 버리자 둘의 대가리만 보일 뿐 뭔 짓거리를 하는지 도통 알 재주가 없었다. 오늘은 그런 대로 바람의 방향이 좋아서 소곤거리는 말소리가 들리긴 했지만 무슨 소린지 명확하지는 않았다. 보초를 서던 금석과 장경은 군침을 꿀꺽 삼키면서 청각에 온 신경을 집중시켰다. 이것들이 어떻게 하느냐에 따라 열 냥의 돈이 주인을 뒤바꾸는 불행한 사태가 벌어지기 때문이다.

이때 계집이 살며시 일어섰다. 옆에 있는 등불의 약한 불빛 때문에 계집의 표정까지 다 보일 정도였다. 놀랍게도 계집은 천천히 옷을 벗기 시작했다. 오옷! 이런 좋은 구경거리를 둘이서만 볼 수는 없는 노릇. 하여튼 거기에 걸린 내기 돈이 엄청났기에 두 연놈의 행동은 모든 보초들의 공통적인 관심사였다.

금석은 살며시 신호를 보내 주위에 있던 동료들에게도 관음(觀淫)의 즐거움을 선물했다. 살짝 보낸 신호였지만 주위에 퍼져 있던 녀석들은 모두 다 모였는지 금석의 주위에는 여덟 명 정도의 동료들이 둘러서 있었다. 모두 입을 헤 벌리고는, 얼굴은 별로였지만 통통한 몸매에 봉긋한, 매우 탄력이 있을 듯한 아름다운 유방이 드러나는 광경을 정신없이 구경했다.

이때 한 곳에 보초들이 집중되면서 벌어진 틈으로 유유히 진법을 돌파하는 남자가 있었다. 그의 의도대로 보초들이 한 곳에 집중된 듯 주위에 인기척이라고는 느껴지지 않았다. 사실 보초들이 지킨다고 해도 그의 능력으로도 조용히 돌파할 수 있겠지만 문제는 진법이었다. 그는 진법에 대해서는 완전히 깡통이었기에 아주 서서히 돌파해 들어갈 수밖에 없었고, 까딱하면 보초들에게 들킬 우려도 있었다.

하지만 보초들이 매복하는 장소들이 진법의 돌파가 가능한 몇 곳 안 되는 생문(生門)의 위치라는 것은 진법의 왕초라도 눈치챌 수 있는 사실이다. 생문은 보초들이 막고 있지만 몇 장 되지도 않는 그 가까운 거리를 두고 보초들의 이목을 속이면서 침투해 들어간다? 그건 거의 불가능에 가깝다. 그렇다면 보초들을 죽이고 들어가면? 타 문파의 보초들과 달리 그들의 막강한 실력으로 미루어 짐작하건대, 그것 또한 불가능까지는 아니겠지만 그에 준할 정도로 힘들 것이다. 전에 들어왔다가 돌아가신 자객도 그게 불가능함을 알고 수면제를 풀어서 모두 비몽사몽간 헤매게 만든 후 들어가지 않았던가?

하지만 똑같은 수법이 두 번 통할 리는 없었다. 그는 이곳의 주인이 중상을 입었다는 소문을 듣고 호기를 놓칠 수 없다는 생각에 조금 무리를 하더라도 진법을 뚫고 들어가려고 했었다. 하지만 위에서 비밀리에 '아무래도 뭔가 수상한 점이 많으니 좀 더 사태를 관망하라'는 지시가 내려왔다. 사실 이 집 주인이 그 정도 치명적 상처를 입었다면 그의 적들이 아직까지 조용할 리가 없었다. 그는 시간이 좀 지나서 이곳 주인이 단지 장기간의 외출을 했을 뿐, 멀쩡하다는 걸 알아냈다. 그래서 그는 더 치밀하게 준비를 했고, 이제서야 자신의 계획을 조심스레 실행하기에 이른 것이다.

외당에는 대단히 많은 수의 첩자들이 활동하는 게 분명했다. 이번 비무대회를 통해 2천여 명을 선발하자마자 그에게 곧바로 진법의 침투 경로가 자세히 그려진 지도가 살며시 도착했을 정도니 두말할 나위도 없었다.

진법을 통과하여 내당으로 들어선 그는 파해법이 담긴 종이를 완전히 찢어 입속에 넣은 후 꼭꼭 씹어 꿀꺽 삼켜 버렸다. 자신이 통과해 온 백영환혼진(魄影還混陣)은 살상용 진법이 아닌 환영을 통해 외당에서 내당으로 들어가는 것만을 저지하는 진법이다. 대신 내당에서 외당으로 나가는 데는 진법이 아무런 영향을 주지 않으므로 그냥 통과하면 되도록 설계되어 있다. 철저히 외부에서의 침입은 힘들게, 내부에서 외부로 진출하기는 쉽게 된, 아주 강력한 고수들을 내부에 많이 보유한 곳에만 설치할 수 있는 진법이었다.

어두운 곳에 몸을 감춘 그는 보초들이 제 위치로 돌아가는 것을 언뜻 느꼈다. 이곳으로 들어오기 위해 무려 다섯 달 동안 공을 들인 계집이다. 그의 최면술(催眠術)에 걸려 사랑하는 상대와 정사(情事)를 벌이는 줄 알고 헥헥 대다가 아마 지금쯤은 탈진해서 뻗었을 테니, 내일 아침까지는 잠들어 있을 것이다. 보초들도 정사를 나누는 계집의 간드러진 신음 소리가 멈추었으니, 입맛을 다시며 제자리로 돌아가서 또다시 보초의 임무를 충실히 수행할 게 분명했다.
 그는 조용히 안으로 침투해 들어갔다. 분타주의 방이 어딘지는 대단히 알아내기 힘들었다. 내당에는 하인들도 믿을 수 있는 인물들만 뽑혀 들어가기 때문이다. 하지만 그들의 입을 통해 살며시 내당의 사정이 퍼져 나갔고, 대략적인 위치도 파악되고 있었다. 거기에 상대는 현경의 고수라 그런지 일부 귀찮은 목표물들처럼 방을 자주 옮기지도 않았다. 하여튼 대단한 자신감이었다. 그 덕분에 지금 명을 재촉하고 있는 것이지만…….
 '사실 그 정도 약점도 안 드러내면 죽일 방법이 없지…….'
 그는 살며시 타주가 머무는 방의 마루로 다가갔다. 가까이 갈수록 그는 더욱 자신의 기척에 신경을 썼다. 될 수 있으면 기(氣)를 쓰지 않아야 했기에 그의 행동은 느릴 수밖에 없었다. 최고의 은잠술을 사용하여 소리라고는 정말 낙엽 떨어지는 소리 정도도 내서는 안 되는 것이다.
 그는 마루 아래, 두 짝의 신발이 놓여 있는 섬돌 뒤로 들어가서 자리를 잡았다. 그리고는 서서히 귀식대법(鬼息大法)까지 운용해서 자신의 기척을 완전히 없애 버렸다. 일반적인 경우 기환술(欺幻術) 따위를 이용해서 몸체를 아예 땅속에 숨기기도 하지만 괜히 내공이 많이 사용되는 그런 고급 기술을 써먹으면 오히려 뛰어난 고수에게는 발견되기 쉬웠다. 전통적인 방법으로, 최대한 기척을 없애는 게 성공할 확률이 높다.
 그가 가사 상태로 들어가기 직전 최후로 한 일은 허리띠에 꽂아둔 비장(秘藏)한 쇠꼬챙이 손잡이를 꼭 쥐고서 자신의 배 위에 올려놓은 것이었다. 이제 모든 준비는 끝났다. 목표물이 오기만을 기다리면 되는 것이다.

"타주님, 말씀하신 명단을 작성했습니다."
"호오, 수고했네. 어디 보세나."
설무지는 두툼한 종이 뭉치를 조심스레 건넸다.
"화경에 이르는 일부 고수들을 제외하고는 우열을 가리기가 아주 어려워서 2천5백 명 정도로 늘어났습니다. 이것이 그 명단과 그들의 상세한 내력입니다."
묵향은 설무지가 건네준 서류 뭉치들을 만족스런 표정으로 대충 뒤적이며 말했다.
"흐음, 일단 그 실력 덕에 무림에 드러난 인물들은 첩자일 가능성이 없어서 좋지. 문제는 이놈들을 어떻게 포섭하느냐 하는 것이로구먼."
"그렇습니다. 그래도 그들은 뚜렷이 어떤 파에 귀속되지 않은 걸출한 인물들이니, 먼저 잡는 사람이 임자라고 봐야겠죠."
"그런데 여기 첫 번째에 올려진 이 녀석의 실력이 그렇게 뛰어난가?"
"불계불황(不戒佛皇)을 말씀하시는 것이라면 그렇습니다. 3황 5제 4천왕을 모르십니까? 그는 누가 뭐라 해도 3황의 수위를 차지하는 괴물인지라……."
"4천왕하고 두 명의 황(皇)은 잘 알지. 한 사람은 내가 죽였고, 한 놈은 내가 필히 죽여야 될 놈이니까. 그 외에는 잘 몰라. 그런 것에 신경을 쓴 적이 없으니까 말일세. 그런데 그런 고수가 왜 이토록 세력이 없는가?"

"그자가 천성적으로 도당(徒黨)을 형성하는 것을 싫어하기 때문이죠. 남을 부리는 것도 싫어하지만 남에게 귀속당하는 것은 더욱 싫어하는 사람입니다."

"불계(不戒)? 지키는 계율(戒律)이 없다는 건가? 이 녀석은 파계승이냐?"

"예, 그건 누구나 다 잘 아는 사실입니다. 공공(空空)대사라면 소림사의 전대(前代) 장문인이었던 공지(空知)대사의 사형이지요. 그는 소림 무예의 대부분을 통달한 기재였는데, 너무 무공에 힘을 기울이다가 주화입마를 당하는 바람에 마기가 골수까지 뻗쳐 그만 돌아 버렸죠."

그러자 묵향은 시큰둥한 어조로 되물었다.

"미쳤다면 쓸모없는 인간 아닌가?"

"헤헤, 그것도 완전히 미쳐야 되는데 아주 조금, 조금만 미쳐 버려서 인간성이 완전히 바뀌어 버렸으니 더 큰일이죠. 음탕하고 호색한 데다 탐욕이 목구멍까지 차서, 지금은 소림사에서도 아예 자사(自寺)에서 배출한 고수라는 것을 숨기기에 급급할 정도니까요."

"그럼 더 이상 먹칠하기 전에 없애 버리면 될 텐데, 왜 그렇게 신경을 쓰나?"

"그게 불가능하니까 그렇죠. 타주께서도 어떤 면에서 보면 그와 비슷한 입장이 아니십니까?"

묵향은 이제서야 이해가 되는 듯 고개를 주억거렸다.

"흐음, 그렇군. 이 녀석은 지금 어디에 있지?"

"산속에 토룡문(土龍門)이라는 문파를 하나 세워 놓고는 수하 1백여 명을 거느리고 주지육림의 쾌락 속에 파묻혀 살고 있죠. 말은 문파인데, 깡패 소굴이나 다름없이 별의별 불법적인 사업들을 벌여서 주변에서 금전을 훑어 들여 그 비용을 조달하는 모양입니다. 거기에 툭하면 반반한 계집들을 납치해 가는데도 그놈의 무공이 원체 강한지라…….''

"도대체 어느 정도인가?"

"모두 그를 3황의 우두머리로 취급할 정도입니다. 하는 짓과는 달리 아직도 불문의 정통 무공을 기억하고 사용하는 것을 보면 완전히 미치지는 않은 것이 확실하죠. 역근신공(易筋神功)의 대가로 알려져 있습니다."

"그래, 구미가 당기는 인물이군. 그런데 두 번째로 기록된 만통음제(萬通音帝)는 또 뭔가? 5제에 들어가는 인물인가?"

"예, 어쩌다 한 번씩 나타나서 신비한 척하는 인물입니다. 하는 짓은 공명정대한데, 성질이 더럽고 손속이 잔인해서 정사의 중간에 놓이는 인물입니다. 이자도 아마 뚜렷한 단체는 없는 것 같습니다. 음공(音功)의 고수지요."

"이놈도 탐이 나는군. 이놈의 위치를 확실히 파악하도록!"

"존명!"

묵향은 그 서류 뭉치들을 뒤적이다가 갑자기 가볍게 미소를 지었다.

"이 녀석 명호가 걸작이군. 비사비협(非邪非俠)이라…….''

"명호에 비해서 아주 뛰어난 인물입니다. 다만 문제가 있다면…….''

"뭔가?"

"중원인이 아닙니다."

"새외 무림의 인물인가?"

"예, 가끔 무공 자랑을 한다고 중원에 나오기는 하는데, 요즘은 어디로 숨었는지 잠잠합니다."

"그렇다면 여기 쓰여 있는 인물들 중에 위치를 정확히 알 수 있는 인물은 몇 명인가?"

"8백여 명 정도죠. 대부분이 떠돌이 고수들이라 정확한 위치 파악이 불가능한 실정입니다."

"그렇다면……. 으음, 실력이 어중간한 녀석들은 이번에 새로 들어온 녀석들에게 맡기기로 하지."

"믿을 수 있습니까?"

"어느 정도는 믿을 수 있어. 만약 그자들 중에서 첩자가 있었다면 아마 그들은 이리 오지도 못했을 거야. 그러니 그 녀석들의 영입은 여지고 수석장로에게 맡기고, 여지고 장로에게 혹시나 있을지 모르는 배반에 철저히 대비하라고 지시하게."

"존명!"

"사실 그 녀석들을 확실히 믿을 수는 없으니까 아예 외부에 일거리를 줘서 보내 버리는 편이 좋을 거 같아서 하는 말이야."

"현명하신 판단입니다."

"밤도 깊었는데 이만 가 보게. 내일 마저 얘기하기로 하지."

"예."

"참, 홍진 막주에게 연락해서 포섭할 자들의 위치를 더욱 세밀하게 조사하라고 지시하도록. 겨우 8백 명 정도만 위치를 알아서야 뭘 하겠나?"

"알겠습니다. 그럼 편히 쉬십시오."

묵향은 설무지가 나가자 방 중앙에 좌정하고 명상에 들어갔다. 이제 서서히 꼬리가 잡히기 시작한, 대지의 기를 포착하는 작업을 시도 때도 없이 하고 있었던 것이다. 조금만 더 하면 깨달음을 얻을 수 있을 것만 같았기에 그는 요즘 들어서는 아예 잠을 자지 않고 있었다.

다음 날 새벽 그는 누군가가 자신이 있는 곳으로 다가오고 있다는 것을 느낄 수 있었다. 미세한 대지의 진동……. 그는 조금씩 자신의 육체가 깨어나도록 만들었다. 하지만 너무 많이 깨어나면 안 된다. 아주 조금만, 약간씩의 움직임 정도만 가능할 정도로…….

그리고 그는 배 위에 올려놨던 쇠꼬챙이를 천천히 위로 들어 올렸다. 다리 두 개가 보였다. 물론 상대는 마루에 걸터앉아 편안한 자세로 가죽신을 신고 있었다. 지금!

푹!

그의 쇠꼬챙이는 곧장 마룻장을 뚫고 위로 솟아올랐다. 그리고 곧바로 반응이 있었다. 사람의 육체를 뚫고 들어가는 그 미세한 감각이 말이다.

사람의 몸은 금강불괴(金剛不壞)니 호신강기(護身剛氣)니 하면서 수련할수록 무지막지한 방어력을 갖게 된다. 특히 공력이 높은 고수일수록 그 보호의 벽은 두터워서 웬만한 보검으로도 깊은 상처를 입히는 게 불가능할 정도였다. 하지만 그것은 자신의 몸을 보호할 때의 얘기고, 아무런 대비도 없이 진기의 유통이 막혀 있을 때는 보통의 살이요 가죽이었고 또한 뼈다귀였다. 강철과 같은 강도(强度)를 유지할 수는 없는 것이다.

 묵향은 아침에 일어나서 신발 신다가 엉덩이에 구멍이 뚫리는 황당한 일을 당했다. 쇠꼬챙이가 몸에 닿는 순간 거의 무의식적으로 몸이 반응한 덕분에 깊은 상처는 입지 않았지만 그래도 반 치(약 1.5센티미터) 깊이의 구멍이 뚫린 것이다. 묵향이 본능적으로 재빨리 뒤로 물러서는 사이, 마루 아래에서 엄청난 예기를 뿜어내는 2척 길이의 보검을 든 검은 복면의 인물이 튀어나와 묵향을 향해 무자비한 공격을 퍼부었다.
 묵향은 상대의 하는 짓거리가 꽤나 재미있었기에 천천히 죽일 생각으로 그의 공격을 손쉽게 막아 내며 뒤로 물러섰다. 아무리 상대가 강하다손 치더라도 이미 물 건너간 일이었다. 이제 묵향은 놈의 존재를 알아차렸고, 그 대가는 아주 작은 상처 하나일 뿐이었다.
 푸르스름한 기운이 감도는 묵향의 맨손과 상대의 짧은 보검이 부딪치면서 불꽃이 튀었다. 묵향은 일부러 그를 한껏 밀어붙여 서로 간의 간격을 벌렸다. 상대는 거의 1장 반 정도 뒤로 튕겨 나갔다가 중심을 잡고는 다시 검을 겨누었다. 그는 아직도 상대를 죽일 수 있을지도 모른다는 망상을 못 버리고 묵향의 빈틈을 노렸다. 그놈은 현경의 고수를 상대로 이제 본격적인 정면 대결을 하려고 드는 것이다. 간이 큰 건지, 자신의 실력을 믿는 건지…….
 "크흐흐흐, 제법 간덩이가 큰 놈이군. 실력도 대단하고……. 본좌를 속이고 엉덩이에 구멍을 뚫다니, 그대의 실력을 높이 사 편히 저세상에 가게 만들어 주지."

　묵향은 급할 게 없다는 듯 이제서야 천천히 묵혼검을 뽑아 들었다. 어떤 무공으로 저놈을 토막을 칠까 궁리를 하면서. 하지만 그는 곧 자신의 몸에 뭔가 이상이 있다는 걸 알아차렸다. 정신이 핑핑 도는 것 같은 느낌을 받으며 묵향이 물었다.

　"도대체 뭐냐? 독은 아닌 것 같은데?"

　"당연히 독이 아니죠. 만독불침인 현경의 고수에게 독을 쓰는 놈이 있겠소? 독한 몽혼약(曚昏藥)에 춘약(春藥)이랑 산공분(散功粉)도 좀 섞었죠. 어때요? 뿅 가는 기분 아니오?"

　묵향은 핑핑 도는 정신을 억지로 붙잡으며 또박또박 말했다.

　"흐흐흐, 내 몸에 약 기운이 퍼질 때를 기다리고 있었군. 누가 언제 올지도 모르는 이 상황에 자네의 그 배포는 인정해 줘야겠군. 하지만 실력도 그 정도 되는지 궁금한데……."

　마룻바닥이 부서지고 초반의 격돌로 그렇게 큰 소리가 났는데도 눈치 채지 못할 정도로 미련한 인물은 이곳에 없었다. 묵향의 개인 호위들과 분타에 남아 있던 천랑대의 고수들이 달려왔다. 그들은 곧 묵향의 앞에 검을 들고 서 있는 흑의 복면인을 볼 수 있었다. 그들은 저마다 무기를 뽑아 들고 그 복면인을 향해 달려들었지만 묵향의 목소리에 멈춰야 했다.

　"멈춰라……. 본좌를 찾아온… 손님이다."

　흑의 복면인은 묵향이 직접 손을 쓰려고 들자 약간은 놀라는 듯했다. 상대가 자신의 실력을 과신하는 것인지, 몸의 상태도 아랑곳하지 않고 자신에게 직접 나서려는 것이다.

　'그렇다면 아직 기회는 있지.'

"흥! 지금쯤 정신이 없을 텐데 무리하는 거 아니오?"

 복면인의 속셈은 비꼬는 듯한 어조에서 확실히 드러났다. 여기서 탈출은 불가능. 그렇다면 목표물이라도 확실히 죽여야 할 텐데 다른 사람이 끼어들면 그것도 불가능하니 슬슬 긁어서 상대가 직접 손쓰게 만들려는 것이다.

 하지만 묵향의 목소리는 전혀 그런 것에 자극을 받지 않은 것처럼 평온했다. 묵향은 한자 한자 또박또박 말했다.

 "자네의 실력을… 한번 보고 싶군."

 묵향이 검을 천천히 위로 들어 올렸다. 급속도로 공력이 흩어지는 건 저따위 살수를 상대하는 데는 별 문제가 아니었지만 문제는 그놈의 몽혼약과 춘약……. 온몸의 혈관이 계집을 찾아 불타올랐고 점점 더 의식이 흐릿해졌다. 더 이상 시간을 끈다면 어떤 사태가 벌어질지 묵향 자신도 장담하기 어려웠다.

 묵향은 그대로 상대를 향해 몸을 날리며 직접 공격을 시도했다. 묵향의 눈에는 상대가 둘이 되었다 넷이 되었다 해서 상대와의 거리조차 잡기 어려웠다. 곧 상대의 검이 여러 개로 나뉘어 자신을 향해 덮쳐 왔다. 평상시라면 문제될 거리도 아니었지만 묵향은 그것들 중에서 어느 것이 진짜인지 알 수가 없었다. 묵향은 그대로 몸속의 공력을 모아 터뜨리며 상대를 향해 검을 휘둘렀다. 그와 동시에 강력한 반월형의 푸른 검강이 형성되어 상대를 향해 날아갔다.

 상대는 그 강력한 공격에 놀라 혼신의 공력을 쏟아 부어 방어에 들어갔다. 묵향이 자신과 일대일 대결을 하겠다는 의사를 밝혔을 때, 솔직히 그는 묵향이 돈 것이 아닌가 하는 생각을 했다. 그만큼 자신이 사용한 약물은 대단한 것이었다. 무림인치고는 작은 덩치를 하고 있는 묵향의 네 배쯤 되는, 황소만 한 인간에게 쓴다고 해도 단 한 방울이면 정신을 잃을 정도로 그 약은 효과가 좋았다. 하지만 묵향과 대결을 하며 그는 묵향의 정신이 제대로 박혀 있다는 것을 확인할 수 있었다. '현경'이란 경지가 딱지치기해서 얻을 수 있는 것이 아니기 때문이다.

펑!

그 막강한 강기를 받아 내며 네다섯 걸음 뒤로 밀리기는 했지만 아직은 견딜 만한지 침입자는 입가에 피를 흘리면서도 재차 공격을 시도했다. 묵향은 그의 공격을 간단히 막아 내며 압도적인 공세를 퍼부었다. 하지만 묵향이 그놈의 약 기운 덕분에 마지막 치명적인 일격을 날리려다 잠시 주춤한 사이, 흑의 복면인은 미세한 기회를 포착하고 묵향의 심장에 검을 틀어박는 데 성공했다. 그와 동시에 묵향에게서 뿜어 나온, 반탄 강기라고 보기에는 무리가 있을 정도로 엄청난 기운…….

펑!

흑의 복면인은 그 강대한 기운에 2장여를 쭉 밀려 벽에 부딪쳤다. 복면인은 뒤로 밀리지 않으려고 천근추(千斤錘)의 수법을 사용했기에 그가 밀려간 땅에는 깊은 흔적이 파여 있었다. 복면인은 벽에 부딪친 것이 충격이었는지 아니면 그 엄청난 기운 때문에 내상을 입은 탓인지 벽에 부딪치는 순간 분수와 같이 피를 토했다. 그런 후 잠시 비틀거리더니 그대로 뻗어 버렸다.

묵향은 두 번째로 자신의 심장에 박힌 검을 잠시 멍하니 바라봤다. 모든 게 자신의 자만심 탓이니 누굴 탓할 수도 없었다. 그렇기에 묵향이 천천히 쓰러지면서 내뱉은 말은 이것이었다.
 "제길, 약 기운 정말 세군……. 아주… 뽕 가는데…….."
 묵향이 쓰러지자, 무모한 묵향의 행동에 대해 내심 욕설을 퍼부으며 인근에 유명하다는 의생을 부르러 가는 패거리, 뻗어 버린 살수의 몸속에서 자살용 독약을 꺼내고 감옥에 집어넣는 패거리, 또 쓰러진 묵향을 방 안으로 조심스레 옮기는 패거리, 하여튼 순식간에 발생한 일로 북적대기 시작했다.

꿈꾸는 자들

"놀라운 일이 벌어졌습니다."
그러자 발 뒤쪽에 있는 여인의 부드러운 목소리.
"뭔가요?"
"장인걸이 교주가 되는 데 성공한 모양입니다."
"설마…, 한중길 교주가 그렇게 호락호락한 인물은 아닌데……. 그리고 그는 결코 장인걸보다 하수가 아니잖아요?"
발 뒤편에서 들려오는 여인의 목소리는 약간이지만 떨리고 있었다. 그만큼 이번에 일어난 일은 그녀의 예상을 완전히 벗어난 것이었다. 또 한중길에 비한다면 대단히 호전적인 장인걸이 교주가 됨으로써 얼마나 많은 변화가 무림에 일어나게 될지 예측조차 하기 힘들었다.
"그야 그렇죠. 이 일은 아무래도 무림맹주의 실종과 관계가 있는 모양입니다. 마교 쪽에서 흘러 들어온 정보에 의하면 무림맹주 옥청학까지 지하 감옥에 갇혀 있다고 합니다. 물론 신뢰하기 힘든 정보이기는 합니다만……."

발 안쪽의 여인은 잠시 생각하는 듯하더니 입을 열었다.

"흐음, 그렇다면 한중길이 맹주를 만나기 위해 비밀리에 마교를 벗어났다가 기습당했다는 건가요?"

"그럴 가능성이 아주 높습니다. 그렇지 않다면 교주가 장인걸에게 당할 가능성은 토끼 머리에 뿔날 가능성보다도 떨어질 테니까요."

"일이 아주 재미있게 되어 가는군요. 하지만 그래도 장인걸은 교주가 되기에 세력 기반이 너무도 약한데……."

"교주의 가족들을 인질로 잡아 독수마제(毒手魔帝)의 간섭을 물리치는 데 성공했다고 하더군요. 아마도 이후로는 장인걸과 독수마제가 대립하게 될 거라고 사료됩니다."

"그럴 가능성이 크겠죠. 묵향 쪽은 어떤가요? 그도 이렇게 좋은 기회를 놓칠 인물은 아닐 텐데."

"글쎄요. 그쪽에도 장인걸이 교주 자리를 찬탈했다는 정보가 들어갔을 텐데, 첩자들의 보고에 의하면 이상하리만큼 조용하답니다. 만약 묵향이 장인걸을 공격한다면 아직 장인걸이 입지를 견고하게 다지기 전인 지금이 최적의 시기인데 말이죠."

이번에 발속의 여인은 좀 더 오랜 시간 생각에 잠겼다.

"흐음, 아무리 생각해도 알 수가 없군요. 새로운 정보가 들어오면 본녀에게 조속히 연락해 주세요."

"예, 그러면 소인 물러가겠습니다."

"참, 영인이는 돌아왔나요?"

"예, 맹주의 실종으로 회합이 취소되었기에 3일 전에 돌아오셨다고 들었습니다. 그런데 돌아오시자마자 곧바로 연공관으로 가셨답니다."

"그럼 총관이 직접 가서 그 아이를 데려오시겠어요? 긴히 할 얘기가 있다고 전하세요."

"예."

잠시 후 매영인이 들어왔다. 매영인은 4봉(四鳳)에 들어갈 정도로 뛰어난 실력에 보는 이마다 찬사를 보내는 외모를 지녔다. 그리고 어딘지 모르게 조금 장난기가 있는 것 같은 발랄한 표정이었다. 그녀는 구휘 대협의 무덤에 얽힌 각 문파 사이의 갈등 해소를 위해 마련한 회합에 참여하려고 무영문을 나섰다가 돌연한 맹주의 실종으로 회합이 취소되었기에 돌아온 것이다. 그녀가 돌아오자마자 연공관에 처박힌 이유는 정말이지 믿어지지 않을 정도로 엄청난 고수를 여행 도중에 만나 그에 자극을 받았기 때문이다.

7룡(七龍) 중에서 아마도 최강의 무공을 지니고 있을 거라 추측되는 황룡문의 부문주 비천검(飛天劍) 혁련운(赫蓮運). 그의 무공은 철부지 매영인으로서는 상상할 수 없을 정도로 높은 수준이었다. 43세란 나이에 벌써부터 검강을 자유로이 구사하다니……. 하지만 그런 그를 간단히 바닥에 패대기친 묵향이란 인물이 있었다. 그야말로 기는 놈이 봤을 때는 뛰는 놈이 대단해 보이지만, 그 위에는 나는 놈도 있지 않던가? 고차원적인 신법과 초식의 절묘한 조화. 묵향이란 인물의 말마따나 '자신에게 걸리면 어떻게 죽는지도 모르고 그냥 간다' 고 하지 않았던가?

무시무시한 무공과 또 그에 걸맞은, 비뚤어진 것 같으면서도 외모와는 달리 패기가 넘치는 성격. 그 마교의 부교주는 그녀에게 강렬한 인상을 남겼다. 그녀는 두 고수의 비무를 보고 뭔가 자신의 내면에서 불타오르는 것 같은 전율을 느꼈고, 그렇기에 여태까지처럼 할머니의 강압 때문이 아니라 스스로 원해서 연공관에 들어간 것이다.
　그녀는 총관이 앉아 보고를 하던 곳이 아니라 발 안쪽으로 들어갔다. 발 안에는 놀랍게도 아리땁고 청순한 미모의 여인이 앉아 있었다. 매영인은 그녀를 보고 싹싹하게 인사하며 말했다.
　"안녕하셨습니까? 할머니."
　"오냐, 어서 오너라."
　"다녀와서 인사 못 드려서 죄송해요. 뭔가 할 게 있어서 연공관으로 바로 갔거든요."
　"총관에게 들었다. 이리 와서 앉거라."
　"예."
　조손(祖孫)이 한 자리에 앉았지만 언뜻 보아서는 도무지 그들의 나이 차이를 느끼기 어려웠다. 매영인이 제법 높아 가는 내력으로 인해 서른한 살의 제 나이가 아니라 발랄한 스무 살 정도의 아름다움을 뽐내고 있었다면, 그녀의 할머니는 자타가 공인하는, 여성으로서는 유일하게 화경에 든 여인. 그 고차원적인 내공으로 20대 중반 정도의 청순한 미모를 과시하고 있으니 둘은 할머니와 손녀가 아닌 자매로 보일 지경이었다.
　"오늘 너를 부른 것은 한 가지 상의할 일이 있어서다."
　"뭔데 그러세요?"

"너, 혹시 좋아하는 사람이 있느냐? 그러니까 결혼하고 싶다든지 뭐 그런 식의 마음에 품은 상대가 있느냐 하는 거야."

매영인의 얼굴빛이 약간 붉어지긴 했지만, 그건 숨겨 놓은 남자가 있어서가 아니라 할머니가 이렇게 대놓고 남자에 대해 물어보기는 이번이 처음이었기 때문이다. 매영인은 정보력하면 천하에서 둘째가라면 서럽다는 무영문의 금지옥엽이다. 어렸을 때부터 주변 사람들이 떠받들어 키웠기에 남자 보기를 돌같이(?) 하며 자기 잘난 맛에 여태껏 살아왔으니, 그녀의 마음에 찰 만큼 그럴듯한 상대가 있을 리 없었다. 대부분의 남자들이—그 대부분이 무영문 소속의 무사들—그녀에게 남성미를 뽐내기보다는 아부와 존경만을 보냈기 때문에 그녀의 마음에 새겨질 만한 남자라는 동물은 없었던 것이다.

"아뇨, 아직 없습니다."

"내가 이렇게 묻는 것은 너를 내가 고른 어떤 남자와 결혼시킬까 생각하고 있기 때문이다. 그러니 그건 아주 중요한 거야. 네 마음속에 이미 다른 남자가 자리 잡고 있다면, 결혼 후의 네 생은 아주 비참해지기 때문이란다. 무슨 말인지 알겠니? 다시 한 번 잘 생각해 보렴."

매영인은 어떻게 보면 조금 놀란 듯하기도 하고, 어떻게 보면 비난하는 듯도 한 눈초리로 할머니에게 따졌다.

"할머니께서 고른 어떤 남자라니요? 저에게 정략결혼이라도 시키실 생각이세요? 저에게 어떻게 이러실 수가 있어요?"

옥화무제(玉花武帝)의 청순한 얼굴은 잠시 슬픔에 물드는 것 같았지만 곧 원상태로 돌아갔다. 무림의 대세를 무영문이 잡기 위해서는 아끼는 손녀라도 정략결혼의 재물로 써야 하는 것이다. 어쨌든 결혼 상대로 점찍은 인물들도 말이 정략결혼이라서 그렇지 어디 하나 손색이 없는 인물들이 아닌가?

그들의 뛰어남은 자신이 사랑하는 무영문의 첩보력이 보증하는 것이다. 그러니 그녀로서는 망설일 이유가 없었다. 하지만 문제라면 매영인의 선택인데, 그녀가 반려자로 삼고 싶은 어떤 인물이 있다면 이 이야기는 거론할 수 없는 것이다. 옥화무제 자신도 여인이었기에 한 사람을 마음속에 품고 다른 남자와 사는 게 얼마나 큰 고통인지 잘 알았고, 그래서 손녀에게 그 점을 꼬치꼬치 캐묻는 것이다.

"그래, 어떻게 보면 정략결혼이라고 할 수 있지. 하지만 상대는 대단히 뛰어난 인물들이다. 문제는 네게 좋아하는 남자가 있는가 하는 거야. 만약 있다면 나는 이 계획을 포기할 거다. 계획보다는 네 행복이 더욱 소중하니 말이다. 그래도 그냥 포기하기에는 너무나 아까운 상대들이기에 네게 이렇게 물어보는 거란다."

할머니가 이렇게까지 나오는 데야 할 말이 없었다. 자신에게 뚜렷이 좋아하는 남자가 있는 것도 아니고…….

"저, 아직은 그런 사람 없어요."

옥화무제는 손녀의 말에 화사하게 미소를 지었다.

"오냐, 그렇다면 정말 잘됐구나. 말이 정략결혼이지, 상대는 어디에 내놓아도 뒤지지 않을 정도로 괜찮은 남자들이야. 남녀 간의 사랑이란 것은 별게 아니야. 딱히 상대에게 문제가 있지 않은 한 결혼해서 살다 보면 차츰 정이 쌓이고 사랑이 싹트는 것이지. 그러다가 자식들도 생기고 하면… 참, 내 정신 좀 봐. 잠시만 기다리

거라.”

 옥화무제는 몇 장의 종이를 가지고 돌아왔다.
 "네게 권하고 싶은 남자는 이 둘이다. 둘 중에서 하나를 선택하거라.”
 옥화무제가 매영인 앞에 펼쳐 놓은 두 장의 그림. 그건 아주 정밀하게 그린 초상화였다. 개개인의 특징이 아주 자세히 묘사되어 있는 것으로 얼굴만이 아니라 서 있는 자세로 전신(全身)을 세밀하게 그려 놓았다. 매영인은 두 장의 그림을 보고 잠시 숨을 죽였다. 둘 다 자신이 아는 사람들이었다. 하지만 그녀를 놀라게 한 그림은…….
 "이 사람은 누구예요?”
 "너는 잘 모르겠지만, 묵향이라는 마교의 인물이다. 추정되는 나이는 약 70세 정도. 하지만 그는 무림에서 두 번째로 기록되는 현경의 고수기에 70세란 나이는 별로 중요한 것이 아니지. 대단히 뛰어난 인물이란다. 영인이의 남편감으로 빠지지 않는 인물이야.
 다만 성격이 좀 거칠다는 게 흠이라면 흠이지만……. 살다 보면 어떻게 바뀔지 누가 알겠냐? 수하들이 알아낸 정보에 의하면 그에게는 수양딸이 하나 있고, 그와 동거 생활 비슷한 걸 했던 여인도 하나 있었다. 낙양 분타에서 그가 일할 무렵이었는데……. 그가 무당파와 가벼운 충돌을 일으켰기에 그걸 파고들다 보니 새어 나온 정보니까, 아주 우연히 알게 된 것이지.
 그 모녀와의 생활로 미루어 짐작해 보면 꽤나 정이 많은 인물인 모양이야. 훗날 교주와의 충돌을 무릅쓰고, 수양딸이 제자로 있는, 대력도패(大力刀覇) 진양(振揚)이 이끄는 천지문과 화해를 주선하기도 했지. 아마 그 일이 '부교주 묵향'이란 이름이 처음 세상에 알려진 계기가 되었을 거야."

"그렇지만 마교의 인물이잖아요."

그러자 옥화무제는 빙그레 웃음을 지었다.

"출신은 마교지만, 지금 그는 마교와 싸우고 있다. 또 그가 거느리고 있는 수하들도 엄청난 숫자지. 해체된 찬황흑풍단의 세력까지 흡수했을 정도로 뛰어난 인물이야. 현재 무림에서 그만큼 무공이 뛰어난 인물은 없고, 또 현 무림에서 열 손가락 안에 들어가는 강력한 수하들을 거느리고 있단다. 본문이 무림에서 더욱 커 나가기 위해서 아주 필요한 인물이라고 할 수 있지."

"그렇지만 그가 마교도라는 사실에는 변함이 없잖아요. 아무리 마교와 싸우고 있다고 해도 그게 소문이 나면······."

"그건 네가 걱정할 것이 아니란다. 사실상 그가 주로 익힌 것은 마공이 아니야. 그가 아무리 무공이 뛰어나고 또 강대한 세력을 지니고 있다고 하더라도 마교와 정면으로 대결하기에는 아무래도 좀 부족하지. 그러니 그도 정신이 제대로 박혀 있다면 혼인 제의를 거절하지는 못할 거야. 너를 연결 고리로 그와 본문이 손을 잡게 된다면, 본문은 무림에서 최고, 최강의 세력으로 탈바꿈할 수 있을지도 모른다. 알겠느냐?"

"예."

"그리고 이 사람은 너도 잘 알다시피 서문세가의 벽력도객(霹靂刀客) 서문길(西門佶) 공자다. 현재 나이 29세. 너보다 두 살 어리지만 그것 역시 큰 문제가 아니지. 현재 가문의 비전(秘傳)인 뇌전도법을 5성 이상 익힌 대단히 뛰어난 청년이야.

그리고 그가 태어난 서문세가는 현재 5대세가의 으뜸이지. 8천에 이르는 식솔을 거느리고 있으며, 그 장문인인 수라도제(修羅刀帝) 서문길제(西門吉制)가 다음 맹주로 선출될 확률이 높단다. 현 무림 최고의 명가라 볼 수가 있지.

서문세가와 맺어져도 본문은 강대한 세력을 얻게 될 거야. 본문은 이제야 겨우 4천의 식솔을 거느린 그럴듯한 방파로 성장했단다. 과거 무영문은 암살 따위 의뢰를 받거나 기방, 도박장, 전당포, 밀수 등 온갖 불법적인 사업으로 돈을 벌어들였었다. 하지만 이제 우리 무영문은 그 숨기고 싶은 과거를 딛고 일어서 정부에서 허가받은 국경 무역과 전방, 표국 등 각종 사업체와 수많은 상권을 가지고 떳떳하게 돈을 벌어들이고 있지. 오히려 지금에 들어서는 정보의 거래보다는 그 정보를 기반으로 한 각종 상거래를 통해서 더욱 많은 돈을 벌어들이고 있다.

이만큼 본문이 성장한 것도 시기를 잘 읽고, 또 그 시기를 잘 이용했기 때문이지. 그러니 영인이 네가 이 할머니를 좀 도와주지 않겠느냐? 결코 어려운 게 아니란다. 그 둘 중 하나만 선택해서 혼인하면 된단다. 둘 다 남 주기 아까울 만큼 대단한 인물들이 아니냐?"

할머니의 상세한 설명에도 매영인은 누구 한 사람을 선택하기 힘들었다. 원래 이성대로라면 서문길을 선택해야 옳겠지만, 묵향이란 인물이 워낙에 첫 대면에 그녀에게 준 인상이 강렬했었기 때문이다.

등에 4척 장검을 네 자루나 짊어진 6척(약 180센티미터) 장신의 무사가 장인걸의 앞에 당당히 서 있었다. 수염이 텁수룩한 30대 초반으로 보이는 인물로, 강렬한 안광과 더불어 숨이 막힐 정도로 지독한 마기가 전신에서 뿜어 나왔다. 그는 평상시와 같이 구역질이 날 듯한 검붉은 핏빛이 도는 낡은 옷으로 자신의 몸을 감싸고 있었기에 군데군데 묻어 이미 말라붙은 피는 별로 표시도 나지 않았다. 그 핏자국 중 일부는 자신의 것이기도 했다. 내색은 하지 않았지만 그도 몇 군데 상처를 입고 있었다. 하지만 마지막 보고를 위해 꿋꿋하게 교주 앞에 서 있는 것이다.

그는 평상시에는 한두 자루의 장검만을 휴대했다. 하지만 직접 전투에 나설 때는 네 자루의 장검을 사용했다. 마교 최강의 무력 단체인 천마혈검대(天魔血劍隊)를 책임지고 있는 이 인물은 마교에서도 흔치 않은 검의 고수였고, 또한 어기동검술(御機動劍術)의 대가였기 때문에 항상 다수의 검을 썼던 것이다.

사내는 당당한 어조로 교주에게 선언했다.

"이제 본교 내에 교주께 불복하는 놈들은 더 이상 남아 있지 않습니다."

장인걸은 그런 그를 믿음직스럽게 바라보며 말했다.

"흠, 수고했네. 그런데 제갈천 장로는 어디 있나?"

그러자 환영비마(幻影飛魔) 구양운(丘陽雲)의 표정이 뭔가 씁쓸한 빛을 띠었다. 그와 함께 동행했던 멸절신장(滅絕神掌) 제갈천(諸葛天)은 마교 서열 8위의 인물이었지만, 장인걸이 거느린 반란 세력으로 봤을 때는 서열 2위의 엄청난 고수였다. 물론 마교 서열 6위의 혁무상 장로가 장인걸 편에 섰지만 그는 그 두뇌를 높이 평가받아 높은 서열을 받은 것이지 무공은 아무래도 좀 떨어졌다.

그렇기에 장인걸에게는 제갈천의 안부가 대단히 중요했던 것이다.

"황노각(黃老角) 대호법에게 죽었습니다. 하지만 죽기 전 그에게 중상을 입혔기에 속하가 손쉽게 마무리할 수 있었습니다."

"흠, 자네 혼자 돌아온 것은 정말 유감이군. 황노각 대호법은 어떻게 했나?"

구양운은 무뚝뚝한 음성으로 대답했다.

"수급을 잘라왔는데, 보시겠습니까?"

"아닐세. 눈에 잘 띄는 곳에 전시하여 본좌에게 반역하는 놈들은 어떻게 되는지 널리 알리게나."

"예."

"어쨌든 벅찬 상대였을 텐데 잘해 줬네."

"과찬이십니다. 묵향 부교주와 합류를 시도했던 호법원과 혈마대의 잔존 세력, 한중길 교주 직속의 천살대, 지살대, 인살대 등 본교 최고 정예들이었지만 천마혈검대와 환영대의 적수는 아니었습니다. 그중 40여 명은 비록 중상자들이긴 하지만, 지하 감옥에 넣어 뒀습니다."

"참, 우리 쪽 피해는 어떤가?"

피해 얘기가 나오자 구양운 장로의 표정이 약간 더 굳어졌다. 하지만 그로서는 자신들이 입은 피해를 장인걸에게 숨길 수는 없었다. 구양운 장로는 정말 하고 싶지 않은 보고였지만 선임자가 죽은 덕택에 자신이 할 수밖에 없었다. 구양운 장로가 피해 보고를 잠시나마 망설일 만큼 상대는 강했던 것이다.

"환영대는 전멸, 천마혈검대는 전사 32명, 중상자 43명, 나머지는 경상입니다. 그 외에 지원해 주신 수라마참대(修羅魔斬隊) 1백 명은 대부분이 전사했습니다. 나머지는 한 달 정도 치료하고 요양하면 회복될 겁니다. 마지막 한 녀석까지 악착같이 저항하는 바람에 어쩔 수 없는 결과였습니다."

의외로 피해가 크자 장인걸의 얼굴이 살짝 찌푸려졌다.

장인걸이 권력을 차지하자 호법원의 수장이었던 마교 서열 7위 흑풍마령(黑風魔靈) 황노각이 주축이 되어 내전(內戰) 중 살아 남은 호법원의 고수 2백여 명과 교주 직속 원거리 호위대인 혈마대의 잔존 세력 50여 명, 그 외에 교주 직속 무력 단체 천살대, 지살대, 인살대의 초절정고수 50여 명을 이끌고 묵향 부교주의 세력에 합류를 시도했다.

하지만 그들에게는 불행스럽게도 장인걸이 그 사실을 미리 포착했다. 그는 자신의 오른팔이라 할 수 있는 교내 서열 7위 제갈천 장로와 서열 10위 구양운 장로에게 수라마참대 1백 명까지 붙여 주며 급파했다. 사실 상대의 전력으로 미루어 본다면 자신이 직접 가는 것이 안심이 되었을 테지만, 아직 교내에서 제대로 기반을 잡지 못했기에 자신이 직접 가는 모험을 할 수는 없었다. 교주의 아버지, 독수마제를 견제할 만한 고수가 교내에 남아 있어야 했기 때문이다.

제갈천 장로는 무영대(無影隊)라 불리는 30여 명의 초절정고수들을 거느리고 있었고, 구양운 장로는 천마혈검대를 거느리고 있었다. 거기에다 교주는 수라마참대 2백 명 중에서 반을 잘라 제갈천 장로에게 줬다. 이 정도 전력이라면 정말 장인걸로서는 총타에서 일어날지도 모를 또 다른 반란 세력을 막을 수 있는 최소한의 힘을 빼고는 몽땅 다 내준 것이나 다름없었다.

그렇기에 장인걸은 손쉬운 싸움은 아니더라도 그리 큰 피해는 없을 거라 예상했다. 하지만 예상 밖으로 제갈천 장로는 아예 돌아오지도 못했고 무영대는 전멸. 그렇기에 그 모든 경과를 구양운 장로의 보고를 통해 들으면서 장인걸은 안타까움을 금치 못하는 것이다.

"피해가 그렇게 크다니……. 과연 교주 직속의 무력 단체로군. 한중길 교주가 그들을 항상 주위에 두었다면 본좌는 이 거사를 꿈도 못 꿨겠지. 하여튼 자네가 본좌를 도와줬기에 이번에 용단을 내릴 수 있었다네. 정말 자네에게는 고맙게 생각하네."

"과찬이십니다. 속하는 마도천하(魔道天下)를 이룩하는 최선의 길을 선택한 것뿐입니다."

"돌아가서 치료부터 받게."

"예."

미세한 혈향(血香)을 풍기며 서 있던 환영비마 구양운 장로가 자리를 뜨자 장인걸은 호화로운 태사의에 푸근히 몸을 묻으며 밖을 향해 말했다.

"차(茶)를 가져오너라."

"예."

아름다운 시비가 들어와 태사의 옆에 마련된 자그마한 탁자에 살며시 차를 올려놓고는 나갔다. 장인걸은 천천히 차를 마시며 깊은 생각에 잠겨 들어갔다.

'이제 나에게 저항하는 놈들은 원로원뿐이군. 독수마제를 어떻게 없애야 할까?'

이때 밖에서 음산한 마기를 뿌리는 인물이 들어서 예를 올렸다.
"교주를 뵙습니다."
"무슨 일인가?"
"혁무상 장로가 뵙기를 청합니다."
"들라 하라."
"예."
그가 나가고 혁무상 장로가 들어왔다. 혁무상 장로는 이번 모반에서 핵심적인 위치를 차지하고 있었다. 그는 교내의 정보를 완전히 장악하여 장인걸을 도운 일등공신이었다. 사실상 그가 없었다면 아예 반란 자체를 일으킬 수 없었을 것이다. 장인걸에 대한 위험 신호를 그가 몽땅 다 막아 버렸기에 교주는 장인걸에 대해 거의 무방비 상태로 당한 것이었기 때문이다.

혁무상 장로는 예를 올리고는 곧장 장인걸에게 서류 뭉치를 건네준 후 태사의 앞에 정중한 자세로 서서 입을 열었다.
"이번에 작성한 본교의 재편성 계획입니다. 빨리 시행하셔서 하루라도 빨리 세력을 다지는 것이 유리할 것입니다."
하지만 장인걸 교주는 혁무상 장로의 말에 답하지 않고 시선을 창문 쪽으로 돌리며 쓸쓸한 어조로 말했다.
"이번 모반에서 많은 고수들을 잃은 것은 참으로 유감일세."
"어쩔 수 없는 결과였습니다."
"자네가 보기에 마교의 세력이 어느 정도 감소되었는가? 솔직히 말해 보게."
"어느 시점을 기준으로 설명을 올릴까요?"
"묵향 부교주가 있을 때부터!"

"예, 묵향 부교주가 본교에 있을 때가 본교의 최고 전성기라 볼 수 있습니다. 한중길 교주도 그를 놀려 두지 않고 적절히 잘 써먹었으니까요. 그는 혼자만으로도 천마혈검대와 맞먹는 힘을 가지고 있었습니다. 웬만한 일은 그 혼자만 투입해도 끝이 났죠. 그가 본교를 빠져나감으로써 본교는 1할의 힘을 상실했다고 봐야 할 것입니다.

또한 본교는 묵향 부교주를 없애기 위해 투입했던 능비계 부교주와 천랑대, 염왕대를 잃었습니다. 그들만 해도 2할 5푼은 넘어가는 힘이죠. 거기에 이번 내전으로 한중길 교주와 그가 이끌던 모든 세력을 없애야만 했습니다. 이들을 합한다면 2할은 됩니다. 그리고 그들을 없앤다고 소모한 전력이 있습니다. 그게 1할은 됩니다. 물론 강시는 다시 만들 수 있으니 예외로 하고 말이지요.

그러니 묵향 부교주가 있을 때를 기준으로 한다면 지금 남은 전력은 3할 5푼쯤? 그 정도로 생각됩니다. 물론 여기에서 한중길 교주가 묵향에게 보낸 분타들의 세력은 뺐습니다. 사실 그들은 하수들과 대결하는 데나 쓸까 거의 힘이 없기 때문입니다."

혁무상 장로의 솔직한 답변에 장인걸은 낙담할 수밖에 없었다. 어떻게 얻은 자린데, 얼마나 원했던 자린데, 이제 빈껍데기만 남아 있는 것이다.

"흐음, 정말 전력이 많이도 깎였구먼. 이 자리를 차지한다고 너무 많은 대가를 지불했어. 겨우 그걸로 무림통일을 생각할 수나 있을는지……."

"가능성은 충분합니다."

"어떻게?"

"우선 태상교주를 잘 처리해서 원로원의 힘을 얻는다면 3할의 힘을 얻으시는 것이나 마찬가지죠. 그리한다면 교주께선 6할 5푼의 힘을, 묵향 부교주는 3할 정도의 힘을 가지게 됩니다. 충분히 묵향 부교주를 제압하실 수 있습니다.

하지만 묵향 부교주와 전면전을 벌인다면 죽도 밥도 안 되죠. 교주께선 묵향 부교주를 핍박했던 그 모든 과거의 일을 한중길 교주 단독 행동으로 덮어씌우고 묵향 부교주와 손을 잡으셔야만 합니다. 그와 완전히 합치는 건 아니고, 그를 이용해서 무림맹을 없애야만 합니다.

묵향 부교주는 정파와 싸우다가 죽을 확률이 높습니다. 그가 탈마의 고수라 해도, 또 그가 지닌 힘이 현재 무림에서 다섯 손가락 안에 들어간다 하더라도 말입니다. 또 정파에서도 묵향 부교주를 없애려면 엄청난 대가를 지불해야만 할 겁니다. 그렇게 되면 이제 무림은 교주님의 것이 되겠지요."

"하지만 그가 그렇게 움직여 줄까?"

장인걸의 회의적인 반응에 혁무상은 단정적으로 답했다.

"움직이게 만들어야 합니다."

"알겠네. 본교의 남은 세력을 재편성하는 동안 그대는 묵향 부교주를 무림맹과 함께 소멸시킬 계획을 세워 보게나."

"존명!"

"참, 감옥에 가둬 둔 자들은 어찌 되었나?"

"지금 열심히 설득 중입니다. 그들이 교주님께로 전향한다면 대단한 힘이 될 것이기에 노력을 아끼지 않고 있습니다."

"그래, 수고하게나."

혁무상 장로가 정중히 예를 올리고 나가자 장인걸은 시비를 불렀다. 시비는 재빨리 다가와 그의 앞에서 다소곳이 허리를 굽히고 하명을 기다렸다. 장인걸은 그녀를 향해 눈길 한 번 보내지 않은 채 손가락만을 까딱였다. 그녀는 이런 일을 많이 겪어 봤는지 조금도 지체하지 않고 장인걸에게 다가갔다. 그녀는 편안하게 앉아 있는 장인걸 앞에 살포시 주저앉아 그의 바지 끈을 풀어 내렸다. 그 속에는 자그마하게 쭈그러든 물건이 얌전하게 축 쳐져 있었다. 그녀는 그걸 조심스럽게 받쳐 들고 고개를 숙였다.

현재 마교의 지하 감옥에는 5백여 명이 넘는 고수들이 투옥되어 있었다. 언제나 권력을 찬탈했을 때 그에 거부하는 세력은 있게 마련이니 어쩔 수 없는 것이었지만……. 한 명이라도 고수가 아쉬운 때라, 속마음 같아서는 몽땅 목을 잘라 효시해 버렸으면 속이 시원하겠지만 어쩔 수 없이 이쪽으로 돌아서도록 회유와 설득을 거듭하고 있었다. 호법원의 수장인 황노각은 제압하기 전에 탈출을 시도하였기에 세력을 동원해 죽일 수밖에 없었다. 그러나 그 외 중상을 입은 마교 서열 18위 묵인겁마(墨刃劫魔) 초진걸(楚眞杰)이나 19위 은편패왕(銀片覇王) 여문기(呂文起) 같은 고수들은 내전 중 포획하는 데 성공했던 것이다.

장인걸이 잡아들이는 데 가장 고생했던 인물은 수라혈신(修羅血神) 북궁뇌(北宮雷) 내총관이었을 것이다. 그는 한중길 교주가 대단히 신임하던 서열 9위의 고수였고, 그만큼 잡아들이는 데 엄청난 대가를 지불해야만 했다. 그리고 수라마참대를 이끌던 인도(人屠) 동방뇌무(東方雷武)는 장인걸에게 가장 먼저 붙잡힌 인물이었다. 그가 수라마참대를 동원하여 저항한다면 승리를 거두더라도 그야말로 껍데기도 못 건질 것이 분명했기에 미혼약을 써서 그를 포획한 후 수라마참대를 장악했다.
 높은 서열에 있는 인물들 중 상당수가 장인걸에게 등을 돌리고 있었기에 장인걸은 그들을 자기 편으로 만들기 위해 총력을 기울였다. 하지만 마교란 본래 약육강식의 세계. 지금 태상교주가 존재하기에 그들이 그나마 의리를 찾고 있지만, 아마도 태상교주가 사라진다면 그들은 무조건 자신에게 충성을 다할 것이라고 장인걸은 생각했다. 묵향이란 변수가 있긴 하지만…….
 장인걸은 하체를 앞으로 들이밀며 태사의에 좀 더 깊숙이 몸을 묻었다. 강렬한 쾌감이 전해져 오고 있었지만 그의 생각을 방해할 정도는 아니었다.
 '한중길 교주는 너무 꿈이 없는 인물이었어. 마교 최고 전성기의 전력으로 무림을 일통할 생각은 안 하고 쓸데없이 혈교니 뭐니 하는 것들을 제압할 궁리만 하다니. 거기에 무림맹주와 밀월 관계까지……. 마교는 마교일 뿐, 그런 일은 정파 놈들한테 맡겨 두어도 충분했는데 말이야.
 마교의 본업은 피의 역사를 창조하는 것이야. 그 당시 내가 교주였다면 최소한 중원의 반은 차지했을 거야. 멍청한 녀석. 어쨌든 그 때문에 불만을 품은 여러 고수들을 회유할 수 있었지. 하지만 피해가 너무 컸어. 그 멍청한 한중길 교주의 입김이 그렇게도 강했던가?
 뭐 이제 곧 재편성이 끝나게 될 거야. 그렇다면 슬슬 혁무상 녀석을 십분 활용하여 천천히 중원을 장악해야지. 지금은 송과 요가, 또 황제와 진천왕이 다투는 난세가 아니던가? 잘만 하면 무림일통만이 아니라 황제 자리도 꿈이 아니지. 흐흐흐흐. 혁무상 녀석은 그 시각을 무림에만 국한시키고 있지만, 무림인은 황제가 될 수 없단 말인가? 이런 난세는 영웅을 만드는 것. 천운이 나와 함께 하고 있어.

참, 혁무상 저 녀석은 너무 똑똑해. 위험한 놈이지. 언제 배신할 지 모른다구. 절대로 놈에게 실권을 줘선 안 돼. 아주 조심조심해서 이용해 먹다가 나중에는…….'

"크하하하하핫!"

장인걸은 갑자기 커다랗게 웃음을 터뜨렸다. 그곳을 열심히 애무하고 있던 시비가 놀래서 눈을 동그랗게 뜨고 그를 바라봤지만, 아무래도 자신의 애무 때문은 아닌 것이 확실했기에 그녀는 잠시 멈춘 채 장인걸의 하명을 기다렸다.

그녀의 행동에 대한 대답은 곧이어 돌아왔다. 장인걸은 시비를 나무라는 수고를 생략하고 곧장 그의 그 커다란 손바닥으로 한 대 주물러 줬던 것이다. 한쪽 구석에 나뒹굴어진 시비는 경련을 일으키더니 잠시 후 몸을 쭉 뻗으며 잠잠해졌다.

"멍청한 계집! 그따위 것도 제대로 못 하다니."

장인걸은 그쪽으로는 시선도 돌리지 않은 채 또 다른 시비를 불러들였다. 그녀를 대신할 시비들은 많았던 것이다.

그로부터 일주일 후 장인걸을 교주로 옹립한 천마신교는 전격적인 세력 재편성을 완료했다. 상층부 고수들의 사망이나 투옥으로 마교 내의 서열이 대폭 수정되었고, 또 그로 인해 각 조직의 축소와 통폐합이 불가피했다.

우선 장인걸은 아홉 명의 장로였던 장로원을 다섯으로 줄였다. 한중길 교주 편을 들어 전멸한 교주 직속의 호법원을 새로이 편성하고, 절정고수 50명, 고수 1천 명을 주어 서열 5위로 급상승한 흑수천마(黑手千魔) 여진(呂震)에게 맡겼다. 그 외에 이번에 피해가 없었던 자성만마대(紫星萬魔隊)를 4천 명으로 줄여 서열 6위로 뛰어오른 무영신마(無影身魔) 장영길(張影吉)에게 맡겼고, 과거 자성만마대의 수장이었던 삼면인마(三面人魔) 소무면(簫無面)을 서열 4위로 올려 이제 4백 명으로 축소된 수라마참대를 지휘하게 했다.

제갈천 장로의 사망으로 일약 서열 2위로 뛰어오른 환영비마 구양운 장로는 장로원의 수장으로서, 약간의 인력을 보충해 80명이 된 천마혈검대를 계속 맡았다. 그리고 장인걸 교주의 교주 독립 호위대로 초절정고수 열 명, 원거리 호위대 수마대(守魔隊)는 절정고수 50명을 두었으며, 그 외에 교주 직속으로 사사혈시마대(邪死血屍魔隊) 1천 명을 편성해 서열 17위로 떠오른 학살인도(虐殺人屠) 박용(朴龍)에게 맡겼다.

어쨌든 그런대로 모두에게 만족할 만한 개편이긴 했지만 약간 불만을 품은 인물이 있었으니, 그는 바로 혁무상이었다. 그는 제갈천이 죽었기에 이번 반란에서 가장 큰 공을 세운 자신이 2인자의 자리에 오를 것이라고 생각했다. 그러나 그 자리는 구양운 장로에게 빼앗겼고, 게다가 자신의 삼비대(三秘隊)는 이비대(二秘隊)로 축소되었다. 이번 내전에서 엄청난 숫자의 고수를 잃었기에 삼비대 중 유일한 전투 집단이라 할 수 있는 비마대(秘魔隊)를 해산하여 각 집단의 전력강화에 사용한다는 데 그도 반론을 제기할 수 없었다. 원래가 삼비대는 첩보 공작이 주 임무였기에 강력한 무력은 필요 없었기 때문이다.

이번 개편으로 장인걸의 의도대로 혁무상의 세력은 상당히 약화되었다. 비마대는 거의 알려지지 않았으나 실지로는 열 명에 이르는 초절정고수와 40명에 이르는 절정고수를 가지고 있었다. 그것을 몽땅 털렸으니 당연히 혁무상의 세력은 줄어들 수밖에 없었다.

그리고 이번에 주요 세력이 이탈해 버린 혈화궁은 마화단(魔花團)으로 그 지위가 떨어졌다. 첩보, 암살 등 각종 임무를 수행하던 외부 지단이 떨어져 나가고, 총단에서 마교 내 고수들에게 성과 향락을 제공하여 하층 고수들의 불만을 해소시켜 주던 자들만 남게 되었으니 그건 당연한 조처였다. 마화단의 단주로 서열 458위 흑미요요(黑眉夭姚) 진란(辰蘭)이 선택되었고, 그녀들의 주된 임무는 별 볼일 없는 성적 노리개 생활이었다.

만악궁 또한 혈화궁과 같은 신세를 면키 힘들었다. 만악궁은 만마단(萬魔團)으로 재편되었는데, 만악궁주 이하 대부분의 세력이 묵향 쪽으로 붙어 버렸으니 그건 어쩔 수 없는 결과였다.

하지만 마교 총수입의 대부분을 차지하고 있던 세력들이 몽땅 다 묵향 쪽으로 붙어버린 결과, 장인걸은 새로운 자금줄을 찾지 않을 수 없는 처지에 놓이게 되었다. 물론 마교라는 단체 자체가 움직이는데 그리 많은 자금을 필요로 하지 않는다는 장점을 지니고 있었고, 지금까지 한중길 교주가 총타의 창고에 쌓아 놓은 금은보화가 적지 않았기에 지금 당장 돈줄이 틀어 막힌 것은 아니었다. 하지만 그 부분이 어떤 형식으로든 장인걸이나 혁무상 장로에게 심적 압박감을 심어 주고 있는 것은 사실이었다.

정략결혼

 가을 햇살이 따사로운 광채를 뿌리고 있었다. 주위의 수목들은 저마다 붉고 노란 가지각색의 색깔로 단장을 했다. 거기에 질 수 없다는 듯 화초들도 예쁜 꽃을 피울 준비를 하고 있는 이때, 잘 가꿔진 화단을 둘러보며 한 젊은이가 걷고 있다. 대개의 남자들이 그러하듯 주위의 화초들을 보는 듯 마는 듯 했지만 그도 나름대로 가을이란 계절을 느끼고 있었다.
 고운 비단으로 멋을 부려 만든 청의 자락을 휘날리며 걸어가는 이 청년은 서문세가가 자랑하는 차세대의 고수, 벽력도객 서문길이다. 그가 허리에 찬 폭넓은 도를 봐도 알 수 있듯이 서문세가는 정통적인 도의 명가였다. 그는 이제 29세란 젊은 나이에 뇌전도법을 5성이나 성취한 기재로, 무림에 초출했을 때 포악하기로 이름 높던 하남광마(河南狂魔) 여춘길이란 악당을 베어 버렸기에 벽력도객이란 명호를 얻었다.
 여춘길은 광마라는 칭호가 붙었을 정도로 미치광이 짓거리를 하는 나쁜 놈이었지만, 무공이 원체 높아 아무도 그를 건드리지 못했다. 사실 여춘길은 진짜 미친놈은 아니었고, 또 멍청한 바보도 아니었다. 자신보다 뛰어난 고수가 자기를 없애기 위해 오면 줄행랑을 쳤다가, 찾다 찾다 지친 고수가 포기하고 돌아가면 겨울잠에서 깨어난 곰마냥 어슬렁거리며 다시 나타나 자신보다 하수들을 괴롭혔다. 그의 말을 빌리자면 '남의 불행은 곧 나의 행복'이었으니까.
 하지만 그도 생애 최초이자 마지막 실수를 했는데, 서문길이란 애송이의 실력을 정확히 파악하지 못한 것이었다. 그는 늘 그랬듯이, 공명심이나 영웅심에 머리가 반쯤 돌아 버린 애송이가 악을 퇴치하겠답시고 찾아왔으려니, 생각하고 가볍게 상대했다가 그만 머리통이 날아가 버렸던 것이다. 사실 둘의 실력은 막상막하. 여춘길이 상대를 깔보지만 않았다면 최소한 양패구상이라도 가능했겠지만, '꾸르르…' 하는 낮은 뇌성(雷聲)을 흘리며 상대의 도(刀)가 날아오는 것을 느꼈을 때는 이미 돌이킬 수 없는 상황이었다.
 어찌 되었든 여춘길이라는 공갈, 협박, 살인, 강도, 강간 등 무수한 악행을 저질러 오던 희대(稀代)의 악당을 없애며 그는 화려하게 등장했고, 곧 무림 최고의 신랑감들의 집단이라는 '7룡(七龍)'에 들 수 있었다.
 7룡에 들어가자면 아주 조건이 까다롭다.
 첫째, 못생겨도 용서하지만 4봉(四鳳)과는 달리 무조건 남자여야 했다.

둘째, 미혼이어야 했고 홀아비도 안 된다. 그렇기에 결혼한 인물들이 빠져나가면서 새로 참신한 인물들로 물갈이가 되는 것이다.

셋째, 결혼할 수 있는 몸이어야 한다. 아무리 뛰어난 후기지수라도 승려나, 도사(道士), 거지—개방의 방도들은 혼인을 할 수 없었다. 거지의 첫 번째 원칙은 무소유였으니까—는 그 미혼을 영원히 지켜야 하기에 7룡에 들지 못하는 것이다.

네 번째는 뛰어난 무공 실력.

다섯 번째는 그 가문과 혈통이 기준이 되었다. 그렇기에 비사비협(非邪非俠) 모용명(慕容鳴)이나 비천검 혁련운은 원체 무공이 높아 7룡에 끼인 것이지 사실 다섯 번째 조건을 엄밀히 따진다면 들어오기 힘든 것이 현실이었다. 그렇기에 그들은 7룡 중에서도 최강의 무예 실력을 자랑하는 인물들로 손꼽혔다.

무림맹에서 열릴 회합에 가는 길에 백씨세가에 모였던 모든 젊은이들은 단 한 명을 빼고는 회합이 취소되자 자파에 돌아가 모두 연공실로 직행했다는 기이한 이야기가 전해지는데, 그도 또한 예외는 아니었다. 그도 연공실에 틀어박혀 있다가 가주인 서문길제(西門吉制)의 부름을 받고 가는 중이었다. 들리는 말에 의하며 그때 연공실로 직행하지 않은 인물은 혁련운뿐이었는데, 황룡문에 도착하는 그 길로 연공실이 아니라 자기 방에 틀어박혀 며칠 동안 늘어지게 잤다나 어쨌다나…….

아무튼 서문길은 아버님의 호출 덕분에 무공수련을 멈췄다. 우선은 며칠 동안 씻지도 않았기에 목욕하면서 때도 좀 밀고, 뿌숭

뿌숭하게 돋아난 수염도 깨끗이 깎았다. 그리고 땀에 절어 냄새나는 속옷도 오랜만에 뽀송뽀송한 새 걸로 갈아입고 산뜻한 청의를 걸치고는, 부친의 처소로 부랴부랴 걸음을 재촉하고 있는 것이다. 아무래도 준비하는 데 시간을 너무 많이 들인 것 같다는 걱정을 하면서 말이다.

그의 부친은 딴 건 다 좋은데, 말보다 행동이 앞서는 게 흠이라고 할까. 재수 없으면 혹 하나 생기는 것으로 끝나지 않는다. 늦게 결혼한 데다가 거기에 뒤늦게 얻은 아들이었지만, 부친의 지론에 따르면 아무리 애지중지하는 아들이라도 매를 아끼면 인간이 안 된다나? 하여튼 그 이론을 착실히 이행하는 사람이었기 때문이다.

"아버님, 소자(小子) 대령했습니다."

그러자 방 안에서 일가를 이끌기에 충분하다는 생각이 절로 들 정도로 중후한 음성이 들려왔다. 수라도제 서문길제의 목소리는 천성적으로 좀 걸걸했기에, 그 사정을 모르는 인물은 쓸데없이 목에 힘준다고 뒤에서 비꼴 정도였다.

"들어오너라."

"예."

방 안으로 들어가자 그의 무서운 아버지는 호피를 깔고 앉아서 애도(愛刀)인 묵룡도(墨龍刀)를 비단 천으로 닦고 있었다. 서문길은 조심스레 부친의 정면 1장(3미터) 앞에 앉았다. 아무리 아들이라도 무기를 휴대한 상태로는, 상대의 허락이 있지 않고서는 더 이상 접근하지 않는 것이 이 시대의 불문율 같은 것이었다. 하지만 정작 수라도제는 아들을 불러 놓고는 일언반구 없이 도를 열심히 광내는 데만 신경을 집중하고 있었다.

슥슥슥… 슥슥…….

서문길은 무릎을 꿇고 앉아 이제나저제나 질문이 날아올까 기다렸지만, 그의 아버지는 그저 애도 광택 내기에 바빴다. 말없이 기다리던 서문길의 인내심은 무려 4각(1시간)이 흐르자 완전히 고갈되고 말았다. 그는 내심 욕지거리가 튀어나오려는 것을 억누르며 약간은 노성(怒聲)이 가미된 투로 입을 열었다.

"아버님, 부르셨으면 말씀을 하셔야 할 거 아닙니까?"

"으음……."

그제야 서문길제는 도를 집에 꽂아 넣으며 고개를 들었다.

"실은 너에게 물어볼 것이 있어서 불렀다."

"……."

"네 나이 이제 스물아홉이 아니더냐? 좀 이르기는 하다만, 혼인에 대해 어떻게 생각하느냐?"

"저어… 지금 물어보시는 건 제 의견을 반영하실 생각이 있으신 것인지, 아니면 형식적으로 물어보시는 것인지……."

그러자 서문길제는 빙긋 미소를 지으며 대꾸했다. 하지만 서문길제의 목소리에는 반론을 용서하지 않는 단호함이 배어 있었다.

"물론 형식적인 것이지. 아직 새파란 네 의견이 감히 이 집안일에 영향을 미칠 수 있다고 보느냐?"

풀죽은 서문길의 대꾸…….

"그럼 의논하실 것도 없는데, 왜 부르셨습니까?"

"험, 그래도 일단 절차상 '의논'은 해야 하는 것이지. 그래, 혼인하는 것에 대해 어떻게 생각하느냐?"

서문길에게는 서로 얼굴도 보지 못했지만 이미 오래전에 혼약

(婚約)을 한 참한 색싯감이 있었다. 그녀는 올해 스물여덟 살 난 종리세가(鍾里世家)의 금지옥엽 종리옥란(鍾里玉蘭)이었다. 서문길제가 종리세가를 방문했다가 당시 열두 살이던 그녀의 깜찍한 미모와 뛰어난 재주를 보고 며느릿감으로 점찍었다. 그는 종리영우를 넌지시 떠보았고, 종리영우도 흔쾌히 찬성하여 아이들이 장성하면 혼인시키기로 약속했던 것이다.

5대세가 중에 최고 전성기를 누리고 있는 게 서문세가라면 그 뒤를 바짝 추격하고 있는 문파가 종리세가였다. 서문세가나 종리세가는 둘 다 도(刀)의 명가였고, 그렇기에 그들의 말을 빌리면 '겉멋만 잔뜩 든 검을 쓰는 놈들' 보다는 그들끼리 잘 통하는지도 몰랐다.

서문길은 부친이 말하는 상대가 종리옥란이라고 생각했다. 하지만 일단 부친이 질문을 했으니 그는 가장 모범적인 대답을 할 수밖에 없었다.

"소자 아직 나이도 어리고, 또 수련도 끝나지 않았사온데, 어찌 지금 혼인을 하겠습니까? 수련을 끝내고 해도 늦지 않다고 생각합니다."

아들의 모범생과 같은 답을 들은 후, 서문길제는 일부러 한참 동안 침묵을 지키며 아들을 지긋이 노려봤다. 서문길은 혹시 자기가 잘못 대답한 것은 없는지 심각하게 고민했다. 이 나이가 된 후에도 아버지에게 구타(?)당하기는 싫었기 때문이다. 그의 아버지는 사랑의 매라고 우겼지만 그게 복날 개 잡는 것하고 다를 바가 거의 없었는데, 과연 그것이 사랑의 매일까?

어쨌든 잠시 여유를 둔 후 서문길제는 입을 열었다.

"흐음, 길아."

"예, 아버님."

"너는 무영문의 매영인이란 아이를 어떻게 생각하느냐?"

"예? 하지만 저는 이미 옥란 소저하고 혼약이……."

"선약이 있거나 없거나 상관은 없지. 그 약속은 그렇게 중요한 게 아니야. 사실 아주 어릴 때 그 아이를 한 번 보고 서로 구두로 약속했을 뿐, 정식으로 매파가 오간 것도 아니니까. 나중에 네가 옥란이 하고 한 번 만나서 네 취향이 아니라고 넌지시 한마디 하면 자연스레 넘어갈 수 있는 문제지.

네 대답을 듣고 옥란이라는 아이가 충격을 받고 몸져눕더라도, 어쨌든 그건 결혼이라는 가문의 중대사에 걸림돌이 될 만한 게 아니야. 문제는 종리세가나 무영문이 본가에 어느 정도 보탬이 되느냐 하는 것이야. 그리고 아울러서 며느릿감의 됨됨이도 중요한 것이고. 어제 무영문에서 매파(媒婆)를 보내왔다. 혼인할 생각이 있느냐고 말이다."

자신이 직접 가서 거절의 의사를 밝혀야 한다니……. 서문길은 '솔직히 소저는 내 취향이 아니오' 하는 말을 듣고는 까무러치는 여자를 상상했다. 그런 일이 벌어지면 뒷수습을 어떻게 해야 할지 난감할 거라고 생각을 하면서 서문길이 물었다. 뭐 뒷수습이 어려울 때는 아버지라는 편리한 울타리가 있지 않던가?

"아버님께서는 어떻게 생각하십니까?"

슬쩍 문제를 떠넘기는 아들놈을 가소롭다는 듯 바라보면서 서문길제가 대답했다.

"네 어머니와도 상의를 해 봤고, 가신(家臣)들과도 상의를 해 봤다. 양쪽 모두 일장일단이 있다 보니 의견 통합이 잘 안 되더구나. 종리세가는 패도적인 도법을 자랑하는, 어떤 면에서는 본가와 비슷한 문파다. 문도 수가 6천에 이르는 명문이지. 본가와 힘을 합친다면 두려울 게 없을 정도의 힘을 갖추고 있다 이 말이야. 그리고 패도 종리영우는 제갈세가의 가주 제갈기와 의형제를 맺은 관계가 아니더냐? 제갈세가까지 보탬이 된다면 그 힘은 대단한 거지.

그에 비해 무영문은 문도 수 4천 정도······. 옥화무제가 있지만 사실 무영문의 무공은 종리세가와 비교한다면 대단한 게 못 된다. 옥화무제라는 뛰어난 인물 덕분에 지금과 같은 비약적인 발전을 한 것이지. 하지만 무영문은 정보 단체인 만큼 양(陽)으로는 보탬이 안 되어도 음(陰)으로는 큰 힘이 되지. 그래서 여러 가지로 의견이 분분한 거야. 네 생각은 어떠냐? 네가 데리고 살 여자니까, 너의 의견도 조금은 들어 보려고 부른 것이다."

부친의 황당한 질문에 서문길은 할 말을 잃을 수밖에 없었다.

'으음, 파혼 선언을 하고 새로운 여자를 잡아 정략결혼을? 전에 만나 보니 매영인이란 소저도 그런대로 괜찮기는 하지만, 아무래도 그 정략결혼이란 것이······. 거기다가 약속이 중요한 게 아니라니. 그리고 약속 파기를 나더러 그 무지막지한 패도 어르신한테 직접 가서 하라고? 으윽, 나를 죽이려고 들 텐데?'

성질나면 자신을 개 패듯 하는 아버지도 무서웠지만, 종리영우는 그보다 성질이 더 개 같은 것으로 알려져 있었다. 혹자는 그것을 '좀 급하기는 해도 불의를 보면 참지 못하는 의로운 성격'이라고 부르기도 하는 모양이지만, 그것은 정파의 거두(巨頭)에게 '개 같은 성격'이라는 말은 차마 할 수 없기에 빙 돌려서 하는 말일 뿐이었다.

서문길은 종리영우의 성격에 대해 미리 장인이 될 인물이라 상당한 시간과 노력을 투자해서 상세히 알아본 후였기에, 아마도 자신이 파혼 선언을 하러 간다면 그 후에 어떤 일이 벌어질지 능히 짐작할 수 있었다. 모르긴 몰라도 뼈마디 몇 개 부러지는 정도로는 절대로 끝나지 않을 것이라는 것을 말이다.

정략결혼이란 것에 대한 거부감. 그리고 종리영우의 개 같은 성격에 대한 일종의 두려움이 합쳐져서 서문길이 선택할 길은 아마도 하나밖에 없는 것처럼 느껴졌다.

"아버님께서는 예전부터 약속의 중요성을 말씀해 오셨습니다. 그런데 아무리 오래전에 말로만 한 약속이라고 해서 하찮은 이유로 깰 수는 없다고 생각합니다. 딱히 옥란 소저가 신체나 정신에 무슨 문제가 있는 것도 아니구요."

"그렇다면 너는 옥란에게 아무런 불만이 없다는 거냐?"

서문길은 잠시 당황스런 표정을 지었지만 이내 답할 수밖에 없었다.

'얘기가 왜 이렇게 돌아오는 거야?'

"그, 그렇다고 볼 수도 있겠죠."

"흐음, 그렇다면 조만간 날을 잡아 함께 종리세가를 방문하자꾸나. 옥란이를 한 번 보고 문제가 있다면 말하거라. 곧장 매영인으로 바꿔 줄 테니. 알겠느냐?"

"예."

서문길의 대답은 좀 시큰둥했다. 오간 대화는 논리가 정연한 것 같았는데, 뭔가 당한 것 같은 기분이 들었기 때문이다.
"이만 가 보거라."
"소자 물러가겠습니다."
고집 센 아들이 나가자 서문길제는 밖에 대고 외쳤다.
"차를 가져오너라."
"예."
시비가 다소곳이 차를 놓고 나가자 서문길제는 찻잔을 들고 향을 음미하며 빙긋이 웃었다.
'클클클, 이번에도 당했지. 옥란이 얘기를 꺼내면 자기 마음에 드는 상대와 결혼하겠다고 전처럼 길길이 뛸 것 같기에 매영인을 슬쩍 동원한 것뿐이다, 이 녀석아. 제 꾀에 제가 넘어갔지.'
"휴우, 하나뿐인 아들놈이 머리가 커가니까 왜 이렇게 말을 안 듣는지. 아들놈을 꼬신다고 별의별 잔머리를 다 굴려야 하다니……. 에구, 내 팔자야. 매질을 좀 약하게 해서 키워 그런가?"
이제서야 개 맞듯이 맞고 울부짖는 어린 아들이 안쓰러워 차마 몇 대를 더 때리지 못하고 멈췄던 것이 한스러워지는 서문길제였다.
원래 서문길제와 종리영우는 그렇게 절친한 사이는 아니다. 어릴 때부터 맺어진 서문길과 종리옥란의 혼약도 정략의 요소가 다분했다.
서문길제는 아들에게 오래전에 혼약을 한 참한 색싯감이 있으니 딴 데 한눈팔지 말라고 넌지시 말했고, 서문길은 그런 혼약은 지킬 필요 없다고 반박하면서 마음에 드는 색시감을 강호에 나가 직접 구하겠다고 대들었다. 그런 후 신경질이 머리끝까지 난 아버지에게 잡혀 다리몽둥이가 부러지기 전에 재빨리 도망, 아니 가출했던 것이다. 그 때문에 서문길은 스물여섯이라는, 명문의 자제치고는 대단히 젊은 나이에 강호초출을 경험했던 것이다. 벅찬 상대와 싸워 간신히 이긴 후 정신 차리고 연공실로 다시 들어가기는 했지만, 그 덕분에 7룡의 서열에 들어가게 되었던 것이다.

그래서 서문길제는 종리옥란과의 혼약 문제에, 이번에 매파가 들어온 매영인을 끼워 넣은 것이다. 둘 다 정략결혼이지만 하나는 예전의 약속이요, 하나는 이번에 들어온 청혼이다. 이번에 들어온 게 좀 더 정략적인 냄새를 짙게 풍기니까, 말만 잘하면 새 것보다는 과거의 것을 택하게 되는 게 사람의 심리.

서문길제는 일부러 오랜 시간 뜸을 들여 아들의 심기를 흔들어 놓았다. 그리고 교묘한 화술로 자기 마음에 드는 여자 운운하는 소리는 생각할 여유도 없이 그저 약속 위반에 대한 도의적인 반발을 느끼도록 유도했다. 그리고는 둘 중 하나를 택하도록 만들었으니 서문길이 자신의 처지는 잊고 얼떨결에 종리옥란을 택한 것이다. 원래 그의 생각은 그게 아니었는데…….

"실패입니다."

총관의 말에 발속에 앉아 있는 여인은 몹시 황당한 느낌이 드는지 재차 질문을 해 왔다.

"무슨 말인가요? 중원 최고의 정보 집단과 혼약을 맺자는 제의를 양쪽에서 다 거절했다는 건가요?"

여인의 말에 총관은 머리를 조아렸다. 평상시에는 명철하며, 예의 바르고 수하를 생각해 주는 뛰어난 상관이었지만, 이성을 상실하면 매우 무서운 여자였기 때문에 그도 이번 보고를 올리기 전에 매우 많이 망설였었다. 하지만 이미 보고는 시작된 것이었기에 그는 상당히 조심조심 살얼음을 걷듯 말을 이어 갔다.

"유감스럽게도 그렇습니다. 수라도제는 아들에게 이미 약혼자가 있다면서 정중히 거절하더군요. 그거야 이미 알고 있던 사실이지만, 그래도 정략결혼이 싫다고 서문길이 뛰쳐나갔던 걸 생각하면 조금 의외의 결과라 할 수 있겠죠. 종리옥란과는 달리 아가씨께서는 4봉에 들어가는 최고의 신붓감인데 말입니다. 그리고 백씨세가에서 아가씨와 서로 만나기까지했구요. 조금 이해가 가지 않는 일이었습니다."

"어쩔 수 없지요. 혼인이란 것이 상대가 싫다는 걸 억지로 할 수 있는 건 아니니까……. 그렇다면 묵향은?"

아직까지는 자신의 사랑하는 손녀가 차여 버렸다는 것에 대한 노기가 그렇게 심하게 드러나지 않고 있었다. 그것도 다 아직 그녀에게 또 다른 패가 남아 있었기에 가능한 일이었지만.

"아, 예. 그…, 그쪽은 더 지독한 대접이었죠. 본인은 만날 수조차 없고, 군사인 설무지라는 인물만 만났습니다. 청혼을 설무지가 정중히 거절하더군요. 지금은 혼사 따위를 논할 때가 아니라면서요."

"흥! 만나 주지도 않았단 말이에요? 이런 못된 녀석! 아니지. 가만… 혹시, 그의 신변에 이상이 있는 건 아닐까요?"

성질을 터뜨릴 뻔했던 그녀는 불현듯 한 가지 생각이 미치면서 일단 노기를 가라앉혔다. 하지만 이것은 총관에게 있어 매우 좋은 반응이었다. 그녀는 매우 호기심이 왕성했기에 뭔가 딴 흥밋거리를 제공하면 곧장 그쪽으로 정신이 팔리기 일쑤였다.

"아닐 겁니다. 전 중원에 퍼져 있던 마교의 분타들이 잠적했다는 보고가 있습니다. 또 섬서분타에서 벌이던 위사 사업이나 표국, 전장, 기루 등에 파견 나간 고수들이 모두 섬서분타로 돌아갔다 합니다. 그걸 보면 지금 마교의 모든 전투 세력들이 두 곳으로 집중하고 있다는 것을 알 수 있지요. 하나는 총단이고 또 하나는 섬서분타입니다. 조만간에 둘 사이에 전면전이 벌어질 것으로 예상됩니다."

"그렇다면 누가 승리하게 될까요?"

"지금으로서는 알 수 없습니다. 전체적인 전력은 총단 쪽이 낫지만 섬서분타에는 묵향이 있습니다. 그 하나의 힘이 웬만한 문파 하나와 맞먹습니다. 그가 어느 정도 활약을 하느냐에 따라 승자가 결정되겠죠. 아마도 장인걸은 묵향이 활동하지 못하도록 막는 데 최선을 다할 것입니다."

"좀 더 정확한 추론을 내릴 수는 없나요?"

"유감스럽게도 더 이상의 정보가 없습니다. 얼마 전에야 총단의 내분으로 정보를 약간 얻었지만, 마교는 예전부터 정보를 빼내기가 아주 힘들었던 곳이죠. 장인걸이 마교를 완벽하게 장악한 후에는 약간씩 흘러나오던 정보조차 완전히 막혔습니다. 섬서분타는 대대적으로 무사 모집을 하기에 꽤 기대를 했는데, 열 명이나 첩자를 넣었지만 모두 외곽에서 허드렛일이나 할 뿐 안에서 무슨 일이 벌어지는지 낌새도 챌 수 없었습니다. 양쪽 다 첩보 활동을 하든 암살을 하든 최악의 조건이라 할 정도로 대비가 철저합니다."

"섬서분타 내부의 규모는?"

"약 4천 명이 기거할 수 있는 시설이 갖춰진 것으로 알고 있습니다."

"4천 명이라……. 그렇다면 식량 소모가 대단하겠군요. 그렇죠?"

"예, 엄청난 양의 식량이 반입되고 있습니다. 식량 반입에 투입되는 호위병들의 무공이 대단히 뛰어나기 때문에 그쪽에 수작을 부릴 수는 없을 겁니다. 그 외에 방대한 양의 병장기들도 매입하고 있죠. 중경이 가까우니 구입은 순조롭다고 수하들에게 보고받았습니다."

"섬서분타의 자금 사정은?"

"보고를 종합해 봤을 때 그렇게 풍족한 편은 아닙니다. 하지만 마교도들이 원래 가족들을 거느리고 높은 봉록을 받는 자들은 아니니 그걸로도 충분하겠죠. 총단도 마찬가집니다. 전면전을 벌이기에 앞서 분타들을 보호하기 위해 모두 지하로 숨긴 걸 보면 둘 다 몇 년은 외부 지원 없이 싸울 수 있다는 말이겠지요."

잠시 생각을 정리하던 옥화무제는 뭔가 떠올랐다는 듯 총관에게 질문을 던졌다.

"아, 방금 4천 명 규모의 시설이라고 했죠?"

"예."

"숫자가 좀 안 맞는 것 같은데요?"

"예?"

"천랑대와 염왕대를 흡수했으니 약 3천 명. 그리고 나중에 합류한 흑풍단이 적게 잡아도 3천 명. 그렇다면 6천 명의 식솔이 되지 않나요?"

"흐음, 예, 그렇지요. 하지만 무인들은 잠자는 데 그렇게 넓은 공간을 필요로 하지 않습니다. 잠자는 것 또한 수련의 연장으로 치니까 말입니다."

"아닐 수도 있어요. 총관은 섬서분타 내부로 유입되는 식량, 건초(乾草), 의류, 병장기의 양을 좀 더 정확히 조사해 보세요. 특히 인원 파악에 도움이 되는 식량이나 그런 확실한 물품 말고, 의류라든지 신발 따위의 소모량에 중점을 맞춰요. 만약 그것이 위장이라면 그런 쪽이 의외로 허술할지도 모르니까요. 내 생각으로는 일부 세력이 섬서분타가 아닌 다른 곳에 있을지도 몰라요. 어쩌면 그게 진짜 섬서분타의 주력일 수도 있고……."

"알겠습니다."

어쨌든 총관은 이로서 안도의 한숨을 내쉴 수 있었다. 자신의 상관이 더 이상 자존심 상하게 하는 그 일에 대해 말할 의사는 없는 것 같았기 때문이다. 하지만 총관은 몰랐지만 그녀는 자신의 자존심을 짓밟은 그 두 인물에 대해 이것으로 끝낼 생각은 추호도 없었다. 되게 만들든지 아니면 복수를 해야만 자신의 짓밟힌 자존심이 다시 풀릴 것이기 때문이다.

복수의 첫걸음

음산한 마기를 뿜어 대는 흑의인 하나가 그 주변에 모인 여러 흑의인들을 둘러보았다.

"제2, 3대는 진령문(振逞門)을 포위, 쥐새끼 한 마리도 도망가지 못하게 해라."

두 명의 흑의인이 그에 답했다.

"존명!"

"제1대는 정면을 맡는다. 상대의 이목을 최대한 그쪽으로 집중시켜라."

"존명!"

"제4대는 하인들이 거주하는 곳을 맡아라. 최대한 많은 인질을 재빨리 확보하여 끌고 나오라."

"존명!"

"제5대는 본좌와 함께 행동한다."

"존명!"

"될 수 있다면 살상은 최대한 억제하라. 이따위 문파 잡아먹어 봐야 별것도 아니야. 이번 일만 끝나면 이곳은 곧 포기할 거니까……. 알겠느냐?"

"존명!"

"자, 행동을 시작하라."

흑의인들이 저마다 수하들을 거느리고 어디론가 사라지고 얼마 지나지 않아 "적이다!"하는 비명성과 함께 병장기 부딪치는 소리가 진령문 곳곳에서 들려 왔다.

진령문은 정파 계열 문파로 주변의 평이 좋았고, 그 문주 막충(莫忠)이 정인검(正仁劍)이란 명호를 받았을 정도로 뛰어나고 광명정대한 인물이었다. 그는 살아가면서 원수진 일도 없었고 또 자신도 원수질 만한 일을 한 적도 없었다. 그렇게 사람 좋은 인물이다 보니 그의 대에 진령문을 크게 키우지는 못했지만 주위 많은 문파들의 지지를 받는 위치에는 올라섰다. 따라서 그날 밤의 기습은 막충의 입장에서는 정말 마른하늘에 날벼락이었다.

막충은 누군지 모르겠지만 이 부근에서 꽤나 명성을 날리고 있는 자신의 문파를 공격해 들어온 하룻강아지들을 응징하기 위해 재빨리 옆에 놓인 검을 집어 들고 뛰쳐나갔다. 그는 지금 자신이 속옷 차림에, 그나마 상의는 입지도 않았다는 것도 자각하지 못했다. 신발 신을 시간도 아까워 맨발로 뛰어나간 막충은 정문 쪽에서 담을 넘어 들어온 2백여 명의 흑의인들을 향해 몸을 날렸다.

챙챙챙!

일단 검을 섞어 본 막충은 상대방의 실력에 놀랐다. 마기를 풀 풀 풍기는 것으로 보아 어디 소속인지는 대강 감이 잡혔고, 그의 예상이 맞다면 상대의 실력이 이 정도로 뛰어나다는 게 이해가 갔다. 하지만 마교가 이런 시골구석까지 와서 자신의 문파를 핍박할 이유가 없었다. 마교에서 노리는 것이 뭔지는 모르겠지만 어제 아침에 자신들의 뜻에 동참하라는 서신을 가지고 온 놈이 있긴 했다. 물론 그는 정도를 걷는 무인으로서 그 요구를 거절했다. 그렇다고 이렇게 빨리 손을 써 오리라고는…….

2백여 명의 흑의인들을 상대로 달려든 진령문의 무사는 거의 1천여 명에 달했다. 하지만 상대가 담을 등지고 있기에 포위를 할 수 없으니 그 숫자는 말짱 헛거였다. 오히려 많은 숫자 때문에 서로가 방해가 되어 뒤에 있는 자들은 푹 쉬고 있었으니까.

이때 나지막하지만 충분한 내력이 실려 있기에 싸우는 와중에도 들려오는 목소리가 있었다.

"멈춰라, 막충! 인질들의 목숨이 소중하다 생각한다면 검을 버려라."

순간적으로 막충은 뒤를 돌아보았다. 뒤쪽에는 자신의 부인과 자식들, 하인, 하녀들, 진령문 내에서 살림을 차린 무사의 아녀자들과 자식들이 주르르 무릎을 꿇고 앉아 있었다. 그 주위에는 4백여 명의 흑의인들이 검을 뽑아 들고 서 있었다.

"빨리 검을 버려라. 본좌가 본보기를 보여야만 무기를 버리겠는가?"

"……"

막충이 대답을 하지 않자, 우두머리로 보이는 흑의인이 무자비한 어조로 말했다.

"열 명만 무작위로 끌고 나와 베어 버렷!"

"존명!"

흑의인들 중 열 명이 재빨리 움직이더니 자신의 손에 가장 가까운 사람을 하나씩 잡아서는 일렬로 쭉 세웠다. 그리고는 그들의 검이 싸늘한 광채를 뿌리며 검집에서 뽑혔고, 곧이어 밑으로 떨어지는 순간……

"멈추시오! 항복하리다."

막충은 이따위 무리들과 타협을 하거나, 항복할 생각은 추호도 없었지만 어쩔 수가 없었다. 겨우 2백여 명을 상대로 1천여 명이 모였지만 단 한 명도 죽이지 못한 데다가, 상대의 월등한 실력에도 불구하고 본격적으로 살수는 쓰지 않았기에 부상자는 꽤 많았지만 죽은 자는 없는 것으로 보아, 상대방은 처음부터 인질로 승부를 보려는 생각을 품고 있었음에 틀림없었다.

여기서 그가 거절한다면? 저 마교도들은 그야말로 진짜 손을 쓰기 시작해서 피바다를 만들 게 분명했다. 저놈들이 한다고 했으면 분명히 해낸다는 것은 역사가 증명해 주지 않는가? 2백 명도 어떻게 하지 못했는데, 6백 명이라면 분명히 이곳을 도륙 내고도 남을 것이다. 그리고 또 밖에서 얼마나 많은 숫자가 포위망을 이루고 있는지 알 수도 없지 않은가?

진령문의 문주 정인검 막충이 검을 버리자 그의 문도들도 하나하나 억울함과 원통함이 가득한 얼굴로 무기를 내던졌다. 하지만 막충은 도저히 이것으로 끝낼 수는 없다는 듯 상대방을 향해 항의했다. 물론 이런 항의가 먹힐 상대는 아니었지만, 항의라도 하지 않는다면 수하들에 대한 자신의 체면은 두 번째로 하고, 울화가 터져서 죽을 것 같았기 때문이었다.

"이보시오, 대관절 무슨 일인지는 알 수 없지만 그대들과 원수진 일이 없거늘 이래도 되는 거요?"

흑의인들의 우두머리는 수하들이 떨어진 병기를 모아서 한곳에 쌓고 있는 것을 보며 느긋한 어조로 답했다.

"잘 생각해 보시게나. 오늘, 아니 지금이 인시(寅時 : 새벽 3시) 초니까 어제군. 어제 아침에 본좌는 그대에게 본교에서 움직일 만한 거점이 되어 줄 것을 정중히 부탁했지. 자네는 거절했고. 그래서 발생한 결과지."

"마교에서 정파를 건드리면 주위의 문파들이 가만히 있지 않을 것이오."

하지만 막충의 협박은 우두머리에게 그 어떤 압박도 주지 못했다. 우두머리는 싱긋이 웃으며 품속에서 편지 몇 장을 꺼내며 말했다.

"이걸 믿고 있는 모양이군. 물론 이걸 가지고 가던 녀석들은 모두 본좌가 잡아 뒀네. 죽여 버릴까 하는 생각도 해 봤지만, 이제 한동안은 같은 길을 걸을 동지들끼리 처음부터 나쁜 인상을 가지고 시작할 수는 없지 않겠나? 어쨌든 자네의 연락을 받고 이쪽으로 뛰어올 문파는 하나도 없다고 생각하는 게 좋겠지."

막충의 얼굴에는 절망감이 어렸다.

"원하는 게 뭐요?"

상대는 절망감 어린 막충의 얼굴을 재미있다는 듯 바라봤다. 여태껏 자신이 깨부수며 온 문주들의 반응은 어떻게 이렇게도 한결

같을까 하는 생각을 하면서 그는 느긋한 어조로 말했다.

"진령문은 이제부터 본교의 보급 기지 역할을 하게 될 거네. 물론 우리가 추진하는 일이 끝나고 나면 조용히 물러나 주지. 이곳을 본교가 장악하고 있다는 사실이 외부에 알려진다면, 이곳은 곧 전쟁터가 될 거야. 우리들은 철수하면 그만이지만, 아마 그날로 진령문은 문을 닫게 될 거네. 아시겠나?"

상대의 말에 막충은 말도 안 된다는 표정으로 말했다.

"외부에 알려지면 왜 우리가 피해를 입는다는 거요? 그대들이 피해를 입겠지."

"우리가 지금 싸우고 있는 상대는 정파가 아니네."

'마교가 정파와 안 싸우면 누구와 싸워?'

상대는 막충의 의아한 듯한 표정을 보고는 씁쓸하게 미소 지으며 말을 이었다.

"본타는 본교 총단과 투쟁을 벌이고 있지. 이곳 진령문은 총단 공격의 보급 기지가 될 거네."

그러자 막충은 가소롭다는 표정으로 냉소를 흘렸다.

"크하하하, 말도 안 되는 소리 하지 마시오. 마교끼리 싸움이라니……."

흑의인 우두머리의 표정이 굳어졌다.

"믿고 안 믿고는 그대의 자유. 하지만 본좌는 그대에게 경고를 했고 그 경고를 어겨 벌어지는 모든 책임은 자네에게 있네."

우두머리는 주위를 보며 외쳤다.

"병장기를 한 곳에 모으고, 인질들도 한 곳에 가두고 철저히 감시해라. 그리고 동쪽에 있는 수련장 건물에 저자들을 수용한 후 감시하라."

"존명!"

"막충, 자네는 이리 오게."

막충은 상대가 무슨 짓을 하려나 생각하면서도 수하들에게 주눅든 모습을 보이지 않으려고 자신이 할 수 있는 한 최대한 당당하게 걸어갔다.

"왜 그러시오?"

"한 문파의 문주인데 그래도 약간은 나은 대접을 해야지. 그대가 할 일도 있고."

"무슨……?"

"주위에 얼굴이 잘 알려진 인물 둘을 뽑게. 본좌가 마기를 안 풍기는 녀석 둘을 붙여 줄 테니 이제부터 주위의 민가들을 돌며 안심시키러 다녀야지. 물론 자네가 직접 돌아다닐 필요는 없을 테고……. 자네가 돌아다니면 오히려 의심을 살지도 모르니 수하들을 보내자는 거야. 알겠나?"

막충은 상대의 의도를 알 수 있었다. 물론 그렇게 해 두면 근처 사람들은 안심을 하고 다시 잠자리에 들 것이다. 그리고 자신의 눈앞에 서 있는 이 망할 녀석은 아무 거리낌 없이 계속 여기에 눌어붙어 있게 될 것이다. 하지만 그는 우두머리의 제안에 반대할 수는 없었다. 칼자루는 저쪽이 쥐고 있기 때문이다. 막충은 마지못해 답했다.

"알겠소."

"두 명에게 주위를 다니면서, 오늘 밤 기습이 있었지만 모두 물리쳤으니 안심하라고 선전하도록 하게."

"알겠소."

막충이 흑의인들에게 끌려가던 문도들 중에서 두 명을 불러 이제부터 해야 할 일을 설명하고 있을 때 흑의인의 우두머리도 마기가 비교적 덜 풍기는 녀석 둘을 차출했다. 상관에게 자세한 설명을 들은 그들은 진령문의 안전함을 선전하기 위해 뛰어 나갔다.

우두머리는 이제 모든 일을 해 놨는지 느긋하게 마루에 걸터앉아 수하에게 술을 가져오라고 지시했다. 수하 하나가 주방에서 찾아낸 술과 안주를 가지고 오자 우두머리는 자신의 잔에 술을 가득히 따라서 맛있게 한 잔 쭉 들이켰다.

"크, 제법 좋은 술이군. 자네도 이리 오게. 오늘 밤 속 쓰리는 일도 많을 텐데, 한잔하게나."

"마시기 싫소."

염왕적자(閻王笛子)는 일부러 비릿한 미소를 지으며 능청스레 말했다.

"벌써부터 본좌의 명을 거절할 건가? 안 되겠군. 몇 명 잡아다가 목을……."

그러자 막충은 재빨리 상대의 앞에 앉아서는 잔에 넘치도록 술을 따라 목구멍 안으로 털어 넣었다.

'제기랄, 내 신세가 왜 이렇게 되었는지…….'

똥 씹은 얼굴로 억지로 술을 털어 넣는 모습을 보며 염왕적자는 빙그레 미소를 지었다.

"그대는 본좌가 오늘 그대 문파 사람들을 죽이지 않기 위해 많은 노력을 했다는 걸 아나?"

"……."

"사실 본좌가 끌고 온 수하들은 본좌 휘하에 있는 수하들의 반이야. 나머지 반은 군사가 어디에 쓴다고 빌려 갔지. 그렇지만 반만으로도 이 정도 시골 문파 따위 2각이면 시체의 산으로 만들어 버릴 수 있었네. 하지만 군사가 쓸데없이 피를 보지 말라고 부탁을 했기에, 노부도 조심을 한 거지. 왜 그런고 하니 후속 부대의 지휘관이 이런 일에는 익숙하지 않은 인물이거든."

막충은 별로 궁금하지는 않았지만 예의상 상대의 말에 응대해 주었다. 상대방에 대한 정보를 들어서 나쁠 것은 없었기 때문이다.

"누군데 그러시오?"

"조금 지나면 알게 될 거야. 아마 본타가 그대에게 신세지는 것도 몇 년 되지 않을 거야. 과연 얼마나 시간이 걸릴지 장담할 수는 없지만, 이것 하나는 약속하겠네. 그대와 그대의 문파에는 아무런 피해를 입히지 않도록 노력함세. 대신 그대도 이 비밀이 밖으로 새어 나가지 않게 조심해 주게나."

서로 가벼운 이야기를 주고받으며 그렇게 반 시진(1시간) 정도 흘렀을까? 흑의인들의 우두머리는 세 병째 술을 마시기 시작했을 때 땅이 미세하게 진동하는 것을 느꼈다.

"이제야 왔군."

막충은 주위를 두리번거렸지만 아무도 온 사람은 없었다. 1각여가 지난 후에야 어떤 지시를 받았는지 흑의인들이 정문을 열었고, 1천여 명의 기병들이 달려 들어왔다. 그들은 마을 외곽에서 미리 준비해 온 두터운 헝겊으로 말발굽을 몇 겹 감싸 두었기에 거의 소리가 나지 않았던 것이다. 먼저 들어온 거대한 흑마(黑馬)에서 두터운 갑주를 걸친 인물이 뛰어내렸다. 그는 우두머리에게 다가오며 정중히 인사를 건넸다.
"안녕하셨습니까? 염왕적자 대장."
"어서 오시지요, 관지 공(公). 일이 벌써 끝나 버려 미안하외다. 이쪽은 신세지게 될 진령문의 정인검 막충이요."
 막충은 일그러진 얼굴로 중무장을 갖춘 인물에게 간단하게 포권했다. 이 정도 중무장을 갖춘 인물이 그에 준하는 무장을 갖춘 수하들을 1천여 명이나 끌고 들어오는 걸 보니, 아마 전쟁이라도 벌일 생각인 모양인 게 확실했다. 말은 마교도라고 둘러대고 있지만 어쩌면 시국이 어수선한 틈을 타서 반란이라도 일으키려는 무리인지도 몰랐다. 그렇다면 그 본거지를 제공해 준 막충으로서는 정말 재수 없으면 고래 싸움에 새우등 터지는 수가 생기는 것이다. 막충이 상대의 무림인 같지도 않은 엄청난 중무장을 보고 잔머리를 굴리고 있을 때 관지는 막충을 향해 정중하게 포권하며 인사를 건네 왔다.
"관지라 하오. 잘 부탁하오."
 한중평이 관지에게 관지 공이라고 높여 주는 것은, 그의 무공 고하를 떠나 그가 억울한 누명을 쓰고 쫓겨나긴 했지만 관직에 머물렀던 뛰어난 장군이었기 때문이다. 찬황흑풍단의 천인대장이라면 장군급이었다.
"대단히 빨리 끝내셨군요."
"겨우 이 정도 시골 문파, 염왕대 1백 명만으로도 간단하게 쑥밭으로 만들 수 있지요. 그래, 오는 길에 문제는 없었소이까?"
 '염왕대? 가만히 있어 봐라, 어디서 들어 본 듯도 한데?'

막충은 둘의 대화를 중간에서 들으며 상대의 소속에 대한 실낱같은 정보가 들어오자 이리저리 두뇌를 회전시키기 시작했다. 만약 그가 '자성만마대'라는 말을 들었다면 놀라서 뒤로 자빠졌겠지만 염왕대라는 단어는 그에게 큰 감흥을 주지 못했다. 왜냐하면 염왕대는 거의 외부에 알려지지 않았기 때문이다.

막충이 자신의 머리를 쥐어짜고 있건 말건 둘의 대화는 계속되었다.

"흔적을 남기지 않는다고 이리저리 돌아오느라 늦었습니다."

그러면서 관지가 염왕적자를 향해 조금 꺼림칙한 시선을 보내자 염왕적자도 곧 눈치 채고는 막충을 자신의 방으로 돌려보냈다. 이제부터 할 이야기를 딴 사람이 들어서 좋을 것은 하나도 없었기 때문이다. 막충이 멀어져 가는 것을 보며 관지가 입을 열었다.

"타주의 몸도 안 좋은 이때 움직이는 게 잘하는 일인지 모르겠군요."

걱정스러워하는 관지와 달리 염왕적자의 표정은 태평스러웠다. 염왕적자는 딴 건 몰라도 타주의 무공과 그 강인한 생명력만은 거의 신앙과 같이 믿고 있었기 때문이다.

"누가 뭐라고 해도 타주는 본교 최고의 고수! 곧이어 쾌차하실 것이오. 우리는 그분이 일어나시기 전까지 모든 준비를 갖춰 놓기만 하면 되는 거외다. 물론 관지 공의 우려는 알고 있소. 하지만 공이 우려하는 일은 결코 일어나지 않을 것이오. 적들이 타주가 몸져누워 계시다는 사실을 확신하지 못하는 한, 결코 선공을 가해 오지 못하기 때문이오."

여기까지 말하던 염왕적자는 갑자기 생각났다는 듯 물었다.

"참, 그런데 나머지는?"

"분산해서 이동했으니까 좀 있으면 모두 도착할 겁니다."

"자자, 그럼 수하들이 도착할 때까지 술이나 한잔하지요. 여기 괜찮은 술이 있더군요."

"예."

어둠이 걷히고 동이 틀 때쯤 관지가 거느리는 흑풍대 4천여 명이 모두 도착했다.

흑풍대는 묵향과 합류하기로 결정했을 때 말과 갑주 등 모든 장비들을 버렸다. 게다가 흑풍대 구성원들 개개인의 무공은 마교의 인물들보다 훨씬 떨어졌지만, 기마전에 능했고 또한 군인들이었기에 집단전을 주 특기로 했다. 그렇기에 설무지는 그들에게 뛰어난 준마(駿馬)와 군용으로 납품되던 전투용 중갑주, 두터운 방패 등 그들이 원하는 것은 모두 다 장만해 주었다. 그리고 어느 정도 시일이 지나 관의 통제가 느슨해지자, 과거 이탈했던 흑풍단의 인원들까지 가세해 지금 흑풍대는 4천 명으로 증강되었다. 그렇기에 지금은 넓은 평지에서 전투를 벌인다면 염왕대와 막상 막하의 접전을 펼칠 수 있는 수준에까지 와 있었다.

떠오르는 해를 보며 관지는 염왕적자에게 물었다. 그는 이제 갑주를 벗고 평상복 차림으로 앉아 있었다.

"언제 떠나실 겁니까?"

"오늘 밤 해가 지면 출발할까 생각하고 있소. 또 한 곳의 문파를 부숴야 하거든. 하지만 도둑고양이처럼 밤에만 은근슬쩍 움직이자니 죽을 노릇이로군."

염왕적자의 말투에는 짜증스러움이 조금 묻어 있었다. 염왕적자의 말에 관지는 약간 걱정스럽다는 표정으로 말했다.

"아무리 마교와 전쟁을 한다고 하지만, 이런 상관도 없는 문파를 부숴도 괜찮을까요?"

처음부터 무림인인 염왕적자와 달리 군인이었던 관지가 무림의 생리를 이해하기는 시간이 필요했다. 그렇기에 염왕적자는 관지가 지니고 있는 양심의 가책을 조금 가볍게 해 주기 위해 그로서는 제법 궁리를 해 가며 설명했다.

"관지 공은 아직 무림을 잘 모르니까 그런 말을 하는 거요. 무림은 철저하게 약육 강식의 법칙이 지켜지는 곳이오. 정(正)이니 협(俠)이니 큰소리를 쳐도 힘없으면 말짱 헛거라 이 말이외다. 과연 정파라 자처하는 무리들이 협이란 걸 지키는지 아무도 모르는 게 사실이지 않소?

사실 본좌가 지금까지 살아오면서 본 정파란 것들 중에도 쓰레기들이 많았고, 또 사파나 마교라 불리는 인물들 중에서도 협의 정신을 지키는 인물들이 있었소. 물론 노부가 그렇다는 말은 절대로 아니요. 노부가 지금껏 살아오면서 느낀 것은 이것이오. 문제는 정(正)이냐 사(邪)냐 그런 게 아니라, 지금 관지 공처럼 협을 지키고자 하는 마음을 가지느냐 하는 것이지요. 관지 공은 군에 오래 있었으니 잘 알 거외다. 적군을 대할 때 어떤 행위를 했었소?"

순간 관지에게는 이민족들과 싸우던 과거의 기억이 되살아났다. 별로 유쾌하지는 않은 기억. 야만족들이라는 단 하나의 이유만으로 살인, 강간, 폭행, 약탈을 자행하지 않았던가. 가깝게는 몽고전에서부터 멀게는 자신이 처음 흑풍단에 입단했을 때 있었던 투르

판 원정까지…….

"……."

관지의 얼굴에 씁쓸한 표정이 떠오르는 것을 보고 염왕적자는 구태여 상대의 대답을 기다리지 않고 말을 이었다.

"군대란 아주 재미있는 단체라고 할 수 있소. 같은 편은 목숨을 바쳐 보호하고 반대편에 대해서는 살인, 강간, 폭행, 약탈을 감행해도 오히려 높은 공로를 세웠다고 녹봉과 벼슬을 올려 주며 칭찬하지 않소? 무림도 같소. 협이니 뭐니 따질 필요가 없소. 무림은 적을 죽이지 않으면 내가 죽는 곳이오.

물론 이 문파는 지금껏 우리의 적이 아니었소. 하지만 이들의 문주는 우리와 같이 행동할 것을 거절했고, 그렇다면 이들은 우리의 행동에 지장을 주는 적이 되는 것이 아니겠소? 적을 무참히 없애 버렸다. 그것은 문제가 될 것이 없다고 나는 생각하오. 안 그렇소?"

관지는 보일 듯 말 듯 미세하게 고개를 끄덕이며 대답했다.

"어느 정도 이해는 되는군요."

"지금 우리들의 행동에서 가장 중요한 것은 기밀을 유지하는 것이오. 진령문은 이제 총단을 점령하기 위한 보급 기지로서 아주 소중히 쓰일 곳이라오. 또 필요한 병력을 숨겨 두기도 그만인 곳이고……. 왜 하필 눈에 잘 띄지 않는 이런 시골 문파를 박살 냈겠소? 내일부터는 관지 공이 이곳을 책임져야 하는데, 그때 사소한 인정을 보인답시고 물컹하게 대했다가는 오히려 더 많은 사람을 죽여야 한다는 점을 명심하시오. 이런 작은 문파는 본교가 보이지 않게 살며시 뒤에서 지원해 주면 급속히 힘을 회복할 것이오. 그러니 이들에게 인정을 베푸는 것은 총단을 박살 낸 후에 해도 늦지 않소."

"명심하겠습니다."

"며칠 후면 관지 공은 아마도 또 이동하게 될 거요. 군사께 들었는지 모르지만, 이번 길 개척은 노부가 거느린 염왕대가 맡았소. 노부가 부수고 들어가면 관지 공이 뒷수습을 하는 식으로……. 3백 리(약 120킬로미터) 정도 거리를 두고 문파를 하나씩 부숴 나갈 것이오. 여기서 대산까지는 3천 리 길……. 앞으로도 아홉 개의 문파를 더 부숴야 한다는 결론이 간단하게 나오지요. 아마 흑풍대 뒤로 본타의 주력이 따라올 것이오. 그리고 비밀리에 총단 부근에서 집결하여 혈전을 벌이게 될 것이오. 길 개척이 끝날 때쯤에는 그분의 상처도 회복될 테니 승산이 있는 싸움이 되지 않겠소? 그때까지는 마음에 들지 않는 점이 보이더라도 꾹 참아 주기를 바라오."

막충은 인질들 때문에 할 수 없이 협조하긴 했지만, 그 와중에 정말 문파 간의 싸움도 이 정도로 규모가 클 수 있다는 사실을 깨달았다. 보통 문파 사이의 싸움은 상권(商權) 등의 이권을 놓고 다투는 것으로, 상대방을 멸망시키기 위한 전면전보다는 각 지역을 놓고 제한적인 싸움을 하게 된다. 많이 동원되어야 1천여 명, 보통 5백여 명도 안 되는 무사들이 검이나 창 등 개인이 휴대할 수 있는 병장기들로 무장하여 하루 정도 투닥거리고 나면 싸움이 끝나는 게 정석이었다.

하지만 마교도들에게 점령당한 후 진령문의 창고에는 어디 전쟁에라도 쓸 건지 몸통만을 가리는 약식 갑옷과 활, 화살, 강노(强弩), 연노(連弩), 창, 투석기, 방패 등 별별 물자들이 쌓이기 시작했다. 거기에 진령문에 주둔 중인 흑풍대라는 마교의 집단은, 개개인의 무공은 흑의인들보다 약한 듯 보였지만 그 무장을 보면 아무래도 정규전 교육을 받은 특이한 인물들 같았다. 무림인들이 잘 쓰지 않는 마상용 무기를 아주 능숙하게 다룰 뿐 아니라, 옆에서 구경하기에도 쇠뇌(弩)나 투석기 등을 수리, 정비하는 모습이 그런 것들을 많이 다뤄 봤음을 확연하게 보여 주었다.

얼마 후 관지라는 우두머리가 떠나자 진령문에는 관석(關析)이란 자가 3백여 명의 무리를 이끌고 주둔했는데, 그때부터 각종 무기와 식량 등이 진령문을 통해 어디론가 흘러간다는 걸 알 수 있었다. 그곳이 어디인지는 모르지만 아마도 그쪽에서 피바람이 불어오리라.

백일취주(百日醉酒)

"어서 오십시오, 천도왕(天刀王) 수석장로님."

미리 기별을 받았는지 설무지 군사가 뛰어나오며 여지고 수석장로를 반가이 맞이했다. 설무지가 군사라는 직위에 있지만, 수석장로와 차석장로가 군사라는 직위보다 낮지는 않았던 것이다.

"오랜만이외다, 군사."

"수고가 많으셨습니다. 사혈천신(蛇血天神) 장로님은?"

"그는 부교주님이 명하신 대로 포섭자 명단을 들고 고루혈마(枯僂血魔), 지옥혈귀(地獄血鬼)와 함께 돌아다니고 있소. 이미 몇 명 포섭했다는 보고를 들었소."

"각 분타에서 쓸 만한 무사를 뽑는 임무는 누가 맡고 있습니까?"

"음희(淫嬉)와 사망혈매(死亡血梅)가 하고 있소. 사망혈매는 혈화궁 출신이니 정보에 뛰어나, 제대로 된 선발을 기대할 수 있을 거요."

"몇 명 정도 뽑으실 건지요?"

"3천 명 정도로 하라고 지시해 놨소. 장인걸과 직접적인 관련이 없는 자들만 추려 뽑았지만, 그 안에 끼어든 건 어쩔 수가 없소. 조심할 수밖에……."

"홍진 막주가 거처를 마련해 뒀습니다. 그들은 모두 그쪽으로 이동시켜 주십시오. 또 하나 주의해 주실 게 있는데……."

"무엇이오?"

"좌외총관은 이쪽으로 오지 못하게 하십시오."

여지고 장로가 의아한 표정을 지으며 반문했다.

"으응? 꼭 그래야 하는 이유라도?"

"그와 원수를 졌다는 초류빈이라는 자가 그분의 수하로 들어와 있습니다. 잘못하면 칼부림이 날 수도……."

"알겠소. 외총관에게 주의를 주지."

설무지는 다시금 처음에 의논하던 것으로 이야기의 방향을 돌렸다.

"허허, 수하들을 믿을 수 없다는 건 참 안타까운 일이군요. 그들이 확실히 첩자가 아니라는 보장만 있다면, 쓸 곳은 아주 많은데 말입니다."

"그래도 새로이 정비된 조직에서 만묘서생(萬妙書生) 진천악(陳天岳)이 보내오기 시작한 돈이 엄청나지 않소?"

"지금은 돈이 문제가 아니니까 그렇죠. 참, 부교주님께서 찾으셨습니다."

"부교주님의 상처는?"

상처 얘기가 나오자 설무지는 씁쓰레한 표정을 지으며 투덜거렸다.

"거의 치료되긴 했지만……. 호승심(好勝心)만 앞세울 뿐, 자신의 안위에 대한 인식이 너무 부족하시니 천도왕 수석장로께서 말씀 좀 잘해 주십시오. 수석장로님 외에 그분께 직언을 올릴 만한 인물은 과거 흑풍단 시절의 친구들뿐이라서 말입니다."

"알겠소. 지금 어디 계시오?"

"후원에 계십니다. 참, 이걸 가지고 가십시오. 아마도 도움이 될 겁니다."

설무지가 내미는 물건을 받아 들고 천도왕 여지고 수석장로는 흰옷 자락을 날리며 후원으로 통하는 문으로 들어섰다. 묵향은 후원에 핀 꽃들을 지그시 바라보고 있었다. 그리고 그 뒤에서 마화가 묵향의 시커먼 등판을 향해 곱지 않은 시선을 보내고 있었다.

"어서 오게나."

"안녕하셨습니까?"

"보다시피 별로 안녕하지는 못하다네. 상처도 쑤시고 등판도 좀 쑤시는 것 같군."

이렇게 격식을 따지지 않는 강자의 밑에 있을 때는 편리한 점이 많이 있다. 마교에서는 교주의 지근거리에 설 때 무기를 꼭 풀어 놓아야 하지만 이 정도 무공 차이가 난다면 그 법칙을 지키지 않아도 된다. 자만심 강한 묵향이 구태여 그런 걸 따지지 않기도 했지만, 원체 예절 방면으로는 무지한 인물이기에 다소 격식에 어긋나더라도 그냥 넘어가는 부분도 있었다. 그리고 상대의 잘못을 포용하는 자신감도 있었기에 그것이 가능했던 것이다.
 묵향은 언제나와 같이 깨끗이 세탁한 흑색 옷을 입고 묵혼검을 비스듬히 허리 뒤로 차고 있었다. 다만 그 흑색 옷 사이로 가슴을 칭칭 감고 있는 하얀 붕대가 드러나 보인다는 점이 평상시와 조금 다른 점이라고 할까…….
 묵향은 여지고 장로를 이끌고 마루로 올라섰다.
 "반가운 친구가 왔는데, 차를…, 아니 술을 좀 가져와라."
 그러자 마화의 눈꼬리가 위로 살짝 올라갔다.
 "몸도 안 좋으시면서 무슨 술이에요? 차를 드세요. 수석장로님도 차를 드실 거죠?"
 마화는 여지고 장로를 노려보며 강압적으로 말했다. 살기와도 같은 무형의 압력을 느끼며 여지고 장로는 짐짓 두려운 듯, 또는 질린 듯한 표정으로 고개를 끄덕이며 마화의 태도에 장단을 맞췄다.
 이런 식으로 수하로부터 존경과 사랑을 받아 본 마교의 고수는 없었다. 여지고 장로는 마화가 수하로서 뿐만 아니라 그 이상으로 묵향을 깊이 생각하고 있음을 느꼈다. 어떤 면에서는 부럽기도 했다. 마교란 공포와 광기에 의해 유지되는 단체. 수하들에게 공포를 통한 존경은 받을 수 있을지라도 마음에서 우러나오는 존경을 받는다는 건 도대체가 불가능하기 때문이다.
 마화가 차를 준비하라고 시비를 부르러 나가자 묵향이 이때다 싶은지 투덜거리기 시작했다.
 "제길, 상처는 거의 다 나았는데 저 야단이야."
 "그래도 저는 부교주님이 부럽습니다."

그러자 묵향이 시큰둥하게 말했다.
"말로만······. 침대에서 눈을 뜬 후에 저 녀석의 잔소리를 얼마나 들었는지 아나? 거기에다 중간 중간에 대답을 해야 하는 질문을 던져 대니 청각을 마비시킬 수도 없고. 으윽, 호위를 바꿔 달라고 관지한테 부탁하든지 원······. 요즘은 저놈의 잔소리 때문에 죽을 지경이야. 마누라도 아닌 게 잔소리만 늘어가지고······. 요즘은 점점 더 심해지고 있다구. 거기다 본좌가 더 신경질 나는 건 마화의 행태를 주변의 모든 놈들이 부추기고 있다는 거야. 직접 말하면 될 걸 가지고 왜 마화가 잔소리를 하도록 옆에서 충동질하냐 이 말이지, 제길."
여지고 장로는 묵향의 푸념을 들으며 살며시 미소를 지을 수밖에 없었다. 과연 묵향의 성질을 알고 있는 인물들 중에 그에게 잔소리를 할 수 있는 강심장이 본교에 존재할까? 이번 암습에 대해 직접 말은 못 하겠고 속에서 열불이 끓기는 끓으니, 대신 마화를 충동질하며 응원한 것이겠지.
그런 면에서 성질이 괄괄하고 화통한 여걸인 마화는 묵향과 합류한 마인들에게 아주 유명했고, 꽤나 사랑을 받는 여인이었다. 원래가 이런 잔소리는 부인이 해야 하지만 부인이 없으니 어쩔 수 없는 노릇이 아닌가? 게다가 묵향은 마화의 말은 웬만하면 참고 견뎌 주니 더 말할 나위가 없는 것이다.
"침공 작전은 어찌 되고 있는가?"
"지금까지 네 개의 문파를 비밀리에 복속시켰습니다. 오랜만의 일거리라서 그런지 한중평이 신이 난 모양이더군요. 또 그에게 잘 어울리는 일거리기도 했구요."

"관지는?"

"그런대로 잘 적응해 가고 있습니다."

"잘되었군. 흑풍대는 기병대니까 평지에서는 대단히 큰 전력이 될 수 있네. 거기에 집단전을 교육받은 것은 흑풍대뿐이잖은가? 총단을 공격하는 데 큰 힘이 되어 줄 것이네."

그러더니 묵향은 품속에 손을 넣어 편지를 꺼냈다.

"이 편지를 한번 읽어 보겠나?"

"……."

여지고 수석장로가 편지를 다 읽기를 기다렸다가 묵향은 천천히 입을 열었다.

"그대가 보기에는 어떤가?"

"군사는 뭐라고 하던가요?"

"물론 이간책이라고 하지. 장인걸이 잔머리를 굴려 어부지리를 취하려는 게 확실해."

"그럼 저에게 원하시는 답은 뭡니까? 저는 이런 쪽으로는 잘 모릅니다. 그냥 단순한 무인일 뿐……."

이때 마화의 뒤를 따라 시비가 들어와 두 잔의 차를 공손히 놓고 돌아갔다. 여지고 수석장로는 찻잔의 뚜껑을 열고는 향기를 감상한 후 천천히 맛을 음미하더니 놀랍다는 듯이 말했다.

"용정차로군요. 대단히 잘 끓인……. 부교주님의 취향이 날로……."

"무슨 소리야? 용정차는 또 뭐고. 차는 그냥 대강 마시면 되지 뭔 잔소리가 그렇게 많아. 자네도 마화를 닮아가나? 원……."

묵향은 퉁명스레 한소리한 후 차를 한 모금 입에 물었다가 그대로 꿀꺼덕 삼켜 버렸다. 이런 무식한 인물이 마시기에는 너무 좋은 차였던 것이다. 그런 그를 마화가 뒤쪽에서 여전히 곱지 않은 시선으로 바라보았다. 그녀 또한 좀 무식하긴 했지만, 그래도 대대로 내려오는 장군가의 여식이다. 오랜 군무 덕에 그놈의 예절이 많이 희석되기는 했어도 기본은 남아 있는 것이다.

쌍심지를 돋우고 있는 마화의 심정을 충분히 이해한다는 표정으로 바라보던 여지고 장로는 마화에게 부드러운 음성으로 부탁했다.

"잠시 자리를 피해 주겠나? 부교주님과 상의할 일이 있어서 그러네."

"알겠습니다."

마화가 자리를 뜨자 여지고 장로는 음흉한 미소를 지어 보였다.

"흐흐흐, 차 말고… 혹시 이거 드시고 싶은 생각은 없으십니까?"

여지고 장로의 품속에서 나온 것은 독하디 독하기로 소문난 백일취(百日醉). 원래 술 이름은 따로 있지만 은은한 국화향이 감도는 독한 술에 한약재까지 들어가 있어, 마시고 나면 뱃속까지 찌르르 울리는 게 특징이다. 여지고 장로가 술병을 꺼내자마자 묵향은 무의식적으로 고개를 열심히 끄덕이며 찻잔 속의 용정차를 화원에다가 부어 버리고 곧바로 잔을 들이밀었다. 역시 음흉한 미소와 함께…….

"흐흐흐, 역시 수석장로는 본좌의 마음을 잘 아는군."

"뭘요. 저는 심부름꾼 정도밖에 안 됩니다. 군사가 준비한 거니까요. 부교주께서 좋아하실 거라면서 가져가라고 하던데요?"

"역시……. 노부가 수하들은 아주 제대로 얻었지. 크, 저엉말 좋은 술이군."
 "그런데, 부교주님."
 "왜 그러나?"
 "앞으로는 몸을 좀 생각해 주십시오. 춘약과 산공분, 거기에 몽혼약까지 중독이 된 상태에서 적을 상대하려 드시다니……. 부교주님께 의지하고 있는 저희들을 생각하신다면 적어도 그런 행동은 하시는 게 아니죠."
 "자네 같으면, 조금 힘들겠지만 이길 수 있을 거 같은데 포기하겠나?"
 "……."
 "포기하겠냐구."
 "속하야 포기하지 않겠지요. 저한테야 딸린 식구가 없으니까요. 하지만 부교주님께는 수천 명의 목숨이 걸려 있습니다."
 "알겠네. 앞으로는 주의하지. 하지만 그때 일을 후회하는 건 절대 아니야. 아주 재미난 대결이었다구."
 "그 자객에게 뭘 알아내셨습니까? 듣기론 생포하셨다고……."
 "아, 그 녀석 지금 지하 감옥에 떡이 되어 뻗어 있지. 살살 다루라고 했는데, 수하 놈들이 영 말을 안 듣는단 말이야. 그건 그렇고, 한 잔 더 줘."
 "예, 너무 급하게 드시지 마십시오."
 말은 그렇게 했지만, 수석장로는 잔 가득 백일취를 따랐다.

또 한 걸음의 전진

　방문을 열고 들어오는 대주(隊主)의 손에 전서구에 다는 작은 종이쪽지가 들려 있는 것을 보고 장지가 물었다.
　"이번 임무는 뭡니까?"
　"뭐 별 임무는 아닌 것 같군. 요즘 패진문(覇晉門)에서 용병을 모으고 있는데, 그들을 도와주라는 지시야."
　패진문이라는 시골 문파 이름이 나오자 장지는 궁금한 듯 물었다. 패진문은 원체 구석에 처박힌 문파라서 아무런 가치도 없었기 때문이다.
　"패진문이라고요? 패진문은 별로 대단한 문파도 아닌데, 거기를 왜?"
　"우리가 의문을 제기할 위치에 있는 사람들인가? 시키는 대로 해야지. 내 생각에는 패진문하고 싸우는 천마문(天魔門)을 약화시키는 게 목적인 모양이야."
 "천마문이라면 8천의 문도를 거느리는 대 문파인데, 그들과 싸운다구요?"
 "과거에는 강대했지만 권력 다툼으로 쓸 만한 상층부 인물들이 대거 물갈이되어 요즘은 별 볼일 없는 모양이야. 하지만 이번에 새로 권력을 확실히 잡은 호진이란 인물이 대단히 뛰어난 모양이더군. 그자가 천마문의 세력을 확장하기 위해 날뛰는 모양인데, 우리는 거기 가서 천마문의 세력 강화를 방해하기만 하면 되는 거야."
 장지는 상대를 향해 음흉한 미소를 지었다.
 "흐음, 떡잎부터 자르자는 말이군요."
 "그런 셈이지."
 "수하들에게 준비하라 이르겠습니다."
 "내일 출발할 테니까 천천히 차근차근 준비하라 이르게."
 "예."
 패력검(覇力劍) 막야(幕惹)는 맹호대(猛虎隊)라 불리는 강력한 용병대의 대장이다. 사실 그도 과거에는 공동파의 뛰어난 후기지수로서 존경과 찬탄을 받던 때가 있었다. 하지만 용병이라는 이런 말도 안 되는 직업을 선택하게 된 배경은 따로 있다.
 무림에는 수많은 용병대와 용병들이 있었다. 용병이란 자신의 목숨을 바쳐 일해 주고 돈 받는 것을 직업으로 하는 사람들이다. 그렇기에 개별적으로 움직이는 용병은 인간 시장 같은 곳을 통해 자신을 원하는 일자리를 찾거나, 어딘가 난리가 난 곳에 가서 자신을 쓰려는지 스스로 타진하기도 한다.

용병대는 그와 좀 다르다. 우두머리를 중심으로 적게는 수십에서 많게는 수백씩 뭉쳐 다니며 일거리를 찾는 것이다. 물론 자신들을 다 고용하지 못할 때는 일정 수만 고용되기도 한다. 유명한 용병대에 소속되어 있다면 꽤나 높은 값을 받을 수 있고, 용병대의 대장들은 대단히 뛰어난 무공을 지닌 인물들이 많았기에 그 수하들이 살아남을 가능성도 높았다.

맹호대는 꽤나 이름난 실력 있는 용병대였다. 그 수는 2백여 명이지만 개개인의 실력은 대단했고, 무공이 별 볼일 없는 자는 아예 받아 주지도 않는 뼈대 있는 용병대였던 것이다. 하지만 이 용병대를 9파1방의 하나이자, 현 무림맹주 옥청학을 배출한 이름 있는 명문인 공동파가 만들었다는 것은 아무도 모르는 사실이었다.

과거에 공동파를 위협하는 문파와 또 다른 문파가 대결을 벌인 적이 있었다. 공동파에서 상대를 드러나게 도울 수는 없는 노릇이어서 일종의 지원병 같은 역할을 하도록 몰래 이들을 보냈다. 하지만 공동파에서 무림맹을 차지한 이래 이들은 공동파를 위해 움직이는 것이 아니라 무림을 위해 움직였다. 어쨌든 천마문 같은 사파 계열의 문파가 팽창하는 것은 별로 좋은 현상이 아니었기 때문이다.

각 무림의 거대 명가들은 이런 이름난 용병대를 소유하고 있거나 끈이 닿아 있었다. 과거 사천성에서 태원문(太元門)이란 문파가 일어났다. 태원문은 뛰어난 상인으로서 넓은 상권을 차지하고 있던 혁련의 아들 혁소가 세운 문파였다. 혁소는 소림 외가의 인물로, 태원문은 소림을 등에 업고 급속도로 팽창했다.

너무나 빠른 세력 팽창에 놀란 몇몇 문파에서 그의 세력을 줄이기 위해 사령방이란 작은 문파에게 전폭적인 지원을 약속하고 정면 대결을 붙였다. 이때 사령방은 전력을 보충하기 위해 용병을 대대적으로 사용했고, 그때 그 문파들의 비밀 용병대들이 가담한 것은 말할 나위도 없었다. 대규모 결전 끝에 태원문은 엄청난 피해를 입었고, 보유하고 있던 고수들의 8할을 잃은 후 쇠퇴의 길을 걸을 수밖에 없었다.

이렇듯 크지는 않지만 강력한 고수들을 다수 보유한 용병대는 아마도 어떤 문파와 줄이 닿아 있으리라는 걸 모르는 사람은 드물었지만, 어떤 용병대가 어떤 문파와 관계있는지는 철저한 비밀이었다.

2주일 후 맹호대는 패진문에 도착했다. 맹호대의 대원들이 짐을 풀고 숙소를 배정받는 동안 패력검 막야는 패진문의 문주와 함께 제반 사항을 의논했다.

"어서 오게. 뭐 필요한 게 있다면 말해 주게나."

반갑게 맞아 주는 패진문주에게 막야는 너무나 친절한 환영에 황송하다는 듯 예의 바르게 말했다.

"별 필요한 것은 없습니다. 그분께서 문주를 도와 드리라고 특별히 당부를 하셔서 도와 드리는 것이지요. 저희들이 필요로 하는 것은 모두 그분께서 해결해 주시니 문주께서는 그런 작은 일에 신경 쓰실 필요 없습니다."

"총관에게 지시해서 신선한 고기와 술을 보내겠네. 오느라 수고했을 테니 그걸로 피로나 푸시게."

"감사합니다."

"이리 앉게."

"예, 전황은 어떻습니까?"

"어떻고 말고가 있겠나? 원체 천마문이 강대한 문파이다 보니 어려움이 많을 뿐이지. 며칠 후에는 대영산 부근에 천마문이 구축해 놓은 분타를 공격할 예정일세. 그때 도와주게나."

"여부가 있겠습니까? 분타의 전력은 어느 정도인가요?"

"1천5백여 명 정도를 보유하고 있는 걸로 아네. 그들도 반수 정도는 용병이야."

"이쪽은?"

"그대들 외에 파황대(破荒隊)와 본문의 진령대를 보낼 생각이네. 나머지 상세한 작전 지시는 갈조(葛鳥)에게 듣게나."

"알겠습니다."

천마문과 전쟁이 시작된 후 패진문에는 현무단(玄武團)이라는 단체가 급조되었다. 패진문의 뛰어난 고수인 갈조가 그 단장이었다. 현무단은 단장과 부단장 두 명을 제외하고 전원 용병으로 구성되었으며, 파황대나 맹호대 같은 용병대들도 원칙상 현무단에 포함되어 현무단장의 지휘를 받게 되어 있었다.

그로부터 3일 후 패진문은 천마문 분타를 공격하기 위해 무사들을 출동시켰다. 말은 패진문의 세 개 단 중 하나인 현무단이라 하지만 현무단의 구성원은 모두 다 용병이라고 해도 과언이 아니었다. 그중에서도 주력은 맹호대와 파황대였다. 파황대도 역시 맹호대와 같이 어떤 문파와 뒷줄이 닿아 있는, 2백여 명으로 구성된 용병대로, 무림맹에서 슬며시 요청한 덕분에 맹호대와 함께 파견되었다.

새벽에 기습으로 시작된 전투는 강력한 고수들을 거느린 맹호대와 파황대가 상대의 후방을 포위, 공격함으로써 대단히 순조롭게 진행되었다. 하지만 적들도 죽자고 저항했기에 현무단의 피해 또한 컸다. 그날 저녁때쯤에야 상대가 분타를 포기하고 도주하면서 전투가 일단락되었다. 현무단의 단장은 이번에 얻은 승리에 대단히 만족한 듯했다. 이 분타를 차지함으로써 분타 부근 30리 내의 천마문 세력을 몰아내는 데 성공했기 때문이다.

천마문의 분타를 격멸한 후 모두 희희낙락하고 있을 때 전령이 도착했다. 특급 서신을 지참한 그는 현무단장 갈조에게 그 서신을 전달했다. 갈조는 서신 내용에 이해가 가지 않는 부분이 있었지만 휘하의 대장들을 집합시켰다.

"무슨 일입니까?"

파황대장 공륜의 질문에 갈조는 씁쓸한 목소리로 대꾸했다.

"본문으로 회군하라는 지시야."

공륜은 이해할 수 없다는 표정이었다.

"이곳은 아주 중요한 위치입니다. 여기를 포기한다면 천마문을 공격하기가 아주 힘들……."

"누가 그걸 모르나? 이번 일에 마교가 개입했으니, 곧 돌아오라는 문주님의 지시일세."

"마교라구요?"

"그렇네. 오늘 아침, 마교에서 자신들의 일에 동참하라는 서신을 문주에게 보냈다는군. 곧 돌아가야겠네. 무슨 짓을 할지 모르는 놈들이니까……."

"거절한 겁니까?"

"아닐세. 아직 거절하지는 않았어. 우리들이 돌아간 후 거절할 모양이야. 그동안 시간을 끌어야 할 것 아닌가?"

"이곳은 마교 총단에서 1천5백여 리(약 6백 킬로미터)나 떨어져 있는 외지입니다. 그런데 왜?"

"난들 알겠나? 천마문이나 마교 모두 사파니까, 천마문에서 지원을 요청했는지도 모르지."

"하지만 그건 이해가 가지 않는데요? 천마문은 마교의 꼭두각시가 아닙니다. 왜 늑대를 물리치는 데 호랑이를 불러들여 호위병을 삼겠습니까? 여기도 천마문이 총력을 다하지 못해서 그렇지, 그들이 총력을 기울인다면 곧 승리할 수 있다는 것은 누구나 다 알고 있는 사실인데요."

"글쎄……. 이론상으로는 자네의 의견이 맞는데, 뭔가 다른 일이 있을지도 모르지. 빨리 수하들에게 지시하게. 회군한다고."

"알겠습니다."

"놈들이 돌아오고 있습니다."

"그놈은 뭐라던가?"

"패진문주는 그런 사안을 자신이 독자적으로 처리할 수는 없으니 장로급들과 의논하도록 시간을 조금 더 달라고 했습니다."

"흐흐흐, 시간을 달라고 해 놓고는 병력을 모으고 있었다는 말이군."

정찰 나갔던 수하도 분개한 듯 약간 노기를 띤 어조로 말했다.

"예, 아주 치졸한 놈입니다."

"좋아, 먼저 돌아오는 그놈들부터 박살 낸다. 이쪽에서 힘을 보여 주면 그 능구렁이의 생각이 조금 바뀌지 않겠나?"

"하지만 놈들을 완전히 전멸시켜야 할 겁니다. 그렇지 않다면 비밀이 누설될지도······."

"그거야 당연한 것 아니겠냐? 단 한 놈도 살아서 도망치지 못하게 해야 한다."

"존명!"

마교도들은 정파의 인물들과 달리 특이한 마기라는 걸 풍기기에 매복 공격이 매우 힘들다. 아무리 잘 숨어 있어도 그 기운을 숨기기 힘들기 때문이다. 그렇기에 마교는 매복보다는 기습을 선호한다. 멀리서 집결해 상대의 동향을 파악하다가 최고 속도로 적에게 접근해서 박살 내는 것이다. 이런 식으로 하면 마기를 걱정할 필요도 없다.

마교도들이 감시하고 있다는 것도 모른 채 현무단은 길을 재촉했다. 낮의 격전(激戰)에도 불구하고 긴급 회군 지시 때문에 쉬지도 못하고 바로 출발하여 이동해 왔기에 모두 피로한 표정들이었다.

그들은 전쟁을 마치고 곧바로 이동하리라고는 상대가 예측하지 못할 것이라 생각하고 내린 결정이었지만, 마교가 그걸 알아냈기에 오히려 자기 무덤을 판 꼴이 되어 버리고 말았다.

염왕적자는 거의 1천5백 명에 달하는 상대방을 지그시 바라봤다. 이제 어슴푸레 하늘이 밝아 왔다. 그 하늘 아래 밤새 행군해 와서 피곤에 찌든 목표물들의 모습이 보였다. 그 뒤에는 부상자들이 절뚝거리며 따라왔고, 가장 뒤에는 우마차(牛馬車)에 실린 중상자들이 있었다.

염왕적자의 손짓에 따라 4백여 명의 흑의인들이 상대를 향해 돌진해 들어갔다. 2백 명은 사방에 흩어진 채 포위망을 구축하고는 도망치는 녀석들을 도륙할 준비를 하고 있었다. 수하들이 달려 들어가는 모습을 보면서 염왕적자도 적들을 향해 몸을 날렸다. 그의 경공술은 수하들보다 훨씬 더 빨랐기에 곧 선두에 설 수 있었다.

마교 시절에는 고수들이 하수들을 상대하기 위해 직접 뛰는 경우는 거의 없었지만, 지금은 한 명이라도 무사가 필요한 때였다. 자신이 나서서 싸우면 한 명이라도 부상자를 줄일 수 있기에 염왕적자 한중평은 요즘 들어서 솔선수범하는 모습을 보이고 있었다.

곧 피바람이 불기 시작했다. 병장기 부딪치는 요란한 소리가 핏빛 여명을 열기 시작했다. 아침노을이 붉게 물드는 그때 대지 또한 피로 붉게 물들었다. 강력한 용병대들은 그들끼리 뭉쳐서 꽤나 강하게 저항했다. 하지만 그들 사이로 백인대장급 실력을 가진 뛰어난 마인들이 파고들어 칼부림을 일으키자 그들의 진세도 금세 뭉개졌다.

맹호대장 패력검 막야는 정신을 차릴 수 없었다. 갑자기 나타난 거의 4백여 명의 흑의괴한들……. 그들의 공격을 정면으로 맞받은 파황대는 거의 전멸한 상태였고, 파황대를 뭉갠 흑의인들은 이제 맹호대로 달려들고 있었다. 온몸에 짙은 마기를 풍기는 인물들. 그들이 어디서 왔는지는 따로 알아보지 않아도 뻔했다. 저 정도 마기를 뿜을 만큼 수련한 인물들을 키울 단체는 마교 외에는 없었다. 그 마교에서도 저 정도 고수들이라면 아마도 윗줄에 놓이는 실력자들일 것이다.

옆에서 부대장 장지가 부하들을 다그치는 모습을 보면서 막야의 머릿속에 떠오르는 것은 의문뿐이었다. 이런 시골 문파들 사이의 격전에 왜 마교의 정예가 가담했느냐 하는 것이었다. 천마문을 돕기 위해 파견된 고수들이라면 너무 실력이 뛰어났다. 웬만한 고수들을 1천여 명 정도 보내어 지원해 줘도 패진문이 이길 가능성은 아예 없었다. 사실 싸움의 목적이 천마문의 멸망이 아닌 세력 감소였으니까 말이다. 그런데 왜 마교가 이렇듯 천마문을 전폭적으로 지원하는 것인가? 왜?

막야는 부하들에게 호령하고 있는 장지에게 전음을 날렸다.

〈아무래도 여기서 살아 돌아가기는 힘들다. 우리는 수하들의 진세 속에 있으니 밖에서는 잘 보이지 않을 거야. 귀식대법을 사용하게. 자네만이라도 살아서 돌아가야지. 돌아가면 맹주께 이번 일을 잘 보고해 주기 바라네. 알겠나?〉

막야는 장지가 그의 말을 이해할 수 있는 시간을 잠깐 주고는 그대로 자신의 검으로 장지의 몸을 꿰뚫었다. 매우 치명적인 상처처럼 보이게, 상처가 깊긴 하지만 출혈이 적게 주요 혈도를 비켜서 베는 그의 솜씨는 정말 대단했다. 장지는 대장의 말대로 귀식대법을 시전하며 쓰러졌다.

"한 놈이라도 더 죽여랏!"

막야는 부하들을 이끌고 죽자고 저항했지만 한 흑의인이 단신으로 30여 명의 수하들을 베면서 접근해 들어왔고, 곧 그의 검에 목이 잘리고 말았다. 막야를 베어 버린 상대는 곧장 사방으로 검을 날려갔다. 피를 흠뻑 뒤집어써서 흑의가 이제는 검붉게 보이는 이들은 악귀와 같이 사람을 죽이고, 또 죽여 나갔다.

"부상자들은 어떻게 할까요?"

마지막 한 녀석의 목이 잘려 나가는 걸 보고 있던 염왕적자의 뒤에서 수하가 물었다. 염왕적자나 그나 둘 다 피로 목욕하고 있기는 매한가지였다.

"몰라서 묻냐, 이 멍청아?"

"예? 그럼 죽이라는 말씀?"

"부상당한 포로들을 데려다가 어디다 쓸 거냐? 모두 죽여 버렷!"

"존명!"

피의 축제는 해가 완전히 떠올랐을 때 이미 끝이 나 버렸고, 1천여 명이 넘는 시체가 즐비하게 깔렸다. 염왕적자는 검에 묻은 피를 시체의 옷깃에 닦아 검집에 넣고 있는 수하들을 향해 외쳤다.

"죽은 척하고 있는 놈이 없나 철저히 확인하라. 한 놈도 살아 있어서는 안 돼!"

염왕적자와 그의 졸개들이 이름하여 확인 사살이라는 귀찮은 작업까지 마치고 난 그곳에는 시체 냄새를 맡은 까마귀들과 까치들이 모여들어 오랜만에 배터지게 먹어 대기 시작했다. 염왕적자가 새들에게 푸짐한 식사거리를 제공한 그날 저녁 패진문은 봉문(封門)을 선언했고, 천마문주에게 손이 발이 되도록 싹싹 빌고 푸짐한 예물을 바치는 것으로 사건을 일단락 지었다.

사람들은 왜 천마문의 분타를 성공적으로 박살 내며 기세를 올렸던 패진문이 오히려 저자세로 나가는지 궁금해했지만, 당사자인 패진문주가 조개처럼 입을 꽉 다물고 있으니 알 도리가 없었다. 그저 소문만이 무성했으나 시일이 지나면서 그 소문마저도 사그라들었다.

구사일생으로 살아서 돌아온 맹호대 부대장 장지의 보고로 무림 맹만은 그 진실을 어느 정도는 알게 되었다. 하지만 확실한 것을 알 수 없었기에 패진문 주위에 첩자들을 배치하여 감시를 강화하는 수밖에 없었다.

술수

"여기를 뭉개라."

갑작스런 묵향의 말에 수하들은 의아함을 감출 수가 없었다. 묵향이 묵혼검을 뽑아 가리킨 지도 상의 한 점. 모두 경악하며 바라보다가 이윽고 정신을 차린 천리독행이 조심스럽게 입을 열었다.

"저…, 거기는 태정문(太政門)입니다. 그들을 치신다면 무림맹이 가만히 있지 않을 겁니다. 특히 태정문주 한과는 청성파의 제자입니다. 다시 생각해 보심이……."

묵향이 피식 웃으면서 설무지를 바라보았다.

"군사가 설명하게나."

"예, 이번에 태정문을 치는 이유는 총단의 이목을 속이기 위해서입니다. 총단에서 새로이 교주로 등극한 장인걸은 본타와 제휴를 맺기를 청해 왔습니다. 부교주께서는 그의 청을 수락하셨죠."

놀란 수하들이 쑤군거리자 묵향이 탁자를 가볍게 탁 쳤다.
"할 말이 있더라도 다 듣고 나서 해라."
모두들 조용해지자 설무지는 말을 이었다.
"장인걸의 말은 이렇습니다. 부교주님을 핍박했던 한중길 교주나 무림맹주 옥청학은 이미 자신이 처치했으니, 이제 손을 잡고 무림일통을 하는 게 어떻겠냐구요. 더 이상 원수진 인물도 없는데, 왜 마인들끼리 피를 흘려야 하느냐? 우리끼리 싸운다면 혈교와 정파에 좋은 일만 시키는 게 아니냐? 함께 무림을 통일해서 양자강을 중심으로 이 중원을 나눠 먹자. 이런 말이었습니다."
그 말을 듣고는 천리독행이 나섰다.
"부교주께서는 장인걸과 손을 잡으실 생각이십니까?"
천리독행의 말에 묵향은 고개를 가로저으며 답했다.
"아닐세. 손을 잡는 척할 뿐이지. 장인걸을 속이기 위해서 본타는 무림맹과 한판 하는 척할 거야. 그러기 위해 선택된 문파가 태정문이지. 우리가 태정문을 박살 내고 정파와 싸움을 시작하면, 장인걸에게 할 말이 생기지. 우리는 계약대로 했는데, 왜 너희들은 가만히 있느냐? 그러면 장인걸도 손을 쓰기 시작할 거야. 물론 본교의 분타들은 모두 본좌가 흡수했으니, 장인걸이 외부로 내보낼 세력은 알짜들이겠지. 그렇게 되면 총타를 치는 게 더욱 쉬워지지 않겠나?"
묵향의 설명을 듣고는 천리독행이 그제서야 이해가 되는 듯 고개를 끄덕이며 말했다.
"흐음, 좋은 계책이십니다. 하지만 무림맹과 전쟁이 붙고 나면 전력을 빼기도 만만치 않을 것입니다. 무림맹과의 싸움은 마교 단일의 힘으로도 힘든 일인데, 믿지도 못할 두 연합 세력이 그들과 싸움을 시작한다는 것은 무리입니다."

충분히 수긍한다는 듯 묵향은 고개를 끄덕인 후 말했다.

"무리이기는 하지. 하지만 자네는 한 가지를 생각하지 않고 있군. 그들과 전쟁이 붙은 후 총단을 치기 위해 전력을 뺀다. 어디서 뺀다는 것이지?"

묵향의 질문에 천리독행은 간단히 대답했다. 깊게 생각할 필요도 없는 질문이었기 때문이다.

"그야 무림맹과의 전쟁터죠."

"그 전쟁터는 어딘가?"

"그, 그거야 중요한 요충지나 점령한 문파……."

"아니지. 본좌는 그곳을 점령한다는 말은 하지 않았네. 박살 낼 뿐이지. 우리가 지킬 곳은 없어. 우리가 지금 공격하려는 이곳도 허울 좋게 만들어 놓은 미끼일 뿐이고 말이야. 또 우리 중에서 가족을 가진 자들이 있나? 우리에게는 놈들이 자르고 싶어도 자를 뿌리가 없지.

물론 이 상태로 오래 갈 수는 없어. 뒤를 이을 새로운 고수들을 키우지 않는 것은 매우 위험한 일이지. 하지만 그 덕분에 생기는 이점도 있다 이거야. 부평초처럼 떠돌면서 놈들의 문파를 박살 낸다. 그러는 도중에 여기도 공격당하겠지. 때가 될 때까지는 이곳을 지킬 거야. 그러다가 기회가 오면 본타는 총력을 다 기울여 총단을 박살 낸다. 여기는 쑥대밭이 되든 말든 그건 상관없는 일이고. 알겠나?"

"예."

"천리독행!"

"예."

"본좌는 그대에게 이번 일을 맡기고자 하는데, 그대의 의향은?"

천리독행은 자신 있게 답했다.

"맡겨만 주십시오. 수하들은 얼마나 끌고 갈까요?"

"천랑대의 2개 백인대를 주겠다. 그 정도면 충분하겠는가?"

천랑대는 과거 10개 백인대로 구성되어 있었지만, 묵향과 충돌했을 때 4개 백인대가 소멸하고 6개 백인대밖에 남아 있지 않았다. 그렇기에 2개 백인대라면 현 천랑대 전력의 3분의 1을 준다는 말이었다. 하지만 그것만으로도 웬만한 문파쯤은 순식간에 가루로 만들 만큼 엄청난 전력이었다. 그렇기에 천리독행은 자신 있게 대답했다.

"옛! 충분하고도 남습니다."

"상대를 괴멸시키지 못해도 상관없지만, 우리 쪽의 사망자는 단 한 명도 없어야 한다. 또 힘이 남더라도 그들은 완전히 괴멸시키지 마라. 왜냐하면 그들이 소문을 퍼뜨려야 하기 때문이야. 알겠는가?"

"명심하겠습니다."

"지금 당장 떠나라."

"존명!"

천리독행 철영(鐵營)이 예를 올리고 나가자 묵향은 수석장로를 호명했다.

"여지고 수석장로!"

"예."

"그대에게도 천랑대 2개 백인대를 줄 테니 대맹문(大猛門)을 격파해 주겠나?"
"예, 지금 떠날까요?"
"그러게."
"명을 받들겠습니다."
여지고 장로가 곧장 밖으로 나가자 묵향은 설무지를 불렀다.
"군사!"
"예."
"천랑대의 전 세력이 떠나도 본타의 수비에 문제는 없겠나?"
"예, 걱정 마십시오. 아마도 한동안 무림맹은 본타에서 수작을 부린 줄 눈치 채지 못할 것입니다. 애꿎은 마교에 대한 감시만 강화되겠지요. 이쪽에서 여러 곳의 문파들을 박살 낼수록 장인걸의 입지만 약화될 것입니다."
"홍진 막주!"
"예."
"본타의 주력들이 거의 자리를 비우고 있는 만큼 가장 큰 변수라고 할 수 있는 혈교에 대한 정보 수집에 좀 더 힘을 써 주게."
"명심하겠습니다."
"그리고 본좌는 남은 천랑대 2개 백인대를 거느리고 등룡문(登龍門)에 다녀올 테니, 그리 알도록. 아마 열흘 정도 걸리지 않을까 생각하니 나머지 사소한 일은 군사가 알아서 하게."
"존명."

4일 후 묵향은 저 멀리 등룡문이 바라다 보이는 곳에 서 있었다.

경공술이 떨어진다는 이유로 호위 무사들을 떨어뜨려 놨지만 사실은 그게 아니었다. 이번 전투는 아무런 잘못도 없는 한 문파를 학살하러 가는 것이었다. 마교의 물을 먹지 않은 인물들에게서 반발이 나올 것은 뻔하기에 섬서분타에 떼 놓고 온 것이다. 산꼭대기 저편에서 해가 점차 기울어갔다. 점점 해가 낮아지면서 서편의 붉은 핏빛이 점점 진해지고 있었다.

"듣던 것보다는 제법 큰 문파군."

그러자 묵향의 옆에 시립해 있던 흑의 무사가 재빨리 답했다.

"예, 검을 쓸 수 있는 자가 8백여 명은 되니까요. 하지만 쓸 만한 인물은 극소수입니다. 대부분이 가족이거나 하인 또는 고용인들이지요. 지금 시작할까요? 어두워지기 전에 끝날 것입니다."

"아니, 밤에 시작하기로 하지. 그래도 기습하러 왔는데, 밝을 때 쳐들어가서야 되겠나? 밤에 해야 아녀자들이 숨은 걸 우리 쪽에서 모른 척하면서 지나쳐 줄 수도 있잖아. 낮에 하면 도망갈 틈이나 있겠나? 모두 잠시 쉬었다가 어두워지면 기습하라고 일러라. 살기(殺氣)를 버리고 숨은 자들은 그냥 모른 척해 주라고 해."

"존명!"

흑의인이 재빨리 신형을 날려 사라지자 묵향은 느긋한 표정으로 주저앉아 서편의 지는 해를 바라보며 품속에서 술을 꺼내 마시기 시작했다. 사실 자신이 이런 작은 문파를 부수기 위해 올 필요는 없었다. 그냥 천랑대 1개 백인대만 보내면 손쉽게 해결될 일이었다. 그런데도 자신이 직접 온 이유는 오랜만에 바깥 구경을 하고 싶어서였고, 더 큰 이유는 마화라는 잔소리꾼에게서 해방되고 싶어서였다.

감히 남들이 말하지 못하는 것을 거침없이 직언(直言)할 수 있는 수하가 있다는 것이 나쁜 일은 아니다. 아니, 그것은 당연히 좋은 일이었다. 수하들의 마음을 조금이라도 더 이해할 수 있는 한 방편이기 때문이다.

묵향처럼 높은 위치에 있는, 그것도 철혈을 사랑하는 마교도들의 우두머리라면 수하들의 세세한 불만 사항을 듣기는 힘들었다. 하지만 묵향에게는 그 불만 사항이 마화나 수석장로, 군사에 의해 잘 전달되었고, 그중에서도 마화의 경우 전달 통로의 매우 높은 위치를 차지했다. 군사나 수석장로가 꺼내기 어려운 말도, 마화는 호위이기에 앞서 '안주인' 비슷한 위치에서 떠들어 댔으니 말이다.

묵향은 눈을 새파랗게 치켜뜨고 잔소리를 퍼붓는 마화의 얼굴을 언뜻 떠올리고는 피식 웃으며 중얼거렸다.

"내 무덤을 내가 파고 있는 건지도 모르지. 처음에는 들어 줄 만했는데, 점점 심해지니까 요즘은 듣고 있기 피곤해."

묵향은 저 밑에 보이는 등룡문 건물들 사이로 뛰어 다니는 아이들과 한참 일하는 남녀들을 보면서 생각에 잠겼다.

'이렇게 아무런 상관도 없는 사람들을 살육하면서까지 복수를 해야만 하는 것일까? 오늘 내 손에 죽은 놈들의 복수는 또 누가 해주지? 오늘은 몇 명이나 죽여야 하나? 몽땅 다 때려치우고 산에 들어가서 검술이나 더 익힐까? 그리고 혈마(血魔) 선배도 한번 만나 보고 싶은데…….'

묵향이 이리저리 생각하는 동안 해는 완전히 졌고 어둠이 밀려들었다. 묵향이 마지막 술을 입속에 털어 넣었을 때 등용문 쪽에서 요란한 종소리가 울려 퍼졌다.

'시작된 모양이군.'

그와 동시에 묵향의 신형은 등룡문 쪽으로 쏘아져 나갔다.

횃불들이 밝혀진 가운데 검붉은 피가 뿌려지면 그게 피인지 그냥 검은 물인지 분간하기 힘들다. 얼마나 되는지 알 수도 없는 흑의인들의 기습에 등룡문의 무사들은 저항도 거의 못 해 보고 학살을 당했다. 사방에서 벌어지는 칼부림을 보며 여자들은 아이들을 끌고 숨어들었고, 미처 숨지 못하고 사로잡혀 널찍한 연무장 중간으로 끌려 나온 이들도 있었다. 또 일부 무사들은 사태가 완전히 글러 버린 것을 깨닫고 어둠 속으로 죽자고 도망치기도 했다.

"이게 다냐?"

묵향이 사로잡혀 연무장 중간에 앉아 있는 1백여 명의 남녀노소들을 둘러보자 그 옆에서 따라오던 흑의인이 재빨리 답했다.

"옛, 어떻게 처리할까요?"

"흐음, 갈 길도 바쁘니까 모두 죽여 버려라."

묵향은 일부러 멀리서도 그 소리가 들리도록 조금 큰 소리로 명령했고, 흑의인도 마기를 풀풀 풍기면서 그 명령을 즉시 이행했다.

"존명! 모두 참해랏!"

흑의인 몇 명이 뛰어들어 무차별로 검을 휘둘렀다. 잠시 후에 그곳에는 이미 사람이라고 부르기 힘든 시체들만이 널려 있었다. 이때 밤하늘을 가르며 날카로운 휘파람 소리가 울려 퍼졌다. 흑의인들은 그 소리를 들은 후 예정대로 당황한 표정을 지으며 술렁거리기 시작했다. 만약 누가 봤다면 뭔가 강력한 상대의 접근을 알고 당황하거나 두려움에 떠는 것처럼 보였을 것이다. 그때 흑의인 하나가 묵향에게 외쳤다.

"급한 일인 듯합니다. 여기 숨은 자들도 많을 텐데, 빨리 하명을!"

"제길! 흔적이 남아도 할 수 없지. 돌아가자. 불을 질러라."

"존명!"

그들은 주변에 보이는 횃불들을 방 안으로 날리더니 밤하늘의 어둠 속으로 급히 사라져갔다. 방 안은 수색을 안 했으니 이불을 뒤집어쓴 여자나 아이들이 숨어 있을 것이고, 아마도 불은 그들이 다 끌 것이 분명했다. 묵향 일행은 남은 등룡문의 잔당들을 꼭 죽일 필요는 없었기에 한바탕 연극을 한 후 재빨리 등룡문을 빠져나왔다.

안 그래도 진천왕(眞天王)의 반란으로 민심이 흉흉한 판에, 진천왕과 함께 또다시 그 모습을 드러낸 혈교(血敎)가 무림을 놀라게 하고 있었다. 거기에 때맞춰 발견된 구휘 대협의 무덤 때문에 그 권리를 놓고 암중 다툼이 치열해지고 있는 데다가, 엎친 데 덮친 격으로 무림맹주까지 실종되어 무덤에 얽힌 갖가지 사건을 중재할 사람이 없었다.

지금 무림은 구휘 대협의 무덤을 두고 대규모 혈전이 벌어지기 일보 직전이었다. 그런데 이번에는 마교로 짐작되는 녀석들이 온통 헤집고 다니는 바람에, 정파에 소속된 문파 세 개가 묵사발이 되었으니…….

"흉수는 알아냈나요?"

발 뒤편에서 들려오는 고운 목소리에 중년인은 공손하게 대답했다.

"그게, 흉수가 너무 분명하기에 문제입니다."

"흉수가 너무 분명하다? 무슨 말인가요?"

의문을 표시하는 발 뒤편의 인물에게 중년인은 자신이 조사해서 얻어낸 결론을 상세하게 말하기 시작했다.

"이번에 의문의 혈겁을 당한 문파들에 대한 자료들을 보면 모두 똑같습니다. 2백 명 정도의 흑의 괴한들, 이상하리만큼 강한 무공, 혈겁을 당한 문파는 모두 다 정도 계열의 문파, 흑의괴한들은 모두 마기를 풍기는 음산한 분위기의 인물들……. 생존자들의 증언은 세 문파 모두 똑같습니다. 이건 의심할 것도 없이 마교의 소행이지요."

"……."

"하지만 너무 마교 냄새가 짙게 납니다. 또 세 곳 다 생존자가 있다는 것도 문제구요. 마교에서 손을 썼다면 몽땅 다 죽여 버렸을 텐데, 아무리 밤이었다고 하지만 한둘도 아니고 생존자가 너무 많습니다."

"생존자의 수는?"

"무공을 익히지 않은 자는 거의 다라고 보시면 될 겁니다. 그러니까 그들에게 덤벼든 자들과 미처 숨지 못한 사람들을 제외하고는 전부 살았습니다. 하다못해 실내 수색도 안 했다는 것은……."

"그렇다면 누구라고 생각하나요?"

중년인은 조심스럽게 자신의 추리를 이야기했다.

"혈교의 소행일 수도 있습니다. 일부러 마교와 정파 간에 싸움을 붙이려는 거죠. 만약 정마 간의 대 전쟁이 벌어진다면 정파는 현재 관부에 파견해 둔 무사들까지 불러들일 것입니다. 그것은 혈교와 혈교의 지원을 받는 진천왕에게는 더없는 호재로 작용하겠지요."

"내 생각도 그렇군요. 혈교 쪽을 좀 더 조사해 봐요. 하지만 의외로 마교일 수도 있으니 마교 쪽에 대한 조사도 병행해서 하세요."

"존명!"

"그건 그렇고 전에 말한 것은 조사가 끝났나요? 섬서분타의 소모품 사용 현황 말이에요."

"예, 내부로 들어가는 식량 및 의복 등 모든 소모량이 6천여 명의 고수가 사용하기에 적절한 양임이 확인되었습니다. 하지만……"

"뭔가요?"

"흑풍단에 관계된 소모품의 사용량은 이상합니다."

"자세하게 설명해 봐요."

"예, 무림인이라면 기름이 거의 필요 없죠. 무기라고 해 봐야 몇 가지 되지도 않는 데다가, 그 무기는 언제나 세심하게 손질해서 깨끗하게 유지하니까요. 하지만 흑풍단이라면 갑옷을 사용할 게 분명하고, 전에 보고받기로도 수량은 정확히 알 수 없지만 상당량의 중갑주를 구입해 갔다고 들었습니다. 그 갑주들에 칠하려면 기름이 꽤 많이 들어갈 텐데, 기름의 소모가 거의 없습니다. 또 말도 구입하지 않았고, 더불어 말먹이의 반입도 없습니다."

중년인의 보고를 끈기 있게 듣고 있던 발 뒤편의 여인은 단정적으로 말했다.
 "음, 그렇다면 한 가지는 분명하군요. 흑풍단은 섬서분타에 없어요. 그렇다면 어디에 있을까요? 그걸 조사해 봐요."
 "존명!"
 "그리고, 묵향 부교주와 비밀 면담을 주선해 주세요."
 "비밀… 면담을 말씀이십니까?"
 "예, 그가 원하는 장소, 시간에."
 중년인은 발 뒤편에 앉아 있는 여인의 말도 안 되는 제안에 얼굴색까지 바뀌며 급히 반대했다.
 "그건 위험하지 않을까요? 그자의 성격은 뱀과 같이 잔인하고 교활하며, 또 성질대로 행동하기에 매우 위험합니다. 그가 문주님의 도움은 필요 없다고 결정한다면, 바로 그 순간 문주님의 생명은 보장할 수가……."
 "어쩔 수 없잖아요? 그리고 서문길제 가주에게도 비밀 면담을 주선하세요. 당금 무림에서 최강의 세력으로 성장할 가능성이 가장 큰 문파는 그 두 곳입니다. 그러니 둘 중 한 곳이라도 우리 편으로 만들어 두는 게 좋아요."
 "무림맹은 어떻게 하시겠습니까?"
 "옥청학 맹주가 사라진 지금 무림맹은 사상누각(沙上樓閣)과 마찬가지……. 뚜렷한 구심점이 나타나지 않는 한 언제 무너질지 모르니까 그쪽은 신경 쓸 필요가 없어요. 또 마교는 너무 신뢰성이 떨어지는 단체라서 싫고. 무슨 말인지 알겠어요?"
 "예, 최선을 다하겠습니다."

인질이냐 짐이냐

"자객 녀석을 끌고 와."
"옛!"
잠시 후 흑의인 몇 명이 만신창이가 된 한 인물을 끌고 왔다. 얼마나 고문을 당했는지 온몸이 엉망이기는 했지만, 묵향의 엄명으로 혈도는 다치지 않았기에 정양만 잘 한다면 무공을 회복하는 데는 별 문제가 없었다. 초췌한 얼굴을 한 남자가 묵향의 앞에 서자 묵향은 빙긋이 미소를 지었다.

"자, 자네가 잡혀 온 지도 꽤 된 거 같은데, 나한테 뭐 할 말 없나?"

그 남자는 증오에 불타는 시선을 묵향에게 던지며 짤막하게 답했다.

"없다. 죽여라."

"그렇게 죽고 싶나? 아무리 무인의 삶이 죽음과 가깝다고 해도 일부러 죽으려고 노력할 필요는 없지. 내가 아직까지 자네를 살려 둔 이유는 단 하나. 자네의 실력이 아깝기 때문이야. 몸에 구멍이 나긴 했지만 자네와의 대결은 꽤나 재미있었지. 나를 그 정도까지 재미있게 한 인물은 요 근래 들어 거의 없었거든? 기회가 한 번 더 온다면 그때도 치밀한 계획을 세워 나를 암습할 수 있겠나?"

상대는 악에 받쳐서 이를 갈며 외쳤다.

"당연하지! 기회가 한 번만 더 있다면 그때가 네놈의 제삿날이 될 것이다."

그 말에 주위에 서 있는 흑의인들이 꿈틀했지만 묵향의 제지로 움직이지는 못했다.

"좋아. 기회를 한 번 더 주겠다. 대신 조건이 몇 가지 있다."

"......"

"첫째, 나를 죽이기 전까지는 자네의 배후와 연락하는 걸 금한다. 둘째, 나를 죽이지 못하는 한은 내가 시키는 일을 몇 가지는 해 줘야 하겠지? 밥값은 해야 할 테니까. 셋째, 나를 암살하는 데 무슨 짓을 다 해도 상관없지만 내 수하들을 죽이는 것은 안 된다. 동의하나?"

잠시 생각하던 그 남자는 피식 웃었다.

"당신의 목숨을 담보로 나를 포섭하려는 거요?"

"그렇지. 나는 강자를 좋아한다네. 뒤에서 못된 짓이나 꾸미는 놈은 별로 좋아하지 않지만, 무인의 그 단순함을 나는 사랑하지. 나는 일단 조건을 말했어. 자네는 곰곰이 생각해 보고 일주일 후에 답해 주기 바라네. 데리고 가라."

"존명!"

 섬서성 남단 화음현에 있는 화산(華山)은 그 뛰어난 절경으로 유명한 곳이다. 또 화산에는 그 수려한 경치를 보고 모여 든 도인(道人)들이 창건한 화산파(華山派)가 자리 잡고 있기도 하다.
 화산파는 정도의 가장 큰 문파들인 9파1방, 5대세가에 들어가지만 도인들의 수련장인 만큼 무림사에 깊게 개입하지 않았다. 그래도 중요한 사건들이 터질 때마다 솔선수범하여 도움을 주었기에 소림사처럼 따돌림을 당하고 있지는 않았다. 소림의 땡중들이야 살계(殺戒)를 범할 수 없다는 이유로 굵직한 사건, 즉 피해가 클 만한 사건이 터지면 잘도 빠져나갔기 때문이다.
 어쨌든 저 멀리 그 유명한 화산이 바라다 보이는, 경치 좋고 전망 좋은 곳에 화진루(華瑨樓)라는 별로 유명하지도 않은 객잔이 있다. 유람객을 모으기에는 화산이 너무 멀었고, 그렇다고 음식 솜씨가 좋은 것도 아니었기에 손님은 그렇게 많지 않았다. 그런데 이 객잔에 평소와는 아주 다른 이색적인 손님들이 모습을 드러냈다.
 "자리 있나?"
 날카로운 눈빛을 빛내며 묻는 푸른 옷을 입은 무사의 목소리에 점소이가 그 무사의 눈과 왼쪽 허리에 꽂혀 있는 호화로운 검을 재빨리 훔쳐봤다. 이곳은 화산파에서 그렇게 멀지는 않았고 또 부근에는 길상표국(吉祥慓局)이 위치하고 있어 감히 어중이떠중이가 돌아다니며 시비를 걸지는 않는다. 게다가 이곳 주인은 길상표국의 국주와 꽤나 친분이 돈독하기에 웬만한 불량배가 와서 사건을 일으키면 포졸보다는 표사를 불러 들여 빠르고 조용하게 일을 해결했다.

점소이가 그들의 복장과 무장을 재빨리 훑어본 것은 당연했다. 상대의 직위 고하라든지 금전 상태를 짐작해 볼 수 있고, 또 상대의 실력을 낮은 안목으로나마 평가를 해 두는 것이 여러모로 유리했기 때문이다. 이들은 대단한 고수처럼 보이지는 않았지만 옷은 제법 좋은 천으로 만든 것이었고, 검집도 썩 괜찮은 걸로 보아 나중에 돈을 받는 데 무리는 없을 것 같았다.

하지만 점소이의 눈은 무사들보다는 그들과 함께 온 묘령의 아름다운 소저들을 훔쳐보느라 재빨리 돌아가고 있었다. 그녀들은 가만히 있어도 눈이 돌아갈 정도로 예뻤던 것이다. 하지만 점소이는 철저한 직업 정신으로 자신의 눈을 어지럽히고 있는 소저들에게서 간신히 시선을 거두며 재빨리 허리를 굽혔다.

"어서 오십시오, 나으리들."

점소이는 재빨리 손님들을 조용하면서도 경치 좋은 자리로 안내했다. 무림인들의 대부분은 되로 받으면 말로 주려는 성질이 강했기에 친절을 베풀면, 운 좋을 때는 두둑한 수고료가, 불친절을 베풀면 곧바로 주먹이 날아온다는 걸 점소이는 잘 알고 있었다. 전에 한 번 맞아 보고 뼛속까지 찌르르 울리는 그 감명 깊은 교훈을 잊지 않았기 때문이지만 말이다.

하지만 다섯 명의 손님들은 점소이가 권한 자리에 모두 앉지 않았다. 점소이가 권한 자리에는 두 여자만이 앉았고, 나머지 무사 둘과 시녀인 듯한 여자 하나는 다른 자리에 앉았던 것이다. 그걸 보면 여자들의 신분이 다른 탁자에 앉은 그 세 명에 비해서 매우 높은 듯했다. 그래서 점소이는 그녀들을 향해서 더욱 사근사근하게 물었다.

"무엇을 드시겠습니까?"

그 말에 약간 어려 보이는 소저가 대답했다.

"술과 간단한 안주 몇 가지를 가져와요."

상큼하고 아름다운 목소리에 정신이 나갈 것 같았지만 점소이는 재빨리 주방으로 갔다.

이 이색적인 손님들은 2각이나 지나서야 그들이 기다리던 사람을 만날 수 있었다. 짙은 눈썹에 강인해 보이는 인상, 하지만 전체적으로 근육이 많이 붙지 않은 호리호리한 체형이기에 무술을 익힌 것처럼 보이지는 않았지만 허리에 검은색의 짧은 검을 비스듬히 찬 인물이 네 명의 수하들을 거느리고 나타났다.

그는 음식점 안을 슬쩍 둘러보더니 곧장 그 여자들이 있는 곳으로 걸어가 의자에 털썩 주저앉으면서 점소이를 불렀다.

"야."

"예?"

"술잔 하나 더 가져와."

네 명의 수하들을 끌고 들어온 것으로 보아 이 녀석도 약간은 위험인물이라고 판단한 점소이는 재빨리 잔을 가져다가 건넸다.

"더 필요한 것은 없습니까, 나으리?"

"술이나 한 병 더 가져와."

"예."

그가 아무 말도 없이 여자들이 마시던 술병을 집어 들어 잔을 가득 채워 들이켜고는 또다시 술잔에 술을 채우는 걸 보면서, 상대의 무례함에 바짝 약이 오른 약간 젊어 보이는 여자가 대들었다.
"통성명이라도 하는 게 예의가 아닌가요?"
그 말에 남자는 여자를 쏘아보더니 냉랭하게 말했다.
"본좌는 앞에 앉아 있는 사람이 누군지 알고 있고 그쪽도 나를 알 텐데, 굳이 그런 게 필요할까?"
그 소녀도 질 수 없다는 듯 마주 그 남자를 노려본 것까지는 좋았는데, 그의 안광 깊숙이 감추어져 있던 폭발적인 기운이 잠시 드러나자 소녀는 순간적으로 얼어 버렸다. 그 남자는 소녀가 완전히 졸아 버리자 피식 미소를 짓더니 이번에는 그 옆에 앉아 있는 여자에게 무심한 듯한 눈길을 돌렸다.
"본좌를 보자고 한 용건은?"
상대는 살짝 한숨을 내쉬었다.
"듣던 것보다 더 무례하군요. 그래도 약간의 예의는 필요한 게 아닐까요?"
하지만 사내는 퉁명스레 대꾸했다.
"그따위 것 필요 없어. 용건이나 말해. 만나자마자 검을 뽑지 않은 것으로 나는 할 만큼 예의를 다한 거니까……."
"당신은 언제나 그런 식인가요?"
"언제나는 아니지."
그 남자는 두 여인을 쭉 훑어보더니 조금 어려 보이는 여인이 공포를 필사적으로 참고 있는 모습을 보고는 무뚝뚝하게 말했다.
"저 아이는 이 자리에 낄 자격이 없으니, 저쪽에 가서 앉으라고 해."
그 여인은 그제서야 옆에 앉은 여인을 돌아보았다. 여태까지 그녀의 모든 신경은 남자 쪽에 가 있었기에 주위에 신경 쓸 겨를이 없었던 것이다. 그녀는 따뜻한 눈길로 소녀를 바라보더니 고개를 끄덕였다.

"저기 가 있거라."

소녀는 불안한 시선을 남자 쪽에 한번 던지고는 마지못한 듯 일어섰다. 그러나 무사들이 있는 탁자로 걸어가는 그녀의 움직임이 꽤나 경쾌한 것으로 보아 여기 앉아 있고 싶은 마음은 하나도 없었던 모양이었다.

"저 아이의 인상은 어떤가요?"

"글쎄……."

"묵향 부교주도 이제 혼인을 생각해 보시는 게 어때요? 어느 정도 기반도 잡았고, 또 무공도 천하제일이 아닌가요?"

"홋, 비밀 회담이란 게 겨우 중매를 하려는 거였나? 무영문의 옥화무제도 요즘 할 일이 없는 모양이군."

묵향의 말에 옥화무제는 심기가 뒤틀렸다. 상대는 자신이 옥화무제의 대리인이 아니라 옥화무제 당사자라는 걸 잘 알고 있었기 때문이다.

묵향의 나이가, 많이 봐 줘서 70세 정도라면 자신의 나이는 그 두 배에 달하는 140여 세가 아닌가? 대선배의 입장을 봐서 존대어를 쓸 만도 하련만 툭툭 반말을 던져 대고 있으니 슬며시 약이 올랐다. 하지만 옥화무제는 그걸 꾹꾹 눌러서 참았다. 무림에서 아무리 연배가 중요하다 해도 그건 실력이 받쳐 줄 때의 이야기다. 현경의 고수를 상대로 신경질 내 봐야 좋을 것은 하나도 없었다.

"뭐, 겸사겸사 해서지요. 저 아이는 당금 무림의 4봉에 꼽히는 매영인이라는 아이예요. 제 손녀랍니다. 서른하나면 아직 꽃다운 나이가 아닌가요?"

"본좌는 혼인 따위 생각해 본 일이 없으니, 그 일은 그냥 넘어가기로 하지. 그 외에 무슨 말이 하고 싶소?"

상대가 혼인 따위에는 별 관심이 없어 보이자 옥화무제는 슬며시 말길을 돌렸다.

"본문과 손을 잡고 싶은 마음은 없나요? 무영문은 자타가 공인하는 무림 최고의 정보 단체예요. 그쪽의 무력은 다섯 손가락 안에 들어가겠지만 정보력은 뛰어난 편이 아니구요. 어때요?"

묵향은 옥화무제의 말이 상당히 구미가 당겼다. 하지만 그건 옥화무제라는 인물을 뺀 무영문에 해당되는 것이었다. 적당한 소금기가 가미된 음식은 없는 것보다 더욱 맛있지만, 너무 소금을 많이 넣은 것은 먹을 수 없을 정도로 고약한 맛을 낸다. 묵향이 보기에는 지금의 무영문이 그랬다.

"솔직히 구미가 당기는 제안이야. 하지만 본좌는 이런 말을 들은 적이 있지. 옥화무제는 뱀처럼 지혜롭고 여우처럼 약삭빠르다고. 본좌는 혼자서도 원하는 걸 해낼 수 있어. 그런데 왜 밖에 있던 우환덩어리를 안으로 끌어 들여서 일을 꼬아 놓겠나?"

졸지에 우환덩어리가 되어 버린 인물이 반박했다.

"그렇지 않아요. 당금 무림은 매우 얽히고설켜 한 치 앞도 알기 힘든 구조지요. 진천왕의 반란, 혈교의 등장, 마교 교주의 교체, 무림맹주의 실종, 구휘 대협 무덤의 발견, 요 근래 일어나고 있는 갑작스런 혈겁. 눈앞에 놓인 많은 함정들을 피해 가려면 우수한 정보력이 있는 게 좋지요."

"갑작스런 혈겁?"

약간은 궁금증을 드러내는 묵향의 질문에 매향옥이 피식 웃었다. 살인을 한 놈이 딴 사람들이 그것에 대해 어떻게 생각하는지 궁금해서 자신이 범행을 저질렀던 장소에 가 보는 것과 마찬가지로, 묵향도 자신이 한 짓을 최고의 정보력을 가진 무영문주가 어떻게 생각하는지 궁금해하고 있다는 것을 눈치 챘기 때문이다.

"산서성과 사천성에 있던 정도 계열의 문파 셋이 무너졌죠."

매향옥은 흥미롭다는 듯 묵향의 얼굴을 바라보며 말을 이었다.

"태정문, 대맹문, 등룡문이 거의 동시에 무너졌어요. 흉수는 마교로 짐작되죠. 직접 일을 벌이셨으니 잘 아실 텐데 왜 물으세요?"

순간적으로 묵향의 얼굴이 굳어졌지만, 그는 늘 무표정한 얼굴을 하고 있기에 거의 표시가 나지 않았다. 묵향은 자신의 실수를 느끼고는 일부러 살짝 미소 지었다.

"본좌는 모르는 일이야. 아마도 장인걸의 장난이겠지."

옥화무제는 살포시 미소 지으며 말했다. 하지만 그녀의 말은 화사한 그녀의 표정과는 달리 묵향을 슬슬 긁는 내용이었다.

"아니지요. 장인걸이 얼마 전에 교주직에 오르기는 했지만 마교의 힘은 매우 약화된 상태예요. 그런 때에 정파를 상대로 전쟁을 벌일 정도로 바보는 아니지요.

혈교도들이 뿜어내는 요기(妖氣)와 마교도가 뿜어내는 마기(魔氣)는 언뜻 비슷하기에 혈교 쪽도 이미 조사를 완료했어요. 혈교의 소행도 아니더군요. 그렇다면 범인은 하나뿐이죠. 부교주는 지금 짐짓 섬서분타에 모든 세력을 집결시켜 놓은 것처럼 꾸미고는 알맹이 세력들은 모두 밖으로 슬며시 꺼내 놨으니, 빈 집 털려 봐야 아쉬울 것도 없을 테고……. 어때요? 본문의 정보력이?"

살포시 미소 지으며 자신의 얼굴을 바라보는 옥화무제를 마주 바라보며 묵향은 순간적으로 상대의 목을 비틀어 버리고 싶다고 생각했다. 하지만 그 생각은 슬며시 눌러 버렸다.

"그 정보력이란 게 사람을 이리저리 찔러 보고 그 반응을 살펴 얻어 내는 것이라면, 그쪽의 정보력도 그리 대단한 것은 아니군."

"상대에 따라 다른 거죠. 이쪽의 실력을 잠깐 보여 드렸는데…, 생각이 있으신가요? 본문과 손을 잡지 않으신다면 저희는 그 정보들을 마교와 무림맹에 고액의 돈을 받고 팔아 버릴 거예요. 그렇게 되면 매우 어려운 처지에 놓이게 될 텐데, 어때요?"

옥화무제의 말에 묵향은 일부러 낮은 웃음을 터뜨렸다. 하지만 그의 표정은 매우 굳어 있었다. 이제 묵향은 이 여자를 죽여 버리는 것이 좋을 것 같다는 생각을 진심으로 하기 시작하고 있었다.

"크흐흐흐, 겨우 그따위 협박으로 본좌를 어떻게 해 보겠다는 건 아닐 테고, 또 다른 비장의 술책이 있나? 그렇지 않다면 그따위로 입을 나불거려 자기 무덤을 깊이 팔 정도의 바보로는 보이지 않는데?"

그 말과 동시에 음식점 내의 모든 인물들이 바짝 긴장했다. 물론 이 신경을 건드리는 음산한 느낌이 묵향에게서 쏟아져 나오는 살기(殺氣)라는 걸 아는 사람은 긴장한 채 검집에 손을 가져가는 몇몇 무림인들뿐이었지만 말이다.

하지만 그 강맹한 살기를 한 몸에 받고 있는 여인은 살짝 미소를 지었다. 지금부터가 중요했다. 만약 그럴듯한 패를 꺼내 놓지 못한다면 내일 태양이 뜨는 걸 보는 건 둘째 치고 오늘 태양이 지는 것도 볼 수 없을 것이 분명했다.

"호호호, 자신의 마음을 매우 직선적으로 드러내시는군요."

그녀는 다음 말을 어기전성(御氣傳聲)으로 보냈다.

《본문의 정보가 잘못되지 않았다면 아마도 귀하가 아는 것보다 더 많은 정보를 우리가 보유하고 있을 거예요. 한 가지 예를 들어 드리죠. 무영문은 지금 귀하가 꾸미고 있는 일을 대부분 파악하고 있죠. 마교 총단 기습 작전의 전모를 말이에요. 3백 리 간격으로 문파를 비밀리에 잡아먹는다고 고생하셨겠지만, 본문의 이목을 속이기는 어렵죠. 내가 돌아가지 않는다면 총관이 여태껏 섬서분타에 대해 조사한 모든 자료를 무림맹, 마교, 혈교, 황궁에 넘길 거예요.

호호호, 그렇게 눈을 부라리니 무섭군요. 자, 내가 하고 싶은 제안은 이거예요. 귀하가 마교를 삼키는 걸 적극적으로 도와 드리겠어요. 지금 전체적인 세력은 마교가 섬서분타보다 강하다는 걸 잘 알고 계시겠죠? 그러면 승패는 정보력이 아닐까요? 대신 귀하가 이쪽에 해 줄 일은 그렇게 어려운 게 아니에요. 본문이 좀 더 세력을 확장할 수 있도록 도와 달라는 것뿐이니까. 어때요?》

잠시 생각해 보던 묵향은 살기를 거두며 느긋하게 물었다.

"본좌가 어떻게 당신들을 믿을 수 있을까?"

"저 아이를 인질로 드리죠. 어때요?"

"하! 인질이라……. 저 아이가 당신의 손녀라는 걸 어떻게 내가 믿을 수 있지? 또 문파 사이의 격돌에서 인질 따위가 그다지 중요하지 않다는 건 나도, 그대도 모르는 게 아닐 텐데? 손녀쯤이야 죽으면 다시 하나 더 낳으면 그만이니까…….”

"누가 마교도 아니랄까 봐 인명을 천시하는 그 천박한 습관은 어쩔 수 없군요. 하지만 나는 저 아이를 아주 사랑해요. 절대로 그런 일은 없을 거예요."

"좋아. 한번 믿어 보기로 하지. 하지만 한 가지! 본좌가 교주의 자리를 차지했을 때, 그대가 약속을 잘 이행했다면 그리 싼 보상을 주지는 않을 거야."

묵향의 말은 약속이 이행되었을 때 신경 써 줄 정도로 나는 기억력이 좋은 사람이니, 배신한다면 그 후환은 미루어 짐작해 보라는 협박이었다.

"명심하죠. 영인이는 지금 데려가시겠어요?"

"흐음, 어떻게 할까?"

묵향이 잠시 궁리하는 사이 새로운 손님들이 들어섰다. 면사(面紗)로 얼굴을 가린 묘령의 세 여인과 그들의 시녀로 보이는 여인 셋, 그리고 무사 여덟 명이 저마다 무기를 들고는 음식점 안으로 슬며시 들어선 것이다. 그들이 점소이의 안내로 조금 떨어진 자리에 우르르 앉았다. 면사 여인 셋이 한 자리에 앉고 나머지는 모두 딴 자리로 갔기에 그 주종 관계를 간단히 알아 볼 수 있었다. 묵향은 그들이 자리에 앉는 걸 보면서 어기전성을 보냈다.

《저건 무슨 뜻이지?》

《예?》

《갑자기 이런 변두리 음식점에 고수라 할 만한 녀석이 갑자기 셋이나 나타난 건 무슨 뜻이냐고 묻는 거야.》

"호호호, 의심도 많으셔라. 겨우 저따위 애들 가지고 당신을 기습하는 게 가능했다면 왜 모두 고심을 했겠어요? 저들하고 나는 아무런 상관이 없어요. 우연히 음식을 먹자고 들렀겠죠. 이곳이 화산파로 들어가는 길 중 하나라는 걸 몰라서 하는 말은 아니겠죠?"

"글쎄, 나는 우연이란 걸 여태껏 믿지 않고 살아왔으니까 말이야."

묵향이 무의식중에 묵혼검의 손잡이를 쓰다듬는 걸 보자 옥화무제의 안색이 약간 변했다.

"설마 여기서 저들을 죽이려는 생각은 아니겠죠?"

"필요하다면!"

묵향은 한마디 내뱉으며 술을 한 잔 쭉 마시더니 잔을 옆에 놔두고 찻잔을 들어 차를 바닥에다 쫙 뿌려 버렸다. 그리고는 이제 비어 있는 찻잔에 술을 따랐다. 어느 정도 실력 있는 무림인이라면 내공을 이용해서 찻잔 속의 차를 날려 버리겠지만 묵향은 그런 고상한 행동은 하지 않았다.

"작은 잔은 감질나서 못 마시겠군. 꿀꺽!"

옥화무제는 묵향의 이 예의에 어긋나는 행동을 보며 살짝 눈살을 찌푸렸다.

"당신의 무공이라면 간단히 찻물을 날려 버릴 텐데 왜 바닥에 그걸 붓죠?"

"본좌는 쓸데없이 무공 쓰는 걸 좋아하지 않으니까……. 이유가 되었나?"

무림인이란 존재는 조금만 방심해도 생명이 왔다 갔다 하는 삶을 살아가기에 상대의 움직임에 매우 예민하다. 그런데 갑자기 바닥에 찻물을 쏟아 부으니 모두의 시선이 집중되었다. 혹시 독극물 종류를 바닥에 뿌려 두고는 슬며시 떠날지도 모르기 때문이다. 하지만 그 잔에 술을 따라 마시는 걸 보고는 다시 저마다 떠들어 대기 시작했다.

그때 이쪽 탁자를 계속 바라보던, 면사를 한 여인 중 하나가 살며시 자리에서 일어나 옥화무제 쪽으로 걸어왔다. 그녀는 자신의 행동을 의아해하는 일행의 눈길을 뒤로 받으며 정중하게 옥화무제에게 포권을 했다.

"실례하겠습니다. 혹시 옥화무제 선배님이 아니신가요?"

그 말에 옥화무제가 심드렁하게 대꾸했다.

"사람을 잘못 봤군요. 저는 그런 사람 아니에요."

"실례했습니다."

면사 여인은 고개를 갸웃하며 일행에게 돌아가려다가 그 옆자리에 앉아 있는 매영인을 봤다. 반가운 김에 아는 척을 하려 했으나 방금 전 옥화무제가 자신을 모른 척했다는 것을 생각했다. 뭔가 사연이 있다고 짐작한 그녀는 슬며시 자리로 돌아가려고 했다. 그런데 이번에는 매영인이 자리로 돌아가는 그녀를 아래위로 훑어보더니 일어섰다. 매영인은 옆의 시녀하고 몇 마디 말을 하느라 할머니와 그녀 사이에 오간 말을 듣지 못했기에 실수를 하고 말았던 것이다.

"혹시, 소소(素昭) 언니 아니세요?"

소소는 당황할 수밖에 없었다. 이걸 아는 체를 해야 하나, 말아야 하나.

"으…응, 영인이구나."

"만나서 반가워요, 언니. 그런데 여기는 어쩐 일로?"
"응, 친구들하고 화산에 가다가 들렀어. 그런데 너는?"
"손님하고 만날 일이 있어서요. 친구들 소개나 해 줘요."
매영인이 그쪽 탁자로 걸어가서 인사를 나누며 떠들어 대는 걸 보면서 옥화무제가 거보란 듯이 눈짓을 했다.
"봐요, 내가 불러들인 게 아니라니까요."
"그렇다고 해 두지. 나도 쓸데없는 살생은 별로 좋아하지 않으니 말이야."
그러면서 묵향이 갑자기 일어서자 옥화무제는 잠시 당황했다.
"돌아갈 건가요?"
그 말에 묵향은 여태까지와는 달리 목소리를 약간 높였다. 비밀 이야기도 아닌데, 소곤거릴 필요가 있나?
"할 말이 더 있나?"
"저 아이는 언제 데려갈 거죠? 아니면 내가 그리로 보내 줄까요?"
하지만 묵향의 대꾸는 시큰둥했다.
"저런 애를 데려다가 어디다가 쓰려고? 윗사람의 의도도 제대로 파악하지 못하는 멍청한······."
"그렇게 바보 같은 애는 아니에요. 인질로서 충분한 가치가 있다구요."
"듣다 보니 이상하군. 왜 저 아이를 인질로 주지 못해서 안달인 거지?"
"서로의 신뢰를 위해서죠. 나도 인질을 맡기면 당신이 나를 좀 더 믿어 줄 거라고 생각하며 안심할 수 있잖아요."

"말은 되는 것 같은데…, 꼭 집어내기는 그렇지만 뭔가 약간 이상한 냄새가 풍기는군."

"이상할 거 없어요. 지금 데려가요."

"싫어. 돌아가자!"

묵향의 수하들이 의자를 덜커덕거리며 일어서는 걸 보면서 옥화무제는 살며시 미소를 지었다. 모든 것을 쟁취해 낸 승리자 같은 미소를 말이다. 옥화무제는 서둘러서 매영인을 불렀다.

"빨리 돌아가자."

"예? 할머니 잠깐만요. 아직 얘기가 다 안 끝났……."

옥화무제는 재빨리 전음으로 설명했다.

〈빨리 돌아가자. 저 사람 생각 바뀌기 전에.〉

어벙한 표정을 지은 채 매영인은 밖으로 끌려 나왔다. 옥화무제는 따라 나오며 인사를 건네는 후배들에게 간단한 손짓으로 답하고는 발걸음을 재촉했다. 한 2리는 왔을까? 그들 앞에는 언제 따라왔는지 묵향이 무심한 표정으로 서 있었다.

"무슨 일인가요?"

"생각이 바뀌었어."

묵향은 상대의 미소와 서둘러 떠나는 모양새를 보고 옥화무제의 속마음을 파악했다. 천하제일의 정보 단체이니 자신의 성격쯤은 파악해 놨을 테고, 괜히 권하면 마다하는 성질을 이용해 감히 인질도 안 주고 자신의 신뢰감을 받아 내려고 잔머리를 굴리다니……. 거기다가 현경의 고수 앞에서 전음을 쓰면 그걸 못 들을 줄 알았나? 어기전성은 순전히 기만을 사용해서 의사를 전달하는 것이기에 엿들을 수 없지만, 전음은 음성을 기로 실어 나르는 것이라 충분히 훔쳐 들을 수 있었다.

"예?"

"아무래도 그 아이를 인질로 잡아야겠어."

'인질'이란 말이 나오자 매영인의 얼굴색이 파래졌다. 매영인은 할머니가 저쪽에서 이 무례한 인물과 쑥덕거린 이야기를 인질이란 그 한마디만으로 대강 짐작할 수 있었다. 필요도 없는데 함께 화산 구경이나 하자고 꼬셔 오지 않았던가? 이게 다 인질로 써먹기 위해서였다니……. 원망스러움에 얼굴이 파랗게 질리다 못해 눈물까지 찔끔 나왔지만, 상대가 상대인 만큼 반항은 생각도 못하고 애처로운 시선으로 할머니를 바라볼 수밖에 없었다. 그러나 옥화무제는 매정하게도 그 눈길을 외면해 버렸다.

인질이란 말에 주위의 호위 무사들도 당황해 검을 뽑아 들었지만, 그들의 행동은 옥화무제에 의해 제지되었다. 그들은 그저 불만 가득한 표정으로 묵향을 노려볼 수밖에 없었다.

옥화무제는 매영인의 말고삐를 순순히 묵향에게 건네주었다.

"인질을 어떻게 다뤄야 하는지는 잘 아시겠죠? 그럼, 영인이를 부탁해요."

살짝 옆으로 지나가는 옥화무제가 또다시 미소를 짓는 것 같자 묵향은 고민에 빠질 수밖에 없었다.

'계집이라서 표정이 저리 잘 바뀌는 건가? 도대체 알 수가 없군.'

매영인이 탄 말의 고삐를 쥐고 이쪽으로 달려오는 수하들을 기다리던 묵향은 뭔가 당한 것 같은 기분을 떨치기 어려웠다.

인질이란 건 상대를 제압하는 데 매우 효과적인 수단이다. 특히 상대와 혈연관계가 가까울수록, 상대에게서 차지하는 비중이 클수록 인질로서 가치는 상승한다. 하지만 인질을, 그것도 공식적인 인질을 잡을 때는 매우 귀찮은 문제가 따라다닌다는 것을 명심해야 한다. 절대 인질이 죽어서는 안 된다는 것이다.

만약 갑(甲)이 을(乙)의 자식 병(炳)을 인질로 잡았는데 그 병(炳)이 죽었다고 하자. 병이 나서 죽었건(자연사), 단식 투쟁을 하다가 죽었건(자살), 갑(甲)이 성질나서 죽였건(타살 유형 1), 을이 보낸 자객이 죽였건(타살 유형 2), 제3자가 갑과 을이 치고받으라고 자객을 보내 죽였건(타살 유형 3) 그건 중요한 문제가 아니었다. 인질을 보호하지 못한 갑에게는 입이 열 개가 있어도 변명할 수 없는 공개적인 개망신이었고, 을에게는 갑을 공격할 최고의 대의명분이 주어지는 일인 것이다.

그렇기에 인질을 잡았을 때는, 그것도 공식적인 인질을 잡았을 때는 매우 조심해야 한다. 잘못하면 인질을 잡은 게 최악의 수가 될 수도 있기 때문이었다.

이제 완전히 체념을 했는지 풀죽은 모습으로 말 위에 다소곳이 앉아 있는 소녀를 힐끗 바라보며 묵향은 인질을 어디에다가 모셔둘까(?) 생각했다. 정말이지 공식적인 인질이라면 자신의 딸보다도 소중하게 모셔야만 했다. 정기적으로 의생을 불러 건강 관리도 해 줘야 하고, 꾸준히 운동도 시켜야 하고…….

"이봐."

"……"

"야! 귀 먹었냐? 불렀으면 대답을 해야 할 거 아냐?"

"저 말인가요?"

"그래, 너 혹시 도망칠 생각이 있냐? 그것부터 확인해 보자구. 솔직하게 말해. 그래야 나도 뒤처리를 어떻게 할까 궁리해 보지."
 매영인은 우울한 음성으로 대답했다.
 "도망칠 수 없죠. 나는 당신과 할머니 사이에 맺은 약속의 증표잖아요. 내가 도망치면 그 약속도 깨진다는 거 잘 알아요."
 "좋아, 자신의 처지를 잘 아는 소저군. 마화!"
 "예."
 "시비는 데려오지 않았으니, 분타에 돌아갈 때까지는 네가 책임져라."
 "예, 그런데 영인 소저의 무장은 어떻게 할까요?"
 "그냥 놔둬. 자신을 지킬 무기가 하나쯤은 있는 게 좋겠지."
 "예."
 묵향 일행은 중촌(中村)이라는 곳에 이르러 그곳의 여관에 자리를 잡았다. 방 둘을 잡아 하나에는 매영인과 마화가 들고, 다른 사람들은 나머지 한 방에 몽땅 틀어박혔다. 식사를 마치고는 한 방에서 쉬고 있을 때 매영인은 자신도 모르게 이들의 성격이나 상하관계, 또 출신 내력 등을 따져 보았다.
 매영인이 지닌 마교에 대한 상식으로는 수하들과 술잔을 기울이고 있는 저 묵향이란 인물은 공포감을 불러일으키는 천하의 대마두(大魔頭)로서, 마교라는 속성에 따라 수하들을 공포로서 억누르고 있는 살인귀여야만 했다. 그때 백씨세가에서 봤을 때는 살인귀처럼 보이지는 않았지만 뭔가 강렬한 위화감(違和感) 같은 것을 느꼈다. 하지만 지금 그의 모습은 그렇지 않았다. 농담도 하면서 수하들과 술잔을 나누는 모습은 도저히 상상할 수 없었는데…….

"그때 대장님은 정말 대단했다구요."
"내가 뭘?"
묵향이 얼떨떨한 표정으로 되물었다. 기억은 없지만 상대가 자신의 과거에 대해 궁시렁거리니 별수 있나. 하지만 그들의 대화를 듣다 보면 어렴풋이 뭔가가 떠오르는 것도 같았기에 그는 이런 자리를 즐겼다.
"하부르하고 참 잘 어울리셨는데……. 몽고 아이긴 했지만 참 예뻤죠."
그 말에 임충이 덧붙였다.
"하부르도 만나 보고 싶군. 몽고 원정은 내가 생각해도 너무 심했어. 그렇게 지독하게 짓밟은 건 몽고 원정이 처음이었으니까."
임충의 말에 차림이 고개를 끄덕였다.
"맞아. 나도 그때 흑풍단에 들어간 걸 후회했지. 하지만 덕분에 대장을 만났잖아."
"흑풍단 해체 때 좋은 사람들이 너무 많이 죽었어."
정상이 아쉬운 듯 말하자 그 뒤를 이은 마화의 목소리.
"흥! 하지만 그 공지 녀석은 잘 죽었어. 그런 놈은 그렇게 죽어 마땅했다구."
"공지 대장 대단했지. 아무리 계집에 굶주렸다지만 몽고 계집들을, 크크."
"대장은 무슨 얼어 죽을……. 아무나 보면 덮치는 그런 놈은 대장 소리 들을 자격도 없어. 변태 자식!"
"그래도 그 사람 무술은 대단했잖아. 특히 참마도(斬馬刀) 쓰는 솜씨가 일품이었지."

인질이냐 짐이냐 129

술자리에서 오가는 대화를 들어 보고야 매영인은 그들이 역모를 꾸몄다는 흉계에 걸려 풍비박산이 난 찬황흑풍단 소속의 무사들임을 알 수 있었다. 그때 언뜻 할머니에게 듣기로 묵향은 기억을 상실했을 때 흑풍단에서 일했다고 하니 그건 당연한 건지도…….

인질 신세가 되어 묵향과 함께 길을 가게 된 오후부터 줄곧 긴장하고 있었기에 매영인은 매우 피곤했지만, 술자리는 끝이 날 줄을 몰랐다. 약간의 허풍이 가미된 그들의 말을 종합해 보면 저 넷은 몽고병쯤은 파리 잡듯 때려잡는 괴물 같은 고수였고, 묵향은 몽고병 1만 명쯤은 개미를 짓밟듯 순식간에 없애 버릴 수 있는 진짜 괴물이었다.

어느덧 잡다한 얘기가 화기애애하게 오가는 소리에 매영인은 긴장이 풀려, 그들의 목소리를 자장가 삼아 끄덕끄덕 졸기 시작했다. 그때 갑자기 앙칼진 여자의 목소리가 터져 나왔다. 매영인은 눈을 번쩍 떴다.

"얏! 닥치고 옆방으로 안 갈래?"

"그래도…….."

"저 아이 피곤해서 조는 거 안 보여, 이 멍청아? 대장도 빨리 가요. 상 뒤집어엎어 버리기 전에."

"제길, 알았다구."

묵향은 투덜대면서도 옆방으로 건너갔지만, 임충은 그냥은 절대로 못 간다는 듯 한마디 던졌다.

"너, 그 성깔 못 고치면 아무도 안 데려간다."

퍽!

"아구구, 몽고 들판의 전우 엉덩이를 차다니. 너는 여자도 아냐."

"죽어랏!"

"히익!"

마화가 성질나서 달려들자 임충은 재빨리 술병을 들고 옆방으로 도망쳤다. 남자들을 모두 쫓아내 버리고 마화는 침상으로 다가와 부드럽게 말했다.

"피곤하지. 편히 쉬어."

마화는 매영인을 이끌어 침상에 눕혀 주고 이불을 덮어 주었다.

"피곤하면 말을 하지. 술자리는 옆방에서 벌여도 되는데……."

"괜찮아요. 오히려 술자리를 보고 안심이 되던데요. 그런데 어떻게 저런 무서운 사람을 그렇게 대할 수가 있죠?"

그 말에 마화는 빙그레 미소를 지었다.

"이래 보여도 내가 좀 둔하거든. 처음 만났을 때 대장은 저렇지 않았어. 정말 누구나 한눈에 반할 정도로 멋있는 무인이었지."

마화의 눈빛이 더욱 따뜻해지고 있었다.

"고강한 무공을 지녔지만, 약자를 사랑하고 보호할 줄 아는 진짜 사나이였다구. 우리 다섯은 그때 잘 어울려 다니며 술도 많이 마셨지. 다시 대장을 만났을 때는 사람이 많이 바뀌어 있었지만 나는 멍청하게도 예전에 하던 대로 그를 대했어. 하지만 그가 싫어하지 않더라구. 그래서 그냥 그렇게 지내고 있는 거야. 사실 그렇잖아? 계급이 위로 올라갈수록 힘과 권력은 강해지겠지만 외로운, 읍!"

마화는 갑자기 픽 쓰러져 버렸다. 매영인이 놀라서 쓰러지는 그녀를 잡았다. 매영인 또한 무공이 약하지 않았기에 간단하게 일이 어떻게 된 건지 알 수 있었다. 혈도를 제압당한 것이다. 방 안에 슬며시 사람이 나타났다. 낮에 봤던 면사 여인이었다.

"어떻게 된 일이니?"

"소소 언니?"

"응. 그런데 선배님은 어디 가시고?"

"언니는 어떻게 여기에……?"

"선배님이나 이들의 행동이 이상해서 일행과 헤어져 뒤따라 온 거야. 어떻게 된 일이니?"

"저…, 말할 수 없어요. 빨리 여기서 나가요. 안 그러면 큰일 나요."

"어떻게 된 일이냐? 나는 도저히 알 수 없구나. 선배님이 계셨으니 납치된 것은 아닐 테고, 설마… 인질?"

그 말에 매영인이 슬픈 듯한 안색으로 천천히 고개를 끄덕였다.

"하지만 천하의 무영문이 손녀까지 인질로 줘 가면서 손잡고 싶은 대상이 있으려고?"

이것저것 물어보는 소소였지만, 매영인은 그녀의 궁금증을 채워주고 있을 정도로 한가한 정신상태가 아니었다.

"언니, 제발 빨리 돌아가요. 그가 눈치 채면 언니도 봉변을 당한다구요. 그리고 오늘 있었던 일은 비밀로……."

매영인의 말은 소소라고 불린 면사 여인이 갑자기 픽 쓰러졌기 때문에 끊겼다.

"언니!"

잠시 후 묵향이 문을 열고 들어왔다. 그는 쓰러져 있는 면사 여인을 흥미진진한 눈으로 바라보며 중얼거렸다.

"생쥐가 한 마리 있었군. 낮에 네가 만났던 사람이지?"

매영인은 그의 섬뜩한 눈초리에 정직하게 고개를 끄덕일 수밖에 없었다. 하지만 묵향이 천천히 검을 뽑는 걸 보고는 매영인은 너무 놀란 나머지 크게 소리치지도 못하고 속삭이듯 말했다.

"무슨 짓을 하려는 거죠?"

"보면 몰라? 본좌도 무영문과 본타의 합작이 외부에 알려지는 걸 원하지 않는다는 말이지. 그게 알려지면 무영문이 본타를 돕기는 매우 힘들 게 뻔하니까 말이야."

그 말에 매영인이 쓰러진 면사 여인과 묵향 사이를 몸으로 막으면서 외쳤다.

"안 돼요. 언니를 죽이면 안 돼요. 풀어 주는 게 어려우면 함께 데려가요. 나도 말동무가 필요하다구요. 제발……."

잠시 주춤했던 묵향이 싸늘하게 말했다.

"저런 계집이 도망치는 것까지 감시하고 있을 정도로 나는 한가하지 못해. 비켓!"

매영인은 필사적으로 떨리는 몸을 참고 그를 막아섰다. 식당에서 잠시 느꼈던 그 공포스런 기운이 묵향의 전신에서 뿜어져 나오니 매영인은 감히 무력을 동원해 상대를 막아 볼 생각도 못했다. 아니, 자신이 무공을 익혔다는 사실조차도 망각하고 있었다.

"그럴 수는 없어요. 제발 살려 주세요. 제가 도망 못 가게 막을게요, 예?"

묵향은 매영인을 다시 한 번 노려보더니 묵혼검을 스르륵 칼집에 집어넣었다.

"좋아. 하지만 단 한 번이라도 탈출을 시도하거나 외부와 연락하려 한다면 곧 죽여 버릴 테니까 명심해."

"예."

묵향은 이제 볼일이 끝났다는 듯 밖으로 나가 버렸고, 어느 결에 해혈을 했는지 쓰러져 있던 마화가 부스스 일어섰다.

"으응? 내가… 왜?"

마화는 방 가운데쯤에서 쓰러져 있는 웬 여인을 끌어안고 흐느끼는 매영인을 멍한 눈으로 바라보다가 순간적으로 정신을 차렸다.

"그 여자는 누구지?"

"제가 아는 언니예요. 저를 구하러 들어왔다가 그만……."

화들짝 놀란 마화는 상대에게 다가가서 맥을 짚어 보고는 안도했다.

"뭐야? 죽은 줄 알았는데, 살아 있잖아. 괜찮아. 그냥 혈도만 제압된 거야. 대장이 그랬어?"

"예."

"조금 비켜, 엇차!"

마화는 쓰러진 여인을 안아다가 침상에 눕히고는 매영인도 끌어다가 그 옆에 자리를 마련해 주었다.

"편히 쉬어. 저 여자 덕분에 내 편안한 잠자리는 날아가 버렸군. 옆방에 가서 술이나 마실까……."

마화는 문을 열고 나가려다 말고 매영인에게로 돌아섰다.

"나도 근래에 알았는데, 대장은 밖에 나오면 거의 안 자거든. 내 말은, 도망은 생각도 말라는 거야. 오히려 사태를 더 악화시킬 뿐이니까. 나중에 일어나면 그녀한테 전해. 아마 모든 일은 1년 안에 끝날 거야. 그때까지 얌전히 참고 있으라고 말이야."

마화의 말에 매영인은 약간 두려운 듯이 말했다.

"저, 그러면 1년 후에는 동맹이 깨지는 건가요?"

동맹이 깨진다는 것은 그녀 자신의 인질로서의 가치도 없어진다는 것을 뜻했다. 만약 상대가 '모든 게 다 끝났으니 인질 데려가쇼' 할 정도로 공명정대한 인물이라면 또 모르지만, 마교의 인물이니 자신을 안전하게 무영문에 데려다 준다는 보장은 없었다.

그 말에 마화는 피식 웃어 버렸다.

"깨진다고 널 죽이지는 않을 거야. 1년 후에는 네가 무영문으로 돌아갈 수 있다는 거지. 무슨 말인지 알겠어?"

"예."

"그럼 잘 자."

마화는 방을 나와서는 옆방에서 또다시 술판을 벌이고 있는 남자들 사이에 끼어들었다.

"어라? 너 감시 당번 아니었냐?"

"도망칠 생각도 안 하는데 감시가 필요해? 그리고 도망쳐 봤자지. 그건 그렇고 대장, 그 여자는 어떻게 할 겁니까?"

묵향은 술잔을 비우고는 임충에게 빈 잔을 내밀었고, 임충은 거기에 술을 따랐다.

"어떻게 하기는? 말동무가 하나 필요하다고 하니 데리고 가야지. 몇 년 갇혀 있으려면 친한 말동무가 하나 있는 게 좋겠지."

"하지만 그러면 납치가 된다구요."

"상관없어. 살인보다는 낫겠지."

큼지막한 잔으로 꿀꺽꿀꺽 술을 마시는 묵향을 바라보며 마화는 고개를 끄덕일 수밖에 없었다. 죽는 것보다야 살아 있는 게 나을 테니까.
"그건 그렇지만……."

다음 날 아침 면사 여인은 일찍 잠에서 깨어났다. 한참 단꿈을 꾸고 있는데 매영인이 깨웠기 때문이다.
"아응, 조금만 더 자자. 응?! 여기는?"
"쉿!"
"영인이구나. 내가 여기서 뭘 하고 있었지?"
어제 일이 생각나는지 다급하게 묻는 면사 여인에게 조용히 하라는 듯 조심스러운 표정을 짓더니 매영인이 목소리를 낮춰 속삭였다.
"조용히 해요. 이제 글렀어요, 언니. 언니는 나하고 같이 가야 돼."
"어디를?"
"마교의 섬서분타요."
"마교! 읍……."
놀란 면사 여인의 목소리가 커지자 매영인은 그녀의 입을 손으로 틀어막았다. 잠시 기척을 살핀 매영인은 다시 속삭이기 시작했다.
"제가 가려던 곳이 거기니까요. 1년쯤 후에는 풀어 줄 거예요. 그때쯤 되면 잡아 둘 필요가 없을 테니까요. 하지만 그 전에 도망을 치거나 어떤 표식을 하려고 한다면, 언니의 생명을 보장할 수 없어요."

그 말에 면사 여인은 공력을 잠시 운기해 본 후 자신 있게 말했다.

"내공도 그대로인데, 내가 도망 못 칠 줄 아니? 아무리 악양세가 출신이지만 나도 꽤 무공이 강하다구. 무공만 사용할 수 있다면 도망치는 건 문제도 아니야."

그 말에 매영인은 답답하다는 듯 고개를 저었다.

"그게 아니라니까요. 어제 언니의 혈도를 짚은 사람이 누구라고 생각해요?"

악양소소도 할 말이 없어졌다. 어찌된 영문인지도 모르고 혈도를 제압당해 정신을 잃었으니, 그 흉수를 알 방도가 없었다.

"글쎄······."

"엄청난 고수예요. 무림에서 다섯 손가락 안에 들어가는 세력을 가진, 천하제일의 고수죠."

"흥! 천하제일? 말도 안 되는, 읍······."

소소는 자신도 꽤 높은 수준의 무공을 익혔다고 자부했었는데 어떻게 된 영문인지도 모르게 혈도를 제압당했으니, 자신의 혈도를 제압한 인물은 아마 상당한 수준의 고수일 것이라고는 생각했다. 하지만 소소는 상대가 그 정도로 엄청날 것이라는 생각은 하지 않았다.

매영인은 황급히 상대의 입을 막으며 속삭였다.

"좀 조용히 해요. 그는 지금 무림에 단 한 명뿐인 현경의 고수라구요."

매영인이 입을 막고 있어 소리는 못 냈지만, 악양소소의 눈이 화등잔만 하게 커졌다. 현경이라고?

"20년 전에 뇌전검황(雷電劍皇) 노선배님을 죽인 사람이라면 이해를 하겠어요? 그가 어제 말했다구요. 도망치기만 하면 무조건 죽여 버리겠다구요. 같이 가서 1년만 있으면 돼요. 그러니까 딴 생각 하지 마세요."

"……."

"내가 거짓말하는 거 봤어요? 믿으라니까요."

악양소소는 곰곰이 생각해 보더니 말했다.

"너, 거짓말 많이 했잖아. 동정호에서도 했고, 으음…, 또 본가에 들러서도 몇 번 했고, 또……."

"칫! 기억력도 좋아. 하여튼, 그때는 거짓말이 아니라 농담이었잖아요. 이건 실제 상황이라구요."

여자들이 쏙닥거리는데, 문이 활짝 열리더니 마화가 안으로 들어섰다.

"깼으면 준비하고 밖으로 나와. 식사하고 바로 출발해야 하니까."

묵향이 납치한 인물을 눈에 띄지 않게 하려고 마차를 한 대 장만해 오라고 임충에게 지시했기에 모두 마차에 타고는 섬서분타를 향해 출발했다.

동맹의 묵계에 의해, 절대적으로 믿기는 어렵지만 아마도 손녀를 살려 두고 싶다면 무영문이 여러 가지 정보전을 대신해서 펼쳐 줄 것이다. 사실 무영문의 최고 수뇌부는 벌써부터 중원 지도를 앞에 두고 쑥덕공론을 하고 있었다. 화산에서 멀리 떨어지지 않은 곳에 있는 무영문의 비밀 분타에서 상황을 빨리 처리하기 위해 수뇌부들이 대기하고 있다가 옥화무제가 도착함과 동시에 회의가 시작되었다.

"그런데 꼭 작은 아씨를 그런 무뢰배한테 인질로 주실 필요가 있었습니까? 문주님이시라면 충분히 아씨를 보내지 않고도……."

"호호호, 일부러 준 거예요."

"예? 일부러라니요?"

"영인이도 그리 멍청한 아이가 아니니, 인질로 받아들여서 애지중지 보살피다 보면 그 아이의 장점들을 볼 수 있겠지요. 그리고 함께 시간을 보내다 보면 자연히 정이 싹트게 될 테고……. 그게 결혼으로만 이어진다면 본문은 무림에서 다섯 손가락 안에 들어가는 무력을 지닌 단체를 통제할 수 있게 됩니다. 사실 그것 때문에 설무지라는 구렁이가 혼사 문제를 가로막은 거겠지만……. 혼사를 거절했으니 이런 식으로라도 밀어 붙여야죠."

확실히 여인의 집념이란 것은 만만히 볼 것이 못된다. 옥화무제의 집념 어린 말에 수하들은 감탄사를 터뜨렸다.

"오오, 그것도 대단히 좋은 계책입니다. 당연히 사위가 장모의 말을 어느 정도는 들을 수밖에 없게 되겠지요. 또 두 문파가 혈연으로 맺어진다면 그만큼 좋은 일도 없구요. 그런데 서문세가에 가신 일은 어떻게 되셨습니까?"

"그쪽도 제안에 응했어요. 이제 말들은 어느 정도 갖춰진 셈이니 그들을 잘 다루기만 한다면 본문의 판도는 몇 곱절 넓어지게 될 거예요. 문제는 장인걸의 처리인데……. 장인걸이 별로 반항도 못 하고 묵향의 손에 떨어진다면, 묵향을 저지할 단체는 하나도 없다는 게 문제예요. 장인걸을 무림공적(共敵)으로 만들어 그 세력을 소모시키면서, 묵향 또한 정파에게 어느 정도 전력이 손실되도록 힘써야 해요. 그러고 나서 그 둘을 붙여 또다시 대판 싸우게 만든다면 묵향이 교주가 된다고 하더라도 우리가 충분히 제어할 수 있을 정도의 세력으로 축소되겠죠."

옥화무제의 말에 수하들은 이구동성으로 말했다.

"지당하신 생각이십니다."

"그 정파의 선봉에는 서문세가를 세워야 해요. 서문세가는 지금 욱일승천(旭日昇天)의 기세를 타고 있어요. 뛰어난 가주와 후계자를 가진 강대한 문파죠. 하지만 마교와 마주친다면 서문세가 또한 어느 정도 힘을 상실하게 될 거예요. 지금 때는 난세예요. 이곳저곳을 들쑤시고 이간질을 해, 최소한 50년은 그 누구도 무림통일을 꿈도 못 꾸게 해야 합니다."

"존명!"

"정파의 세 문파를 박살 낸 것은 마교에서 행한 짓으로 확정지어 선전하세요."

"존명!"

"섬서분타에서 별 신경 쓰지 않고 전멸시킨 용병대들 중에 무림맹과 연줄이 닿아 있는 맹호대가 있고 더구나 생존자가 있으니, 이 또한 하늘이 우리를 돕는 거예요. 비밀리에 무림맹에 섬서분타에 대한 정보를 조금씩 흘리세요. 섬서분타와 무림맹이 충돌하도록 유도해야 합니다.

나중에 섬서분타가 마교를 차지할 때쯤에는 무림맹이 섬서분타를 향해 전면 공세를 펼 수 있도록 공작을 하세요. 그래야만 섬서분타의 세력이 더 이상 커지는 것을 막을 수가 있어요. 그의 세력이 너무 커지면 그 누구도 그를 제어할 수 없을 겁니다."

"존명!"

이때 그녀의 옆에 앉아 있던 한 중년인이 조심스레 입을 열었다.

"문주님, 수도에서 온 전갈에 의하면 황제가 죽었다는……."

옥화무제의 눈이 놀라움을 드러내듯 동그래졌다.

"정말인가요?"

"모든 정보를 종합 분석한 결과 사실인 모양입니다. 황제는 요 근래 2년 넘게 병치레를 하고 있었고, 거의 40여 년을 집권했으니 죽을 때도 되었죠. 그런데 문제는 그게 아닙니다. 황제의 붕어(崩御) 사실이 비밀로 묻힌 이유는 진천왕의 반란 때문이기도 하지만, 후사 문제가 더 큰 이유죠.

황제는 후계자로 이제 열세 살인 5황야(五皇也) 지(智)를 선택했습니다. 하지만 그 위로 전(前) 황후의 아들들이 네 명이나 있으니, 아마 그들을 모두 처치한 후에 붕어 사실을 발표할 생각인가 봅니다. 지금 전선에 나가 있는 두 황자들을 불러 들였고, 아직 미확인된 정보지만 도성 내에 남아 있던 3황야(三皇也)와 4황야(四皇也)는 벌써 죽임을……."

"놀라운 소식이군요."

"예, 그다음 대국(大局)을 어떻게 이끌어 가실 건지?"

"황자들에게 이 사실을 알린다면 그들이 승리할 확률은 어느 정도 되나요? 거기서 분란이 벌어진다면 오히려 진천왕이 승리할 확률이 더 올라가는 게 아닐까요?"

"예, 아직 요 정벌에 나간 군대가 회군하지 못했으니, 전쟁이 벌어진다면 진천왕과 싸우는 전선에서 군사를 뺄 테죠. 그렇다면 진천왕에게 매우 유리하게 돌아갈 것은 분명합니다. 하지만 이대로 방관한다면 근래에 황후로 책봉된 엄 귀비나 간신 엄승의 세상이 될 것입니다. 과연 그들이 잘해 나갈지 그것도 의문이죠."

"원정군은 언제 돌아오나요?"

"거의 전쟁이 막바지로 치닫는 모양이지만, 최소한 두 달 정도는 걸릴 것으로 사료됩니다."

"두 달이라……. 너무나 긴 시간이군요."

"예, 사천성 남쪽에서 시작된 전쟁이 지금은 사천성 북쪽까지 밀렸으니, 잘못하면 천도(遷都)라도 해야 할 지경이죠. 각 성(省)에서는 지원병을 모집한다고 난리고, 향방군까지 대량으로 동원되고 있습니다. 이런 식으로 간다면 가을의 추수가 문제가 되겠죠."

"그건 그렇군요. 어쨌든 진천왕이 승리하는 것은 막아야 합니다. 문제는 진천왕이 아니라 그를 지원하고 있는 혈교예요. 진천왕이 황제가 된다면 당연히 무림은 혈교가 장악하게 된다는 점을 명심하세요. 이 사실을 무림맹에 알리고, 최대한 정파가 진천왕과의 전쟁을 지원할 수 있도록 유도해 나가야만 합니다."

"존명!"

"그리고… 총관!"

"예."

"그대가 생각하기에는 1황야 정(晶)과 2황야 진(璡) 중에서 누가 나은가요?"

"그야 당연히 2황야가 낫죠. 2황야도 멍청한 편은 아니지만 주색(酒色)을 매우 좋아합니다. 또 성격도 과격한 편이구요. 일국의 황제감은 아니죠. 그에 비해 차분하고 냉정한 성격의 1황야가 황제감이기는 하지만, 그가 황제가 된다면 세상이 너무 안정되어 버려 본문이 돈벌이 하기는 별로 좋지 못합니다."

"호호홋, 좋아요. 그럼 2황야를 빼돌리세요. 1황야는 엄승의 손아귀에 들어가서 죽도록 놔두세요. 1황야가 살아 있다면 황위 쟁탈전이 벌어질 수밖에 없으니, 엄승이 죽이게 하는 겁니다. 2황야는 회군해 오는 정벌군 사령관 진길영 원수에게 인계하세요. 그러면 정예군을 가진 2황야는 곧 진천왕을 토벌할 테고, 또 우리에게 신세를 졌으니 본문의 성장에 많은 도움을 줄 테죠."

"존명!"

국화 향기 속에서

"빨리 타!"

묵향의 강압적인 태도에 약간 열을 받은 면사 여인은 따지듯 물었다.

"지금 어디로 가는 거죠?"

"빨리 타기나 해."

일단 마차에 타기는 했지만 그래도 상대에게 꿀리기 싫어서 그런지 면사 여인은 계속 질문을 해 댔다.

"이것 보세요. 최소한 그런 간단한 것은 알려 주는 게 예의 아닌가요?"

"닥치고 있어. 재갈을 물리기 전에!"

묵향이 매서운 눈초리로 쏘아본 탓에 면사 여인은 대화의 길을 열어 보려던 생각을 포기할 수밖에 없었다. 눈치로 보아하니 다음에는 주먹이 날아올 것 같은 분위기였기 때문이다.

어쨌든 그다음부터 두 여자들은 묵향에게 더 이상 말을 걸지 않았다. 묵향은 자는지, 깨어 있는지 눈을 지그시 감고는 팔짱을 끼고 조용히 앉아 있었다. 숨 막히는 것 같은 이 부자연스런 분위기 때문에 두 여자들은 처음에는 닥치고 있었지만, 매영인이 더 이상 참지 못하고 소소에게 소곤거리자 소소가 맞장구치며 소곤거리기 시작했다. 묵향이 딱히 싫어하는 기색을 보인 건 아니었기에 두 여인이 소곤거리는 가운데 여행은 종착역에 다다랐다.

매영인과 소소가 섬서분타에 도착해 느낀 것은 의외로 실력 있는 고수들이 눈에 띄지 않는다는 놀라운 사실이었다. 그리고 딱히 마교도 같지도 않았다. 그냥 불량배들 잡아다가 훈련시켜 놓은 정도? 그 정도로 그들에게는 마교로서의 기본적인 향기(?)가 없었다.

수문(守門) 무사들은 묵향 일행 중 말 위에 타고 있는 네 사람을 보고 곧 그 마차에 타고 있는 사람이 누군지 알아챘다. 그들은 재빨리 문을 열고 마차가 지나갈 때까지 허리를 굽히고 있었다.

두 여자가 마차의 창문을 통해 밖을 바라보니 이리저리 돌아다니는 하인들과 무사들이 꽤 많았다. 하지만 웬만한 문파에서 볼 수 있는 것과 같은 사람들이었지, 여태껏 그들이 상상해 오던 마교도의 모습은 아니었다. 그녀들은 좀 더 살벌한 뭔가를 상상했던 것이다.

마차는 계속 달려 들어가 두 번째 문에 도착했다. 그 문을 지키는 무사들은 그래도 좀 실력이 나아 보였다. 움직임이 꽤 절도가 있었기 때문이다. 그 문을 통과하면서 그들은 주위에 진법을 쳐 놓았음을 어렴풋이 짐작했다. 하지만 확실한 것은 알 수 없었다. 뭔가 반감(反感)이 느껴진다고 할까? 미세한 살기나 예기(銳氣)조차 없는 걸로 보아 살상을 위한 진법은 아닌 듯했지만, 어쨌든 진을 쳐 놓은 것은 확실했다.

세 번째 문에 다다르자 두 여인은 이곳이 마교라는 것을 몸으로 느낄 수 있었다. 세 번째 문을 지키는 무사는 정말이지 몸에서 풀풀 마기를 풍기고 있었다. 묵향 일행이 통과하자 세 번째 문은 곧 닫혔다. 두 여인은 묵향을 따라 마차에서 내렸다. 주위에 돌아다니는 사람은 거의 없었지만, 눈에 띄는 사람들은 모두 대단한 고수였다.

"여기가 섬서분타인가요?"

매영인의 물음에 묵향은 대꾸하지 않고 마화를 불렀다.

"마화."

"예?"

"이 아이들을 숙소에 안내해라."

묵향은 천천히 만악전(萬惡殿) 쪽으로 군사를 만나러 걸어갔고, 괜히 말을 걸어 손해 본 것 같은 기분을 느끼는 매영인과 소소는 마화의 안내에 따라 그들이 머물 처소로 갔다.

"이 방과 저 방을 써."

제법 괜찮은 방이었다. 넓지는 않았지만 오히려 그것이 그들의 마음을 안정시켜 줬다.

"좀 있다가 시비 둘을 골라 줄 테니까, 그 아이들에게 일을 시켜. 식사는 시비를 시켜 식당에서 가져다가 여기서 먹어. 여기 있는 사람들에게 신경 쓰지 마. 저 사람들도 너희들에게 신경 쓰지 않을 거니까. 그리고 무기는 가지고 있을 테니, 위급한 일이 닥치면 알아서 해결해. 솔직히 부교주님이 하시는 걸 보면 너희들 목숨은 별로 신경 쓰지 않는 것 같으니까 말이야."

"그게 무슨 말이에요? 인질의 목숨을 소중히 여기지 않다니."

"원래 그런 사람이야. 사실 무영문과 싸우게 되더라도 별 신경 안 쓸 사람이거든. 서로가 수준이 비슷해야 인질이 소중한 법이지, 격차가 심할 때는 그게 아니지. 언제든지 한판 해도 좋은데, 왜 인질을 소중히 여기겠어? 그러니 자신의 목숨은 자신이 소중히 여기란 말이야. 또 너희들은 저쪽 담 밖으로 나가면 안 돼. 그걸 넘어가서 발생하는 모든 사태는 너희들이 책임져야 할 거야."

"저 담을 넘어가도 섬서분타 안이잖아요."

"아니, 섬서분타라 하면 담 안쪽을 말하는 거야. 설명해 줬으니까 나중에 딴 소리 하지 마. 나는 이만 바빠서……."

매영인과 악양소소는 며칠 지나지 않아 손쉽게 이곳 생활에 적응할 수 있었다. 그들을 괴롭히는 인물도 없었고, 오히려 모두 그들에게 친절했다. 상상했던 것과는 달리 섬서분타의 내벽 안쪽에서 벗어나지 않는다는 점만 지킨다면, 그들에게는 매우 폭넓은 자유가 주어졌다.

그리고 가끔 산책할 만한 매우 아름다운 꽃밭도 몇 군데 있어서, 마인들에 대한 그들의 선입관을 약간 고쳐 주는 데 일조를 했다. 마인들도 사람인만큼 아마도 아름다운 것에 대한 기호(嗜好)는 같은 모양이었다.

그중 한 꽃밭에는 국화만 심어져 있었는데, 그곳에서 그들은 아직 피지 않은 국화 밭을 바라보고 서 있는 묵향을 종종 볼 수 있었다. 그리고 따스한 표정으로 그의 등을 바라보고 있는 마화도…….

"저 마화라는 여자, 부교주와 어떤 사이일까요?"

"글쎄, 여기 와서 느낀 분위기로는 안주인 정도? 하지만 대화라든지 뭐 그런 걸 들어 보면 결혼은 하지 않은 모양이던데?"

"맞을 거예요. 할머니도 그가 결혼하지 않았다고 했으니까요. 그런데 꽤 어울리는 한 쌍이네요. 하지만 군부와 무림은 별로 어울리는 관계가 아닌데……."

이때 문 쪽에서 흑의 무사 한 명이 맹렬한 속도로 달려오더니 묵향의 앞에 부복했다. 잠시 대화를 나누더니 묵향은 그를 따라 달려갔다. 마화도 그를 따라가려다가 무슨 생각을 했는지 약간 멈칫거렸다. 그녀는 생각 없이 주위를 둘러보다가 건물 한쪽 구석에서 이쪽을 바라보며 이야기를 나누는 그들을 보았다. 그리고는 더 이상 망설이지 않고 그들에게 다가와 방그레 미소 지었다. 하지만 그녀의 미소는 어딘지 슬퍼 보였다.

"어때? 지내 볼 만해?"

"예."

"그런데 다음부터는 이렇게 숨어서 보지 마. 아예 당당하게 눈에 띄는 곳에서 바라보든지. 부교주님은 숨어서 자신을 살펴보는 걸 아주 싫어하시거든. 나는 눈치 채지 못했지만 그분은 너희들이 여기 있다는 것을 알고도 모른 체해 줬겠지. 너희들은 그분의 수하가 아니니까 말이야. 하지만 이게 반복되면 아무리 너희들이라도 무사하지 못할 거야."

"알겠어요, 조심할게요. 그런데 무슨 일이에요?"

"응, 부교주의 딸이 돌아왔어."

"딸이라구요? 부교주가 결혼을 했어요?"

"아니, 양녀(養女)야. 그녀는 지금까지 마교의 뇌옥에 갇혀 있었는데, 이번에 마교하고 모종의 교섭을 진행하면서 풀려난 거지."

"부교주의 양녀라면 대단한 고수겠네요."

그 말에 마화는 빙그레 웃으며 고개를 저었다.

"그렇지도 않아. 사실 그녀는 오래전에 부교주님하고 헤어졌거든. 부교주님은 그녀가 무림에 몸담기를 원하지 않았는데, 나중에 보니 무림인이 되어 있더라고 하더군. 낙양에 있는 천지문의 제자야. 무공도 그리 대단하지 않고……."

"그럼 같이 가서 만나 보시지 그래요?"

그녀들의 말에 마화는 씁쓸한 미소를 지었다.

"아니, 갈까 하다가 그만 뒀어. 오랜만에 부녀가 만나는 건데 내가 끼어들 수는 없잖아. 그럴 만한 이유도 없고……."

"어서 오시오, 소저."

묵향의 퉁명스런 인사에도 불구하고 여인은 당당하게 서 있었다. 이런 분위기 속에서도 위축되지 않고 당당하려고 애쓰는 그녀를 바라보며 묵향은 자신도 모르게 점점 더 기분이 좋아졌다. 하지만 그 기분을 밖으로 드러내지는 않았다.

어쨌든 그녀가 꽤나 고급 옷을 입고 있는 것을 보면 장인걸이 꽤나 선물의 포장(?)에 신경을 쓴 모양이었다. 하지만 오랫동안 뇌옥에 갇혀 있었던 탓에 안색은 창백했다. 어렸을 때의 밝고 약간 토실토실했던 생기 넘치는 소녀의 모습을 기억하고 있었던 묵향은 은연중에 가슴이 아려 오는 것을 느꼈다.

"여기는 어디인가요?"

소연은 지친 듯한 표정이었고, 사실 먼 마교 총타에서 이곳까지 오느라고 피곤한 것도 사실이었다. 갑자기 뇌옥에서 꺼내서 목욕을 시키고 좋은 옷까지 입힌 후, 잡혀 들어갈 때 압수했던 무기도 돌려주었다.

그녀는 '마교'라는 이름이 주는 공포를 모를 정도로 바보는 아니었지만, 천지문과 불가침 조약까지 맺은 마교가 자신을 납치해 왔다는 사실을 처음 알았을 때는 절망감을 느꼈다. 마교는 단일 세력으로는 최강의 방파였기에 외부에서 다가올 도움의 손길 따위는 기대할 수도 없었다. 어떤 방법으로든 이용해 먹고, 더 이상 쓸모가 없으면 죽일 것이 뻔했다. 자신이 어디에 이용되는지도 알 수 없다는 게 그녀로서는 더욱 당황스러웠지만 말이다.

이제 그녀는 이곳에 왔고, 자신을 이곳으로 안내한 무사들은 총타로 돌아갔다. 그리고 그녀가 만난 게 바로 이 사람이었다. 매우 젊고 강인한 눈매를 가졌는데, 어디선가 만난 듯도 하다는 게 좀 이상했다. 하지만 마인들 중에서 이렇듯 젊은 사람을 자신이 알고 있을 리가 없었기에 그녀는 자신이 착각했을 거라고 생각했다.

"여기는 천마신교 섬서분타지요. 우선 여기서 하루 동안 머무신 후 내일 천지문으로 돌려보내 드리겠습니다. 안내해 드려라."

묵향의 무뚝뚝한 사무적인 말투에, 묵향의 뒤에 서 있던 수하가 재빨리 답하며 그녀를 데려갔다. 묵향은 이제 완숙미(完熟美)를 뿜어내는, 중년의 나이에 이른 그녀의 뒷모습을 바라보면서 과거 티 없이 밝고 귀여웠던 모습을 회상했다. 세월이란 것은 너무나도 빨리 흘러가는 모양이다.

"나도 늙었나? 이렇게 감상적이 되다니 말이야……."

묵향은 소연이가 도착하자마자 혹시 뭔가 수상한 짓이라도 당했는지 철저히 조사했다. 자신의 내공을 불어 넣어 소연의 몸속 구석구석을 살폈고, 혹시나 심령이 제압당했다든지 했을까 봐 특별히 철저하게 조사했기에, 그 작업은 거의 한 시진이나 걸렸다. 물론 그것은 그녀가 잠든 후에 행한 일이어서 그녀는 그걸 알지 못했다.

다행히도 장인걸이 뒤꽁무니로 헛짓거리는 안 했다는 걸 확인한 묵향은 속으로 안도의 한숨을 내쉬었고, 다음 날 수하들에게 일러 그녀를 천지문으로 돌려보냈다. 더 이상 데리고 있을 생각도 없었고, 이제 죽든 살든 그건 사실 묵향과는 별로 상관도 없었다. 묵향은 그녀의 죽음이 자신 때문이 아니기를 염원하는 수밖에 없었다.

"어떻게 되었느냐?"

"예, 묵향 부교주는 양녀를 인수받은 다음 날 그녀를 곧장 천지문으로 돌려보냈습니다."

"흐음, 의외로군. 본좌는 그가 데리고 있으면서 보호할 것이라고 생각했는데……."

장인걸이 의아한 표정을 짓자 옆에서 혁무상이 말했다.

"그만큼 아낀다는 뜻이겠지요. 일부러 거리를 두는 것입니다. 그래 둬야 적들의 이목을 속일 수 있으니 말입니다. 또 그 둘은 사는 세계가 다르기에 대놓고 보호할 수도 없으니까요. 그녀를 심문했을 때도 묵향이란 이름을 알지 못했습니다. 그걸 보면 최후의 최후에나 그녀를 써먹을 수 있을까, 섣불리 손을 쓰지는 못합니다. 전 교주는 그녀를 너무 빨리 써먹었기에 낭패를 당한 것이죠."

"좋아, 그건 그렇고 환영비마는 출발했나?"

"예, 천마혈검대를 이끌고 두 시진 전에 출발했습니다."

"정보 공작은?"

"섬서분타가 본교의 무림재패를 이루어 낼 핵심 세력이라고 은근히 퍼트리고 있습니다. 환영비마 구양운 장로에게도 기회가 되는 대로 자신들이 섬서분타의 핵심 세력이라고 떠벌리라고 지시해 뒀습니다. 그리고 천마혈검대는 지금부터 섬서천마대(陝西闡魔隊)로 이름을 바꾸고, 앞으로 그들에게 가는 모든 전문(傳聞)은 섬서분타에서 보내는 것임을 적도록 지시했습니다. 그런 식으로 꾸미면 조만간 정파와 섬서분타 사이에 전면전이 붙지 않을까 생각됩니다."

"크크크, 괜찮은 생각이군."

"묵향 부교주는 정파와 싸우는 데 천랑대를 투입했다는 것이 밝혀졌습니다. 시체들에 남은 각종 상흔으로 봤을 때, 천랑대의 무사들임이 확실합니다. 또 첩자가 보내 온 보고에 따르면 각 분타에서 약간씩의 고수들을 뽑아 갔답니다. 그 외에 이리저리 긁어모은 고수들도 꽤 되는 것으로 보입니다. 그 모든 증거를 종합해 보면, 묵향 부교주는 우리의 의도대로 정파와 한판 벌일 생각인 모양입니다."

"좋아, 수고했네. 이제 그만 가 보게나."

"예."

묵향은 소연이 탄 마차가 그의 시야에서 사라진 후에도 하염없이 그쪽을 바라보며 서 있었다. 그러다가 그는 고개를 절레절레 흔들며 쓸데없는 감상에 빠져 있는 자신을 일깨웠다. 사실 다시는 볼 수 없을지도 몰랐고, 또 그 아이가 자신이 가장 사랑하는 양녀라는 것도 사실이었지만, 마인의 입장에서 보면 쓸데없는 감정의 낭비일 뿐이었다.

마화는 그가 천천히 국화 밭으로 향하는 걸 멀찌감치에서 보다가 그를 따라 걷기 시작했다. 매우 감정이 절제된 이별. 자신이 양부라는 것을 밝히지는 않았지만, 제법 오랜 시간 묵향과 함께 지낸 마화는 지금 그의 마음이 매우 불안정하다는 것을 알 수 있었다. 이럴 때 묵향은 누가 말을 걸어 오는 걸 매우 싫어한다. 하지만 옆에 아무도 없는 것보다는 자신이 옆에 조용히 있어 주는 걸 묵향이 더 좋아한다는 사실을 알기에 마화는 계속 그의 뒤를 따랐다.

하염없이 국화 밭을 바라보며 서 있는 묵향을 마화는 끈기 있게 바라보았다. 그러다가 그녀는 자신의 품속에서 술병을 하나 꺼내 들었다. 묵향은 뒤에서 마화가 툭 치자 천천히 고개를 돌려 뒤를 바라봤다. 마화가 들고 있는 술병을 본 묵향은 아무 말 없이 그 술병을 받아 들고 벌컥벌컥 들이키기 시작했다. 묵향이 매우 좋아하는 천일취(千日醉)였다. 아무리 술 한 병 마셨다고 그 취기가 1천 일이나 갈까. 하지만 천일취는 정말 무지하게 독한 술이었기에 국일주(菊溢酒)라는 원래 이름이 무색하게 모두 천일취라고 불렀다.

마지막 한 방울을 목구멍 속으로 털어 넣은 묵향은 아쉬운 듯한 표정으로 마화에게 물었다.

"더 없냐?"

묵향의 속마음을 어느 정도 헤아리고 있는 마화는 일부러 엄한 표정을 지어 보이며 쌀쌀맞게 대꾸했다.

"없어요. 이제 궁상 그만 떨고 들어가세요. 오랜만에 양녀를 봤고, 또 그녀가 무사한 걸 알았잖아요. 그러면 된 거 아닌가요? 이제 나이도 먹을 만큼 먹었는데 아직도 그녀를 대장이 걱정해 줄 이유는 없잖아요."

"그건 그래. 이미 둥지에서 떠난…, 하지만 이 경우는 내가 먼저 둥지를 떠난 것이기에 조금 아쉬움이 남는군. 임충은 어디 있지?"

"숙소에 있을 겁니다."

"좋아, 그럼 그 녀석과 한잔하기로 하지."

묵향의 쓸쓸한 뒷모습이 사라질 때까지 바라보던 마화는 품속에서 병을 하나 더 꺼내 곧 자그마한 입 안에 들이부었다. 몇 모금 꿀꺽거린 후 그녀는 심하게 기침을 해 댔다. 천일취는 묵향 같은 괴물이나 좋아하는 술이지, 보통의 여자보다 조금 더 체력이 좋을지도 모르지만, 그래도 여자인 그녀에게는 너무 독했던 것이다. 지독한 술 냄새와 술기운 때문인지, 천일취가 뿜어내는 아련한 국화 향기 속에서 그녀는 눈물을 찔끔 흘렸다. 그녀는 눈물을 살짝 닦으며 그녀 자신에게 하는 말인지, 묵향에게 하는 말인지 애매한 말을 내뱉었다.

"바보……."

섬서분타를 비우다

그로부터 며칠이 지난 후 매영인과 악양소소는 막 잠이 들려는 순간 인기척을 느끼고 소스라치게 놀라 일어났다. 한밤중에 갑자기 문이 벌컥 열리면서 시커먼 옷을 입은 사람이 검을 차고 뛰어 들어왔으니 그들이 놀라는 것은 당연했다. 하지만 뛰어 들어온 사람은 다름 아닌 마화였고, 그들은 적이 안심했다. 그러나 이어지는, 짜증스러움이 잔뜩 묻어 있는 마화의 말에 정신이 뒤죽박죽 얽히기 시작했다.

"아니, 아직까지 준비 안 하고 뭐 하고 있는 거야?"

"예?"

"야행(夜行) 준비하라는 지시 못 들었어? 짐은 꾸렸어? 이런, 짐을 하나도 안 꾸려 놨잖아."

"무슨 말씀이신지……."

마화는 다짜고짜 그녀들이 이곳에 와서 장만한 몇 가지 되지도 않는 옷가지 등을 품속에서 꺼낸 시커먼 보자기 위에 집어 던졌다.

"정확히 한 시진 후에 모두 섬서분디에서 떠날 기야. 그런데 왜 준비를 하나도 안 한 거야?"

"예? 떠난다뇨?"

아직도 멍한 그들을 보며 인상을 쓰던 마화는 뭔가를 떠올린 듯 갑자기 얼굴이 시뻘겋게 달아오르더니 맹렬한 분노를 뿜어내기 시작했다. 하지만 마화는 더 이상 말을 하지 않고 짐을 재빨리 챙긴 후 그녀들에게 차갑게 말했다.

"야행복(夜行服)은?"

"……."

둘 다 대답이 없자 마화는 뭔가 억누른 듯한 음성으로 이를 갈 듯 말했다.

"하기야, 야행복을 지급해 줬을 리가 없지. 잔말 말고 따라와."

아닌 게 아니라 그들은 밖으로 나왔을 때 평상시와 상당히 다른 어떤 분위기를 느꼈다. 많은 사람들이 기척이 나지 않게 재빠른 동작으로 움직이고 있었다. 그리고 그들은 모두 흑색 야행복을 입고 있었다.

마화는 두 여인을 데리고 창고 쪽으로 가서 두 벌의 야행복을 받았다. 그리고는 근처에 늘어선 건물로 무턱대고 걸어가 방문을 확 열어 보더니 아무도 없자 야행복을 그녀들에게 건네주었다.

"시간이 없으니까 빨리 갈아입어. 그리고 이 보자기에 너희들이 입던 옷을 넣어 가지고 와."

싸늘한 냉기를 풀풀 날리는 사무적인 말투……. 그들이 여태껏 보지 못했던 마화의 또 다른 면이었다. 그들은 감히 저항하거나 이의를 제기해 보지도 못한 채 안으로 들어가서 재빨리 옷을 갈아 입고 나왔다.

"주머니에 보면 두건이 있을 거야. 두건도 써."

두 개의 눈구멍이 뚫려 있는 두건까지 쓰자, 그들은 이제 주위를 바쁘게 돌아다니는 무사들과 똑같은 모습이 되었다. 마화는 그들의 차림새를 찬찬히 훑어보며 말했다.

"이동하면서 아무 얘기도 하지 마. 그리고 보따리 잃어버리지 않도록 주의해. 무슨 일이 있어도 내 뒤만 따라와야 해. 알겠어?"

"예."

"가자."

마화가 그녀들을 이끌고 간 곳은 입구가 교묘하게 위장되어 있는 한 건물의 지하였다. 놀랍게도 그곳에는 그녀들과 똑같은 복장의 인물들이 득실거리고 있었다.

"빨리빨리 나가. 이봐, 다음 조 들어오라고 해."

아닌 밤중에 계속되는 해괴한 사건으로 반쯤 얼이 빠져 버린 매영인과 악양소소가 자신들의 자리를 재빨리 찾아 이동하기는 어려운 노릇. 일곱 평(坪)이 될까 말까 할 정도로 좁은 지하실에서 이리저리 걸리적거리자 한 흑의 복면인이 짜증 어린 목소리로 외쳤다.

"야, 거기 두 놈. 빠릿빠릿하게 못 움직여? 빨리빨리. 다음!"

그의 지시에 따라 지하실 한쪽 구석에 뚫린 지름 3척(약 91센티미터) 정도의 동굴 속으로 재빨리 복면인들이 기어 들어갔다. 마화도 그 동굴 속으로 들어갔고, 도대체 어떻게 돌아가는 노릇인지 알지 못하고 마화만 따라다니던 두 여자도 그녀의 뒤를 따라 동굴 속으로 기어 들어갔다.

겨우 동굴의 높이가 3척이 될 듯 말 듯 했기에 일어서서 간다는 것은 불가능했다. 그들은 열심히 기어서 마화의 뒤를 좇았지만 이 놈의 동굴은 도대체가 끝이 어딘지 알 수 없을 정도로 길었다. 앞에서 사사사삭 하며 옷이 땅에 스치는 소리가 들리니까 사람이 있는 줄 아는 것이지, 동굴 속은 칠흑같이 어두웠고, 고개를 조금만 들면 동굴 천장에 머리가 닿았다.

영문도 모르고 뭐가 튀어나올지 알 수 없는 그 어두운 공간을 기어가자니 그들의 마음속에서는 서서히 공포심이 싹트기 시작했다. 갑자기 저 어둠 속에서 칼이라도 튀어나오는 것 아닐까? 또는 귀신이라도 튀어나오는 게 아닌가? 하는 망상까지 하게 되었지만, 그것도 시간이 지나자 차츰 다른 생각으로 바뀌었다.

아무리 무예로 단련된 육체라고 하지만 2각 정도 전력을 다해 기고 나니까 삭신이 쑤셔 왔다. 얼마나 기었는지 손바닥, 발바닥이 아픈 것은 물론이요, 무릎도 까졌는지 쓰리고 아팠다. 하지만 가장 지독한 통증을 호소해 오는 곳은 허리였다. 사람은 원래가 기어 다니는 동물이 아니었기 때문이다. 그 상태로 1각 정도 더 기고 나자 숨이 턱 끝에 차고 드디어 눈앞에서 별이 왔다 갔다 했다.

"야, 앞에 녀석! 빨리 안 기어?"

"벌써 숨이 가쁘다니, 도대체 수련 안 하고 뭐 한 거야? 어디의 누구야?"

"이 빌어먹을 자식들아! 빨리 안 기어? 뒤로 층층이 밀리잖아!"

앞에 가던 그들이 꿈지럭거리자 뒤에서 지독한 욕설들이 들려왔다. 하지만 그들은 마화의 지시도 있고 해서 감히 대꾸는 못 하고 지독한 육체적 고통을 참아 내며 다시 죽자고 기기 시작했다. 아무리 무공을 깊이 익힌 고수라고 하지만, 보통 무예수련을 하다 보면 쓰는 근육만 계속 쓰게 마련이다. 그들이 평생 이렇게 오랜 시간, 장거리를 기어 다닐 일은 없었기에 당연히 쉽사리 지친 것이다. 그러니 뒤에서 줄기차게 따라오는 녀석들을 보면 아무래도 평상시에 이런 암굴을 기어 다니는 훈련을 받은 모양이었다.

그녀들이 정말 죽을힘을 다해 장장 한 시진을 기어가서야 동굴은 끝이 났다. 원래 동굴의 중간 중간에 작은 방들이 뚫려서, 혹시나 모르는 외부의 침입자를 막기 위해 매복할 수 있게 되어 있고, 또 침입을 막도록 강철 문이 군데군데 달려 있었다. 동굴 속이 무지무지하게 어둡기도 했지만, 딴 곳에 신경 쓸 정신이 없을 만큼 지쳤었기에 그녀들은 아무것도 눈치 채지 못하고 그냥 동굴을 통과했던 것이다.

가까스로 동굴을 빠져 나오자 그곳에는 수많은 흑의 복면인들이 모여 있었다. 어느 정도 복면인들이 더 모이자 한 흑의 복면인이 나직이 말했다.

"제6대, 인원 이상 없나?"

"예."

"출발."

흑의 복면인의 질문에 대답한 또 다른 흑의 복면인이 1백 명은 되어 보이는 무리를 이끌고 조용히 출발했다.

섬서분타를 비우다

"제7대, 정렬하라."

흑의 복면인이 명령하자 마화가 재빨리 두 여인을 이끌고 정렬한 인물들 속으로 끼어들어가서 섰다.

"응?"

고개를 갸웃거리더니 다시 수를 세는 흑의 복면인에게 다른 흑의 복면인이 물었다.

"왜 그러나?"

"그게, 이상하게 두 사람이 더 많습니다."

"뭐야?"

그와 동시에 그는 살기를 피워 올리며 나직이 외쳤다.

"모두 복면 벗어. 첩자가 있다."

재빨리 마화가 복면을 벗은 후 그에게 다가갔다.

"제가 두 명 데리고 왔어요. 미리 말씀 못 드려서 죄송합니다."

"……."

흑의 복면인은 잠시 생각하는 듯하더니 싸늘한 어조로 명령했다.

"좋아. 출발!"

마화라면 신분이 확실한 사람이었다. 그것도 교주의 총애를 받고 있는. 그런 그녀가 이들의 신분을 증명하는 데야 더 이상 군말할 이유가 없는 것이다.

흑의 복면인들의 무공은 대단히 뛰어났다. 사실 그들은 더욱 빨리 목적지에 갈 수도 있었지만 마화 등 무공이 약한 인물들이 섞여 있었기에 적당히 쉬면서 천천히 이동했다. 그 때문에 제7대는 제법 일찍감치 떠났음에도 새벽이 다 되어서야 목적지에 도착할 수 있었다.

　그들이 도착한 곳은 요새(要塞)라는 말이 잘 어울리는 장소였다. 하여튼 성(城)이라고 하기에는 작았고, 요새라고 하기에는 약간 컸다. 하지만 흑의 복면인들과 함께 요새 안으로 들어간 후 두 여인은 그 첫인상이 잘못되었다는 것을 알아채는 데 별로 시간이 걸리지 않았다. 안에서 본 모습은 거의 성의 규모였기 때문이다. 처음에 그걸 느끼지 못한 것은 절벽 안에 동굴을 파서 교묘하게 위장되어 있는 숨겨진 부분 때문이었다.

　거의 3장(약 9미터)은 되어 보이는 높은 담장에는 이중으로 문이 만들어져 있었다. 그 문들은 다 강철이었다. 또 벽에는 줄기가 가느다란 덩굴 식물들이 우거져서 외부에서 그것을 잡고 성벽을 오르기는 어려웠고, 또 그 식물들 덕분에 멀찍이서 보면 요새가 있는지 알아채기 힘들었다.

　그녀들은 도대체 어떻게 된 일인지 마화에게 묻고 싶어서 미칠 지경이었지만, 모든 사람들이 조용히 이동하고 있었기에 감히 입을 열지 못했다. 마화 또한 그녀들에게 한마디도 말을 걸지 않고 묵묵히 일행들을 따라서 이동했다.

　마화는 그녀들을 자그마한 방으로 안내해 주고 급히 요새 깊숙한 곳으로 걸어갔다. 이제 더 이상 감추고 자시고 할 것도 없었기에 그녀는 복면을 벗에 품속에 집어넣고는 빠른 걸음으로 복도를 걸었다. 갑자기 거의 1천여 명에 달하는 식구가 새로이 늘어났기에 복도는 흑의인들로 북적거렸다.

　마화는 「暗黑大殿(암흑대전)」이란 현판이 붙은 방 앞에 서 있는 무사에게 조용히 말했다.

"군사를 뵙게 해 줘요."

"예, 잠시만 기다리십시오."

흑의 무사는 평소와는 달리 싸늘한 표정을 짓고 있는 마화를 알아보고는 정중하게 고개를 숙이더니 안으로 들어갔다. 조금 있다가 밖으로 나온 흑의 무사는 다시 고개를 숙였다.

"들어오시랍니다."

마화의 표정은 방 안으로 들어가면서 더욱 싸늘하게 바뀌었다. 아니, 들어가면서 바뀌었다는 것보다는 군사를 보고 나서 그렇게 바뀌었다는 것이 정확했다.

"도대체 어떻게 된 거예요?"

마화가 냉기를 펄펄 날리면서 다짜고짜 대들자 설무지는 약간 당황했다.

"그게 무슨 말인가?"

"인질로 잡고 있던 아이들을 그곳에 남겨 두려고 했잖아요?"

"그건… 설마, 자네가 데려온 것은 아니겠지?"

설무지의 어색한 대답에 더욱 확신을 굳힌 마화는 그를 다그쳤다.

"데려왔어요. 왜요? 뭐 잘못되었나요? 그 아이들을 그 위험한 곳에 일부러 놔두고는 정파가 기습했을 때 죽으면 그걸 이용해서 뭔가 꾸밀 생각이었죠?"

마화가 예리하게 지적하자 설무지는 김빠지는 듯한 어색한 웃음 소리를 내며 얼버무렸다.

"하하…, 억측이 너무 심하군, 마화."

"억측이 아니에요. 그 아이들을 죽일 게 아니라면 왜 거기에 놔

두려고 했죠? 조만간에 쑥대밭이 될 게 뻔한데?"
 예리하게 파고드는 마화를 향해, 무림이 어쩌구 하기에는 조금 무리가 있었다. 그렇기에 설무지는 자신이 계획을 세우고 묵향이 승인한 그 계획을 조금 후퇴하기로 했다.
 "흐음, 기왕에 데려왔으니 하녀 하나를 붙여 주기로 하지. 나는 일이 많아서 바쁘니까 이만⋯⋯."
 은근슬쩍 도망치려는 설무지였지만, 마화는 그를 내버려 두지 않았다.
 "얼렁뚱땅 넘어가려고 하지 말아요. 제 생각이 맞죠? 도대체 어떻게 그럴 수가 있죠? 그들은 공식적인 인질이잖아요. 인질을 받았을 때는 인질을 보호해 준다는 무언의 약속이 지켜져야 한다는 것을 모르나요?"
 그녀가 물러설 기색을 보이지 않자, 설무지는 가볍게 한숨을 내쉬더니 차근차근 말했다.
 "물론 알고 있네."
 "어떻게 된 일인가요? 부교주님의 허락이 내려진 일인가요?"
 "물론. 그분의 허락이 있었으니까 일을 시작했지."
 그 말에 경악한 마화. 그녀는 묵향이란 인물을 믿고 있었기에 충격이 조금 컸다.
 "어떻게 그럴 수가⋯⋯."
 "무림이란 곳은 먹고 먹히는 곳이야. 철저한 약육강식이 판치는 세상이지. 부교주의 적들은 너무나 강하고, 그들을 없애려면⋯⋯."
 "하지만 그 아이들은 그렇게 강하지도 않잖아요. 또 그 아이들의 배후도 그렇게 강대한 문파는 아니잖아요?"

"무력은 약하지. 하지만 무영문은 알아주는 정보통이야. 또 악양세가는 정보력도, 무력도 약하지만 오랜 세월 인술(仁術)을 베풀어 왔기에 대단히 높은 신망(信望)을 얻고 있어.

그들이 우리의 인질이었다는 것이 밝혀지면 악양세가도, 무영문도 정파 무리에게 의심의 눈길을 받게 되겠지. 그만큼 그들의 입지가 약화된다는 말이야. 우리는 우리대로 그들을 지키려고 최대한 노력했지만 분타가 무너지는 통에 어쩔 수 없었다, 죄는 그들을 죽인 정파에 있다, 뭐 이런 식으로 밀고 나가면 정파 안에서 자중지란(自中之亂)도 가능하지. 그래서 부교주도 허락한 것이고……."

설무지는 계속 이야기를 하다가 마화의 눈 속 깊은 곳에서 흘러나오는 비난을 감지하고는 입을 다물었다. 설무지는 마화의 자부심 높은 무인의 눈을 바라보면서 자신의 말을 이해 못 하는 마화가 답답하게도 느껴졌지만, 한편으로는 저런 순수함을 언제까지고 지켜 주기를 바랐다. 그 자신도 왜 그런 이상한 생각을 하고 있는 것인지 이해하기 힘들었지만.

"큰일 났습니다."
천리독행의 말에 묵향은 퉁명스럽게 대꾸했다.
"뭐냐?"
"그게, 그녀들이 보이지 않습니다."
"그녀들?"
"예, 악양세가와 무영문의……."

"도망쳤나? 도대체 감시를 어떻게 했기에 도망친단 말이냐? 보초들은 뭐 하고 있었고?"

"그것이…, 보초들은 밖으로 나간 사람이 한 명도 없었다고 딱 잡아떼는 판이라서 그게……. 그리고 밖으로 나간 그 어떤 흔적도 발견할 수 없으니, 정말 귀신이 곡을 할 노릇입니다."

천리독행은 묵향이 소중한 인질들의 실종에 대단한 짜증을 낼 줄 알고 조심스럽게 변명을 했지만, 의외로 묵향은 느긋한 표정이었다.

"뭐, 운 좋게 도망쳤다면 된 거지. 그냥 놔둬라. 어차피 소모품으로나 쓸 생각이었으니, 있어도 그만이고 없어도 그만이다. 그래, 철수 작업은 순조롭게 끝마쳤나?"

"예, 모두 조용히 떠났습니다."

"몇이나 남았나?"

"염왕대 제13대, 1백 명입니다."

"정면 공격을 받아도 그들만으로 충분히 탈출은 가능하겠지?"

묵향이 더 이상 두 여인의 탈출에 대해 거론하지 않고 넘어가자 천리독행은 적이 안심했다.

"하하하, 걱정하지 마십시오. 상대와 싸우는 것도 아니고 뒷정리를 끝내고는 그냥 튀는 건데, 제13대주 곽철(郭鐵)의 실력이라면 충분할 겁니다."

"좋아. 이제 무대 준비가 거의 끝났으니, 배우들만 불러들이면 되겠군, 하하하."

"흐흐흐흐, 지당하신 말씀이십니다. 빨리 그때가 왔으면 좋겠습니다."

한참 웃음을 흘리던 묵향이 갑자기 웃음을 뚝 멈추었다.
"자네는 아직도 나를 벨 수 있다고 생각하는 모양이군."
물론 이 말은 여태껏 이야기를 나누던 천리독행에게 한 게 아니었다. 주변에는 아무도 없었기에 대답 또한 들리지 않아야 했다. 하지만 놀랍게도 그에 답하는 무뚝뚝한 목소리가 들려왔다. 그 목소리는 어디서 들려오는지 웬만한 사람이 알아내기는 힘들었다.
"물론입니다. 제가 당신의 수하가 되는 조건 중에 하나였으니까요."
이 대답을 하는 인물은 과거 묵향을 거의 죽일 뻔했던 살수 흑월야사(黑月夜死) 전룡(全龍)이었다.
"자네에게 한 가지 부탁이 있는데, 들어주겠나?"
묵향의 말에 약간 궁금증을 품은 예의 그 목소리.
"무슨 부탁이신가요?"
"앞으로 석 달 동안만 내 딸을 부탁하네."
"예?"
"딸 말일세. 얼마 전에 왔을 때 봤을 텐데? 그 아이는 정파의 제자라 아는 척을 안 했지만 말이야. 바로 그 아이가 내 딸이라네."
믿어지지 않는 듯 의심스런 목소리가 돌아왔다.
"그녀가 딸이었습니까?"
"내 양녀지. 딸아이가 죽는다 해도 자네에게 책임은 없네. 자네는 자네의 능력이 되는 한도 내에서 그녀를 보호하면 돼. 자네가 막을 수 없는 상대가 나타난다면, 그 아이를 보호할 생각하지 말고 그냥 지켜봤다가 배후 인물만 나에게 알려 주게. 그래서 은잠술에 뛰어난 자네에게 부탁하는 거니까 말이야. 해 줄 수 있겠나?"

"정말 양녀가 죽어도 상관없습니까?"

"상관없네. 그 아이의 무공은 형편없어. 무리해서 그 아이를 보호한다고 날뛰다가 자네가 죽어 버린다면, 딸아이의 목숨은 그걸로 끝장이지. 또 나는 그 배후조차 알 수 없어진다네. 대놓고 보호할 수 없어도, 복수는 해 줘야 할 거 아닌가?"

"냉정한 분이군요."

"별로 냉정하다고는 생각하지 않네. 내가 여태껏 살아온 삶이 그랬는데, 없던 정이 하늘에서 떨어지겠나? 어쨌든 부탁을 들어 주겠나?"

"예, 그럼 석 달 후에 뵙겠습니다."

더 이상 목소리는 들려오지 않았으나, 묵향이나 천리독행은 뭔가가 이동하는 기척을 느꼈다. 묵향은 그 기척이 느껴지기도 전에 이미 상대의 위치를 파악하고 있었고, 천리독행은 상대가 움직인 지금에야 상대가 숨어 있던 위치를 눈치 챘다는 것이 달랐지만 말이다.

간신과의 합작

　군대라는 무리는 한없이 특이한 성질을 가졌다. 강한 상대 앞에서는 순한 양떼와 같이 겁이 많고, 약한 상대 앞에서는 굶주린 늑대와도 같이 포악하다. 상관의 명령에 절대적으로 복종하지만, 그 상관의 위엄이 손상되었을 때는 가차 없이 상관을 베어 버리기도 한다. 원래가 외적(外敵)을 막기 위해 그들을 키우지만, 그들에 대한 통제력을 상실했을 때는 오히려 외적보다도 더 위험한 존재로 둔갑하는 것이 바로 군대다.
　하지만 그 군대라는 것들이 아무리 폭도(暴徒)로 바뀌었다고 해도 그들을 이끄는 사람은 꼭 존재하게 마련이다. 대규모의 무리가 효과적으로 움직이려면, 그들을 통제할 인물이 필수적으로 존재해야만 했기 때문이다. 그렇기에 예나 지금이나 군대라는 이 양면성을 가진 무리들을 효과적으로 휘어잡으려면 가장 윗계급 몇 명만을 족치면 된다는 것은 변함이 없는 진리였다. 하지만 대 송제국에서는 지금 그 진리가 서서히 무너지고 있었다.

대 송제국은 그 거대한 땅덩어리를 가진 대가로 그것을 유지하기 위해 엄청난 군사력을 보유해야만 했다. 무려 112만에 달하는 어림군(禦臨軍 : 중앙군)을 유지해야만 했고, 각 지방의 치안을 담당하는 2백만에 달하는 향방군(鄕防軍) 또한 유지해야 했다. 그리고 전쟁이 일어났을 때를 대비해 겨울철의 농한기(農閑期)에는 6백만이 넘는 대비군(對備軍 : 예비군)을 소집하여 무예를 가르쳐야 했다.

이 모든 게 거저 되는 것은 아니다. 하다못해 112만의 어림군 병졸들이 굶지 않게 밥만 줘도, 거기에 소모되는 액수는 천문학적인 숫자다. 그런데 이렇게 막대한 거금을 들여 키운 이 군대라는 것이 지금은 대 송제국을 위협하는 존재가 됐다.

대 송제국이 요를 정벌하기 위해 투입한 군사력은 무려 103만 대군. 물론 이중에서 실질적인 주력 전투군은 어림군 35만과 향방군 15만이었다. 하지만 이 50만의 전투력을 유지하기 위해 50만이 넘는 대비군이 차출되어 보급선을 유지하기 위해 피땀을 흘리고 있었다. 거기에다가 이번 전쟁을 도와준 고려와 여진, 정안국에 어떤 형식으로든 약간의 사례는 해야 했기에, 송으로서는 몇 년에 걸쳐 비축해 둔 금, 은을 탕진할 수밖에 없었다.

하지만 문제는 자금 따위가 아니었다. 엄청난 군사력이 국외로 원정 나간 틈을 이용해 진천왕이 반란을 일으킨 것이 더욱 큰 문제였다. 거기에다가 엎친 데 덮친 격으로 이 중요한 때에 황제 폐하까지 갑자기 붕어(崩御)하다 보니 대 송제국은 급격히 흔들릴

간신과의 합작 169

수밖에 없었다. 바로 이때를 이용해서 권력의 전면(前面)에 등장한 인물이 있었으니…….

　호화롭게 꾸며진 넓은 방 위쪽에 마련된 의자는 그 방 넓이에 어울릴 정도로 크면서도 화려했다. 그리고 그 의자에 앉아 있는 남자 역시 그 큰 의자에 어울릴 만큼 비대한 체구를 가지고 있었다. 살이 뒤룩뒤룩 붙은 이 인물은 그 살덩어리에 묻혀서 얼굴의 윤곽이 많이 무뎌졌지만, 아직도 제법 준수한 생김새를 유지하고 있는 것으로 보아 살이 찌기 전에는 대단한 미남이었을 것이 분명했다. 그는 팔(八) 자 수염을 슬슬 쓰다듬으며 작고 교활한 눈을 반짝였다.

　"어떻게 되었느냐?"

　그 돼지 같은 인물의 옆에 서 있는 50대 중반쯤으로 보이는 사내가 재빨리 귓속말을 했다. 사내의 말이 시작되었을 때 활짝 웃던 그 돼지는 갑자기 수하의 멱살을 그러쥐었다.

　"다시 한 번 말해 봐라."

　"예…, 2황야가 갑자기 실종되었습니다. 지금 백방으로 수색하는 중이온데……"

　"이런 머저리 같은 것들!"

　퍽!

　"쿠엑!"

　그 돼지는 육중한 몸을 일으켜 바닥에 주저앉은 수하의 멱살을 그러쥐고 일으켜 세웠다. 그의 목소리에는 짙은 살기가 배어 있었다.

　"어떤 대가를 치르더라도 찾아내라. 10일의 말미를 주겠다. 만약 그때까지 2황야의 목을 가져오지 못한다면 네 녀석의 목이 대신 잘릴 것이다."

상관의 살벌한 말에 수하는 식은땀을 흘렸다.

"알겠사옵니다."

졸지에 시한부 인생을 살게 된 수하는 촌각이 아까운 듯 재빨리 밖으로 튀어나갔다. 하지만 그는 그 바쁜 와중에도 주인에게 가까이 다가가기 위한 준비 절차로써 문 옆에 풀어 놓았던 자신의 장검을 회수하는 것을 잊지 않았다.

돼지는 멀어져 가는 수하의 뒷모습을 보다가 자신의 꽉 쥔 주먹을 들어 올렸다. 그의 주먹은 미세하게 떨리고 있었다. 그는 자신이 지금 하는 일이 얼마나 엄청난 것인지 잘 알았다. 하지만 그에게는 이 방법 외에 선택의 여지가 없었다.

이번 계획은 거의 10여 년 전에 수립된 것이었다. 자신의 여동생이 황제의 총애를 받으면서 급상승하기 시작한 부귀(富貴)와 권세(權勢). 하지만 여인에 대한 남자의 사랑이 영원하기를 바라는 바보 멍청이는 없다. 이성 간의 사랑은 빨리 불타오르지만 그만큼 빨리 식는 것이 정석이었기 때문이다. 하지만 그의 여동생은 황제의 총애를 지속시키기 위해 피나는 노력을 거듭했고, 15년이 넘는 장구한 세월에 걸쳐 황제의 총애를 받아 낼 수 있었다.

하지만 요즘 들어 황제는 새로운 여자에게 관심을 보이기 시작했다. 60세가 넘은 늙어빠진 노인네가 노망이 났는지, 아직 15세도 되지 않은 예쁜 궁녀에게 푹 빠져 버린 것이다. 돼지는 이제 자신이 오래전에 계획한 일을 실행할 때가 왔다는 것을 깨달았다. 얼마 지나지 않아 그 궁녀나 혈족들이 황제 폐하의 총애를 등에 업고 점잖지 못한 짓들을 벌일 것이 분명했다. 그리고 거기에는 당연히 연적(戀敵)인 돼지의 여동생을 숙청하려는 짓도 끼어 있을 게 뻔했다. 돼지 또한 과거에 그런 짓을 했으니까.

　돼지는 궁녀 쪽에서 손을 쓰기 전에 먼저 선수를 쳤다. 돼지가 황제를 죽이는 것은 매우 간단했다. 거금을 들여 구입한 강력한 정력제를 황제께 바치는 것만으로도 해결될 수 있는 문제였다. 물론 그 일일(一日) 사용량을 조금 과하게 아뢴 것 외에는 그에게 죄가 없었다. 덕분에 황제는 총애하는 궁녀의 방에서 복상사(腹上死)를 하게 되는 행운을 얻었지만 말이다.

　황제의 승하와 동시에 돼지는 민첩하게 행동을 개시했다. 이미 이를 위해 무리하게 자신의 심복을 금의위 대영반에 올려놨고, 황제의 오른팔이라고 할 수 있던 옥영진 대장군을 처치했다. 그가 옥영진 대장군을 처치하고 나자 그의 권세에 경악한 수많은 인물들이 머리를 조아려 왔다. 이런 상황에서 그가 자신의 심복들을 중요한 관직에 올리기도 하고, 또 자신의 파벌을 굳건하게 구축하는 것은 별로 어려운 일이 아니었다.

　돼지는 황제를 죽인 후 자신이 구축해 놓은 파벌을 움직여 뒷마무리를 시작했다. 최대한 빠른 시간 내에 자신의 동생이 낳은 5황야를 황위에 올려놔야만 했던 것이다. 뛰어난 황제의 재목이었던 1황야, 그리고 준수한 얼굴의 3황야, 예술에 뛰어난 재능을 보이던 4황야가 그런 이유로 돼지의 심복들 손에 이승을 떠났다. 그런데 문제는 2황야였다. 그가 살아서 도망친 것이다.

　돼지는 밤하늘을 쳐다보며 중얼거렸다.

　"지고(至高)한 자리는 진천왕처럼 한낱 무력에 의지해 얻을 수 있는 게 아니지. 모략과 술수, 그리고 약간의 행운만 함께 한다면…, 흐흐흐."

한참 밤하늘을 쳐다보며 히죽거리던 돼지는 갑자기 침중한 어조로 물었다.

"자네는 어떻게 생각하나?"

혼잣말 같았지만, 돼지의 말에 답하는 목소리가 있었다. 어딘지 음산한 느낌을 주는 탁한 목소리였다.

"맞을 수도 있고 틀릴 수도 있습니다."

"맞을 수도 있고, 틀릴 수도 있다?"

"예."

"이유는?"

"상대보다 더욱 강한 무력을 가지고 있다면, 모략이나 술수를 쓰는 것보다는 단순히 무력에 의존하는 것이 더 효과적일 수도 있기 때문입니다."

"흠, 그렇다면 노부의 경우는 어떻게 생각하나?"

"엄승 대인은 모략과 술수를 쓰시는 것이 빠를 것입니다. 아직까지는 대인의 가장 큰 적이 누구인지 드러나 있지 않기 때문입니다."

"드러나지 않았다고? 하지만 군부의 꽉 막힌 노장(老將)들이나, 중신(重臣)들은 이미 힘을 잃었어. 군부의 영감들은 진천왕과 싸운다고 딴 곳에 신경 쓸 시간적 여유가 없지. 그리고 알량한 지식에 의존해 권세나 탐하는 영감들은 갑작스런 황제의 붕어(崩御)에 정신을 못 차리고 있고. 그런데 본좌에게 아직도 적이라고 부를 만한 자가 남아 있다는 말인가?"

"엄승 대인께서 잘 생각해 보시면 아실 겁니다."

한참을 궁리하던 엄승이 답했다.

"진길영 원수?"

예의 음산한 목소리는 약간은 핀잔을 주듯 껄끄러운 웃음소리를 흘렸다.

"크흐흐, 진길영 원수가 강대한 힘을 가지고 있다고 하나 1만 리 밖에 있습니다. 그가 돌아올 때쯤이면 모든 일은 끝났겠지요."

"그렇다면 진천왕?"

"진천왕 또한 정북원수부의 이태진(李太眞) 원수에게 걸려 한눈팔 시간이 없습니다."

"그렇다면……. 흐음, 그럼 설마 진성왕(眞誠王)이?"

그 목소리는 또다시 음산한 웃음소리를 곁들이며 들려왔다.

"흐흐흐흐, 예, 진성왕 또한 숨겨진 적들 중의 하나지요. 진성왕이 뭔가 흑심을 품고 있다는 것은 아직까지도 동남 원수부의 병사들이 움직이지 않고 있는 사실로 대충 짐작할 수 있는 일입니다. 진성왕 또한 동남원수부를 슬쩍 장악하고는 권좌(權座)를 노리고 있겠죠. 하지만 진짜 강한 적은 진성왕 따위가 아닙니다."

"끄응, 그렇다면?"

"들어 보셨습니까? 무림에는 혈교라는 단체가 있습니다. 그들의 힘을 대인께서 얕보고 계실지도 모르겠습니다만, 과거 혈교의 분타 하나를 부수는 데 흑풍단 전력의 반이 무너졌습니다."

엄승은 신음성이 터져 나오려는 것을 억지로 참았다. 흑풍단이 막대한 타격을 입었을 때, 그 사건은 대외적으로 기밀에 속했기에 엄승은 잘 몰랐던 것이다. 이민족들을 억누르고, 반역 세력을 파해하는 최강의 힘을 자랑하던 흑풍단이 막대한 피해를 입었다는 사실이 드러나면 우선 이민족들이 가만히 있지 않을 것이 뻔했다.

엄승 정도의 지위에 있는 인물이라면 마음만 먹으면 그런 것을 알아내기는 어렵지 않았을 것이다. 하지만 엄승은 그 당시 흑풍단에 대해 그렇게 신경을 쓰지 않았다. 엄승이 흑풍단에 대해 주의를 기울이고 노골적인 반감을 품기 시작한 것은 몽고 원정 이후부터였기에 그전에 흑풍단의 힘이 어떠했는지는 그의 관심사가 아니었기 때문이다.

"그들이 그 정도나 강한가?"

"예, 하지만 다행히도 혈교는 전력을 다 발휘할 수는 없습니다. 우선 그들의 행동을 주시하고 있는 정파(正派)들을 견제해야만 하기 때문이죠. 현 무림에서 최강의 세력은 누가 뭐라고 해도 정파이니까 말입니다. 정파가 그렇게 강해 보이지 않는 것은 어떤 구심점 없이 흩어져 있기 때문입니다. 하지만 강대한 적이 나타났을 때는 얘기가 다르죠."

돼지는 뭔가 깨달은 듯 고개를 주억거리며 말했다.

"좋은 지적이군. 그렇다면 혈교에는 신경을 쓰지 않아도……"

"그건 아닙니다. 자신들의 힘을 밖으로 드러내기는 힘들겠지만, 상대편의 중요한 인물 몇을 암살하려고 들지도 모릅니다. 혈교는 사이한 술법을 잘 쓰고, 또 대단한 고수들도 많이 거느리고 있습니다."

엄승은 '암살'이라는 말에 흠칫하는 표정을 지었다. 현재 자신의 저택에도 많은 사병(私兵)들이 있었지만, 지금 자신과 대화를 나누고 있는 이 인물이 자신의 집을 제집 드나들 듯해도 눈치 채는 녀석은 하나도 없었기 때문이었다. 엄승의 표정을 보고 상대도 그의 생각을 읽었는지 느긋한 목소리로 말했다.
"대인의 신변은 걱정하실 필요 없습니다. 본교의 고수 20명이 물샐틈없는 경비를 하고 있으니까요."
"험험, 그런가?"
"예."
"이제 숨어 있는 적은 더 없나?"
"아닙니다. 그 외에 정파에서도 자신들의 세력 확장을 위해 뛰어들 가능성이 있습니다. 물론 수많은 정파의 문파들 중에서 그런 야심을 가질 만큼 강대한 문파는 몇 되지 않지요. 또 정파는 지금 그런 것에 신경을 쓸 만큼 한가하지는 않습니다. 본교에서 그들이 황궁에까지 신경을 돌리지 못하게 공작 중이니까 말입니다."
그 말에 엄승은 흐뭇한 표정으로 고개를 슬쩍 끄덕였다.
"하지만 이것 하나는 대인께서도 지켜 주셔야 합니다. 무림의 일에는 당분간 절대로 간섭하지 말아 주십시오. 정파를 적대하게 된다면 정파에서는 대인을 없애기 위해 궁리를 할 것입니다. 한동안은 정파에서 황궁 쪽에 신경을 쓰지 않아야만 합니다. 무림과 황궁은 서로 불가침의 영역이니 어지간한 일이 아니고서는 정파에서도 모르는 척해 줄 것입니다."
"알겠네. 그건 지켜 주지."
"감사합니다, 대인."
"참, 그런데 오늘은 무슨 일로 왔나?"
"예, 교주님의 전갈을 가지고 왔습니다. 본교에서는 정파 무림과 전쟁을 시작했습니다. 그 때문에 이곳저곳에서 무림인들이 칼부림을 할 것이니, 규모가 지나치다 싶더라도 진천왕의 반란 진압을 핑계로 묵인해 달라고 하셨습니다. 정파 또한 본교와 싸운다고 황궁 쪽에 신경을 쓰지 못할 것이니 일석이조가 아니겠습니까?"

"알겠네. 내 그렇게 하지. 교주에게 노부가 권세를 잡은 후 결코 섭섭하지 않게 대우하겠다고 전하게."

"감사합니다, 대인. 소인은 이만 가 보겠습니다."

음산한 목소리가 작별 인사를 하자 엄승은 또다시 창밖으로 시선을 돌렸다. 보름달의 휘황한 광채 아래 드러난 화려한 정원은 주인의 시선을 끌기 위해 노력했지만, 그의 시선은 거기에 머물지 않았다. 엄승은 그따위 것에 신경 쓸 정도로 마음이 여유롭지 못했다.

'먼저 조카를 황위(皇位)에 올려야 해. 그런 후…, 흐흐흐, 내가 황제가 되지 말라는 법도 없지. 하지만 나에게 반대할 만한 모든 세력을 없애는 게 우선이지. 군부를 장악하고, 그다음은 무림을……. 흐흐흐.'

엄승의 그 투실투실한 뺨이 달빛에 희게 빛나고 있었다.

알 수 없는 미래

옥로조상풍수림(玉露凋傷楓樹林)
무산무협기소삼(巫山巫峽氣蕭森)
강간파랑겸천용(江間波浪兼天湧)
새상풍운접지음(塞上風雲接地陰)
총국양개타일루(叢菊兩開他日淚)
고주일계고원심(孤舟一繫故園心)
한의처처최도척(寒依處處催刀尺)
백제성고급모침(白帝城高急暮砧)

옥 같은 이슬 맞아 단풍 숲 시드니
무산 무협에는 가을 기운 쓸쓸하다.
강물의 파도 하늘로 용솟음 치고

변방 위의 바람, 구름 땅을 덮어 음산하다.
국화 더미 두 차례 피어나니 지난날이 눈물겹고
외로운 배 한결같이 매어 둔 것은 고향 생각 때문이라.
겨울옷 만드는 곳마다 가위, 자 바삐 놀리고
백제성 저 높이 저녁 다듬이 소리 급하다.

아련한 금음(琴音)을 타고 쓸쓸한 노래 소리가 밤하늘에 울려 퍼진다. 「가을의 흥취(秋興)」라는 제목의 이 시는 당나라의 대시인 두보(杜甫)의 걸작 중 하나다. 하지만 두보는 그 뛰어난 재능에도 불구하고 젊었을 때부터 전쟁에 쫓겨 타지로 타지로 방황하다가 객사(客死)한 불우한 시인이었다. 그렇기에 그의 노래들 중에는 고향을 그리는 서글픈 내용이 많을 수밖에 없었다.

노래를 끝낸 매영인은 금(琴)에서 살며시 손을 떼며 가을 밤하늘을 올려다봤다. 상심 어린 표정을 짓고 있는 그녀의 앵두 같은 입술 사이에서 살짝 한숨이 새어 나왔다. 이 시를 지은 두보의 심정이 자신과 같았을까? 두보는 전쟁통에 쫓겨 이리저리 떠돌기는 했지만, 그래도 자유라는 것을 가지고 있었다. 그런데 자신은 그나마도 없는 것이다. 새장 안에 갇힌 새. 어쩌면 이것은 어려운 때에 태어난 여자들의 숙명인지도 몰랐다.

1년만 지나면 돌려보내 준다고 하지만 그걸 믿기는 힘들었다. 처음 마교도들의 손아귀에 떨어진 인질이 되었을 때는 1년 내에 돌아갈 수 있을 것이라고 믿었다. 하지만 지금에 이르러서는 아무 것도 믿을 수 없었다. 왜냐하면 그녀 또한 '여자' 이기 전에 '무림인' 이었기 때문이다.

"왜 그러니?"

"아무것도 아니에요, 언니."

"너 또 집 생각이 나는 모양이구나. 마화 언니가 1년 후에는 돌려보내 준다고 했잖아? 1년은 금방 지나간단다. 조금만 참아라."

악양소소는 투정을 부리는 듯한 매영인을 살며시 끌어안으며 토닥거렸다. 하지만 그 정도로는 한 번 흔들리기 시작한 매영인의 마음을 잡기 힘들었다.

"언니는 그 말을 믿어요? 이곳에 온 후에도 언니는 그 말을 믿느냐구요. 척 봐도 곧 무슨 일이 벌어질 것 같은 긴장감이 느껴지잖아요. 마교와 정파 사이에 전쟁이 벌어진다면 우리가 과연 이들에게 무슨 필요가 있을까요? 또 필요가 있다고 해도 그건 필히 우리 가문에 해가 되는 것일 게 분명한데."

"그렇게 나쁜 방향으로만 생각하지 마. 최악의 경우에는……."

악양소소는 빼앗기지 않고 허리에 매여 있는 검 손잡이를 살며시, 하지만 나중에는 꼭 그러쥐었다.

"너는 무영문의 자랑스러운 제자잖니? 인내심을 가지고 기다려."

이때 문 두드리는 소리가 들려왔다.

똑똑…….

"들어오세요."

할 수 있는 한 예의에 어긋나지 않게 악양소소가 말했지만, 그녀의 목소리에서는 거의 생기(生氣)를 찾아보기 힘들었다. 자신들의 미래를 예측하기 힘들기 때문이 아니라, 지금 이 상태라면 자신들의 앞날이 너무나도 뻔하기 때문이었다. 문이 열리면서 마화가 웃음 띤 얼굴로 들어왔다.

"요즘 바빠서 자주 찾아오지 못하는구나. 미안해."

"괜찮아요, 언니."

마화는 급격하게 생기를 잃어 가는 매영인의 얼굴을 측은한 듯이 바라봤다. 마화 또한 바보가 아니었기에 그들이 자신들의 미래에 대해 상당히 고심하고 있으리라는 것을 잘 알고 있었다. 하지만 그들의 미래가 어떻게 될지는 마화도 짐작할 수 없었다. 예전엔 무림인들, 그러니까 정확하게 말하면 마교도들의 생리에 대해 잘 몰랐을 때는 분명하게 말해 줄 수 있었을 것이다. 그러나 요즘 들어서 그녀는 서서히 그에 대한 자신감을 잃고 있었다. 하지만 마화는 일부러 자신감 있는 어조로 말했다.

"잘될 거야. 너무 걱정하지 마."

"고마워요, 언니."

"그건 그렇고, 오랜만에 만났으니 같이 술이나 한잔할까?"

"예."

그녀들은 불확실한 미래에 대한 근심을 날려 버리기 위해 일부러 쾌활한 척 담소를 나누며 술을 마셨다. 그들은 한결같이 밝은 미래와 또 과거에 있었던 재미있었던 시간들을 재잘거렸지만, 현실을 직시한 대화는 오고 가지 않았다. 아마도 그것은 당연한 행동이리라. 마화는 느끼지 못했지만 그 화기애애한 술자리에서도 매영인과 악양소소는 허리에 차고 있는 검집을 풀지 않았다.

한편 그들과 마찬가지 처지에 놓인 여인이 또 하나 있었다. 바로 진영 공주. 과거 묵향을 혼내 주려다가 오히려 혼찌검이 났던 장본인이다.

"여봐라, 이것이 어찌 된 일이냐?"

그녀의 채근에도 불구하고 오랜 시간 그녀를 호위해 왔던 무장(武將)은 고개만 푹 수그린 채 대답을 하지 못했다.

"반란이 일어난 것이냐? 아니면 골육상쟁(骨肉相爭)이 벌어진 것이냐?"

"……."

"그렇지 않다면 왜 본녀가 이 별궁에 구금된 것이며, 또 별궁을 포위하고 있는 저 군사들은 또 무엇이냐? 속 시원히 대답을 해 보거라."

공주가 계속 채근하자 무장은 마지못해 입을 열었다.

"아뢰옵기 황송하오나…, 2황야께서 모반을 꾀하셨다 하더이다. 폐하께서 승하하시자마자 역심(逆心)을 품고 1황야와 3황야, 4황야를 암살하셨는데, 엄승 대감께서 이를 포착하시고 보호하시어 5황야만은 생명을 부지하신 줄로 아옵니다."

무장의 말에 공주는 충격을 받았는지 비틀거렸다. 하지만 그녀는 곧 사력을 다해 옆에 놓인 탁자에 몸을 의지하며 억지로나마 의연한 척했다. 하지만 그녀의 표정에는 짙은 회의(懷疑)가 드러나 있었다.

"둘째 오라버니께서 모반을?"

공주의 떨리는 목소리를 들으며 무장은 자신이 괜한 말을 했다고 자책했으나, 이미 엎질러진 물이었다. 그는 하는 수 없이 말을 이었다.

"예, 그 때문에 지금 2황야를 지지하고 있는 반역도의 무리들을 응징하기 위해 엄승 대감께서 각 장군들에게 격문(格文)을 돌리고 계십니다."

"설마, 그럴 리가……. 둘째 오라버니는 절대 모반 같은 것을 꾀할 분이 아니야. 네가 잘못 안 것이 아니냐?"

"아니옵니다, 공주 마마. 가증스럽게도 2황야는 모반에 실패하자 자취를 감추었사온데, 아마도……."

무장이 잠시 말을 끊자 공주는 그 뒷말을 채근했다.

"아마도?"

"아마도 2황야를 따르는 군부의 장군들과 결탁하여 반란을 꾀하고 있는 것으로 짐작되옵니다."

"그렇다면 곧 토벌당하시겠구나……."

공주가 힘없이 중얼거리자 무장은 그녀의 말에 정직하게 답했다.

"아니옵니다, 공주 마마. 지금 전 군사력은 진천왕의 반란에 투입되어 있사옵니다. 그런 형편이기에 토벌군을 곧 편성하기에는 무리가 따르옵니다. 오히려 잘못하면 2황야의 반란이 성공할지도 모르옵니다. 그 때문에 엄승 대감께서는 각 장군들에게 2황야 토벌의 격문을 보내고, 각지에서 추가로 군사를 모집을 하고 계십니다만, 어쩌면 천도를 해야 할지도……."

무장의 말에 공주는 살짝 언성을 높였다.

"천도? 천도라고 했느냐? 사태가 그 정도로 위중하단 말이냐?"

"예."

마지못한 무장의 대답에 공주는 천천히 창가로 걸어가 심란한 마음을 진정시키기 위해 밤하늘을 올려다봤다. 자신의 마음속과는 너무나도 다르게 아름답게 빛나는 밤하늘. 이렇게 마음이 어지러울 때는 하늘도 함께 찌푸려 줄 듯도 하건만, 하늘은 인간 세상을 굽어보며 그 유치한 짓거리들은 자신의 구경거리도 안 된다는 듯 자신의 마음대로 흘러가고 있었다.

진영 공주는 한껏 밤하늘을 쳐다보다가 문득 밤하늘이 그 해괴한 무림의 고수와 닮았다고 생각했다. 그 어떤 것도 두려워하지 않고, 누구와도 타협을 하지 않으며, 자신의 마음대로 살아가는 사람. 마교의 고수라는 것 외에는 아는 것이 없었지만, 일행에게 위협이 닥칠 때마다 유유히 헤쳐 나갔던 그의 모습을 그녀는 아직도 기억하고 있었다. 제일 마지막에 개 맞듯이 맞은 것까지도……

"괘씸한……"

그녀의 중얼거림에 무사는 재빨리 귀를 기울이며 되물었다. 그녀의 목소리가 너무 작아서 잘 알아듣지 못했기 때문이었다.

"예?"

"아무것도 아니다. 물러가거라."

"예, 마마."

물러가는 무장의 뒷모습을 가만히 바라보던 공주는 창문을 통해 궁을 포위한 병사들을 살폈다. 그녀는 지금 사태가 어떤 식으로 돌아가고 있는지 병사들의 표정을 바라보고 유추해 보았다. 병사들은 외부의 침입자로부터 그녀를 지키는 것이 아니라 그녀가 외부로 도망가지 못하게 감시하고 있었다. 그것 하나만 봐도 이번 일이 어떻게 돌아가는 것인지 알 수 있었다.

"그때는 몸은 고달파도 마음은 편했고, 또 돌아갈 곳이 있었는데, 지금은 그 반대로구나. 어쩌면 이다지도 의지할 만한 인물이 없을까?"

 공주의 목소리가 채 끝나기도 전에 그녀의 한탄에 답하는 자신감 넘치는 목소리가 있었다.

 "하하하, 이 세상에 널린 것이 대송(大宋)의 백성들인데, 왜 사람이 없다고 탓하시옵니까?"

 그 목소리는 남자 목소리답지 않게 맑고 청아했다. 하지만 공주는 외간 남자가 자신의 처소에 잠입했다는 것에 놀라 우선 몸을 사렸다. 곧 정신을 차린 그녀는 창밖을 훑어봤다. 그 남자의 목소리가 제법 컸기에 밖을 지키고 있는 군졸들이 눈치 챘을까 하는 우려감 때문이었다.

 "누구냐?"

 공주의 조심스러운 목소리가 살며시 흘러나오자 정체 불명의 괴한은 그 목소리에 답하듯 재빨리 모습을 드러냈다. 야행(夜行)을 하는 주제에 눈에 잘 띄는 밝은 청의(靑衣)를 입은 준수한 사내였다. 사내는 천천히 공주의 앞에 부복(仆伏)했다.

 "공주 마마를 뵈옵니다. 천세(千歲) 천세 천천세!"

 상대의 준수한 외모나 복장, 그리고 깍듯한 예의를 보고 그가 도저히 악한으로는 느껴지지 않았기에 공주는 소리를 지르는 대신 상대를 향해 조심스럽게 물었다.

 "그대는 누구인가?"

 "소인(小人)은 수황련(守皇聯)의 우호법 왕길(王吉)이라 하옵니다."

 왕길은 자신의 소개를 하면서 푸른 옥(玉)으로 매우 세밀하게 용의 무늬를 아로새긴 자그마한 패(牌)를 품속에서 꺼냈다.「守(수)」

라는 웅혼한 필치의 글자가 중간에 쓰인 아름다운 물건이었는데, 그는 그것을 공주가 자세히 볼 수 있도록 부복한 채로 자신의 머리 위에 양손으로 바쳤다.

그 패를 잠시 바라본 공주는 황궁 내에서 비밀리에 구전(口傳)하는 수황련의 표식과 아주 흡사하다는 사실에 속으로 경악하면서 재차 물었다.

"수황련이라 했느냐?"

"예."

깊숙이 부복하는 왕길을 바라보며 공주는 사내의 말을 믿어야 하나, 말아야 하나 잠시 고민하지 않을 수 없었다. 수황련은 황가를 지키는 비밀 수호 단체로서 태조(太祖)께서 창건하셨다고 알려져 있었다. 하지만 여태껏 수황련의 활동은 미미했고, 그나마 1백 년쯤 전부터는 아예 세상에서 모습을 감췄었다.

그런데 어찌하여 수황련의 무사가 지금, 그것도 자신의 앞에 모습을 드러냈는지 의아하기만 했다. 아무리 패가 있다고 해도 그건 어느 정도 그 모양에 대해 주워들은 것만 있다면 누구든지 모조품을 만들 수 있고, 또 수황련이 모습을 감춘 후 1백 년 동안 그 누구도 그 패를 구경하지 못했다.

"공주 마마께서 속하를 의심하시는 것도 무리는 아니옵니다. 수황련은 황가를 지키기 위해 존속하는 단체. 요 근래에는 태평세월이었기에 모습을 드러낼 필요가 없었사오나, 작금의 정세를 판단해 보건대, 속하들은 도저히 이 사태를 묵과할 수 없다고 중지(衆志)를 모았사옵니다."

"그렇다면 우선 그대에게 본녀가 한 가지 묻겠다."

"예."

"본녀는 구중궁궐(九重宮闕)에 갇혀 있는 처지. 현 상황이 어찌 돌아가는지 알지 못하노라. 그대가 속 시원히 답해 보라."

공주의 질문에 왕길은 잠시의 지체도 하지 않고 속히 답했다. 여기서 망설이거나 하는 기색을 보이면 공주가 자신을 의심할 것은 분명했기 때문이다.

"예, 먼저 간신 엄승이 자신의 혈족을 황위에 올릴 욕심으로 대부분의 황자(皇子) 전하들을 암살했사옵니다. 이때 속하들도 포착하지 못한 제3의 세력이 2황야 전하를 탈출시켰사온데, 그로 인해 혈족 간의 쟁투(爭鬪)가 벌어지려 하옵니다."

왕길의 입에서 공주가 혹시나 하고 추리하고 있던 줄거리가 그대로 튀어나오자 정작 놀란 것은 공주였다.

"그… 그대의 말이 사실인가?"

"추호도 거짓이 없나이다. 태조 폐하의 뜻은 대송의 번영(繁榮)과 황실의 융성(隆盛). 속하들은 더 이상 현실을 묵과할 수 없다고 판단하고 행동을 개시하였사옵니다."

공주는 곧이곧대로 대답하는 왕길의 등짝을 얄미운 듯 바라봤다. 하지만 그녀의 노기를 머금은 눈에서는 곧 한 줄기 눈물이 흘러내렸다. 왕길이 이렇듯 정곡을 찔러 말하지 않아도, 공주는 현재 돌아가는 궁내의 사정을 어렴풋이 짐작하고 있었다. 하지만 대충 '이럴 것이다' 하고 생각하는 것과 상대의 입에서 확실한 답을 듣는 것은 엄청난 차이가 있다. 아마도 호위 무장에게서 대략적인 이야기를 듣지 않았다면, 공주는 상대의 앞에서 못난 꼴을 보였을지도 몰랐다.

공주는 마음을 모질게 먹고 두 주먹을 꽉 쥐었다. 이미 형제간의 골육상쟁은 어떻게 흘러가도 멈춘다는 것은 불가능했다. 원래가 황실 내부의 골육상쟁은 언제나 있어 왔고 또 앞으로도 있을 것이지만, 그 와중에 자신이 끼어 있다는 점이 운이 없을 뿐이었다.

공주는 온 정신을 쏟아 마음을 바로잡으며 현실을 직시하려고 노력했다. 그것만이 자신이 더욱 비참한 지경으로 떨어지지 않는 길이라고 생각했다.

"그래서 본녀에게 원하는 것은 무엇이냐?"

"예, 2황야께서는 아마도 엄승과 전면전을 벌여야 할 것이옵니다. 하지만 이때 그분께서 마음 편히 싸우시려면 엄승의 수중에 인질이 없어야 하옵니다. 다른 분들께옵서도 허락하셨사오니 마마께서도……"

왕길은 의도적으로 뒷말을 살짝 흐리게 말했다. 오히려 그편이 더욱 상대에게 호소력이 클 것이라는 계산도 있었고, 대충 말해도 못 알아들을 만큼 멍청한 공주도 아닐 것이기 때문이다.

"본녀가 갈 곳은?"

"예, 정석대로라면 2황야 전하께로 모셔야 하겠으나, 지금 전하의 행방이 묘연하시기에 행적이 밝혀질 때까지는 저희들이 모셔야만 하겠사옵니다. 시간이 별로 없사옵니다. 서둘러 주시기를……."

"잠시 기다리거라."

공주는 돌아서며 습관적으로 궁녀를 부르려고 했다. 하지만 그녀는 재빨리 자신의 목구멍에서 튀어나오려는 소리를 억눌렀다.

이런 일일수록 비밀을 유지하는 것이 좋을 것이라는 생각이 들었기 때문이다.

그녀는 궁녀를 부르는 대신 자신이 직접 짐을 꾸렸다. 하지만 그녀 혼자만 가야 하는 만큼 그 분량은 극히 제한될 수밖에 없었다. 공주는 자신이 애지중지하던 패물들 중에서 몇몇 아끼던 것들만을 챙겨 넣었다.

왕길은 그녀가 자그마한 주머니 속에 황제에게서 하사받은 몇 가지 물건들을 서둘러 집어넣는 모습을 조심스레 바라보다가 천천히 몸을 일으켜 창밖을 세심하게 관찰하기 시작했다. 왕길이 속한 단체는 실패를 용서치 않는 강대한 단체. 그렇기에 왕길은 더욱 조심스러울 수밖에 없었다. 무슨 일이 있더라도 성공하기 위하여…….

어두운 밖을 관찰하기 위해 왕길은 기(氣)를 끌어 모아 시력을 돋구었고, 그의 눈동자에서는 잠시지만 은근한 마기가 살짝 풍겨 나왔다. 왕길의 눈에 저편에서 자신의 신호를 기다리는 수하들의 모습이 어렴풋이 보였다.

몇몇 황족들의 실종은 당연히 엄승 나으리에 의해 비밀리에 처리되었다. 그따위 사실을 발표해 봐야 자신에게 좋을 게 하나도 없었기 때문이다. 황궁이란 곳 자체가 매우 존귀하신 분들이 사는 곳이기에 그 비밀이 새어 나가지 못하게 막는 것은 매우 쉬운 일이었다. 아무리 높은 위치에 있는 중신(重臣)들이라도 "황후 마마께서는 폐하의 승하 이후 식음을 전폐하다시피 슬퍼하시어 만나 뵐 수 없다"는 한마디면 해결되었다.

그 말을 떠들어 대는 놈들이 엄승의 수하들이었기에 의심을 품는 인물이 생기는 것은 당연했다. 하지만 감히 그것을 확인하려고 모험을 한 인물은 하나도 없었다. 지체 높은 집안의 안주인을 외간 남자가 만나는 것도 힘든데, 하물며 일국의 황족이 싫다는데도 만나려고 드는 간 큰 인물은 없었기 때문이다.

어쨌든 고관대작들은 저마다 어느 쪽에 가담하는 편이 좋을지 궁리하느라 정신이 없었다. 또 황위를 찬탈하다시피 한 엄승 나으리는 재빨리 자신의 수중에 넣은 암행 감찰 기관인 금의위를 십분 활용해서 반대 세력 축출에 전력을 기울이는 형편이었기에 딴 곳에 한눈 팔 정신은 더욱 없었다. 그 때문에 평소에는 어느 정도 필요에 의해 정보 수집 활동을 하던 무림이라는, 고도의 무예를 쌓은 위험인물들이 모여 있는 집단에 대한 정보를 수집할 틈을 내지 못했던 것이다.

기습에 기습

모종의 기습 작전을 수행하기 위한 회의가 한창 진행되는 중 뛰어 들어온 흑의인이 급보를 전했다.

"홍진(洪搢) 막주에게서 급보가 도착했습니다. 섬서분타를 향해 무림인으로 보이는 여섯 개 집단, 6천여 명이 이동 중이랍니다. 상대방은 대단히 빠른 속도로 접근 중이며, 그 선발대 2천이 빠르면 일주일 후, 늦어도 10일 후에는 도착할 것이라 합니다. 어떻게 해야 할지 하명해 주십시오!"

보고를 들은 상관들의 표정은 변함이 없었지만, 속마음은 들끓기 시작했다. 이 중요한 시기에 무슨 일이란 말인가? 상대가 행동을 개시한 이상, 이쪽도 가만히 있을 수는 없었다. 흑의인의 말이 끝나자 긴 탁자의 끝에 앉아 있던 묵향은 천천히 입을 열었다.

"군사의 생각은?"

설무지는 신중하게 대답했다.

"원래 계획대로 한다면 섬서분타를 버려야 옳겠지요. 어디까지나 섬서분타는 미끼였을 뿐이니까요. 하지만 상대의 움직임이 너무 빠릅니다. 그 집단이 정파의 정예라면 섬서분타는 얼마 버티지 못할 겁니다. 너무 빨리 섬서분타가 무너진다면 장인걸이 눈치 채겠지요."

묵향은 천천히 고개를 끄덕이며 말했다.

"일리가 있군. 그렇다면 어쩌자는 것이지?"

"지원대를 파견해야 합니다. 충분한 시간 동안 섬서분타를 지켜낼 수 있는……. 총타 공격은 늦어도 15일 후에는 시작됩니다. 공격이 시작되기 전까지 섬서분타의 알맹이가 비어 있다는 사실을 누구도 눈치 채지 못하게 해야만 합니다."

군사의 말을 듣고 있던 만묘서생 진천악(陳天岳)이 수염을 쓰다듬으며 거부 의사를 분명히 했다. 진천악은 과거 마교 수입의 5할 이상을 거둬들이던 만악궁을 책임졌을 정도로 뛰어난 두뇌의 소유자였다. 그리고 교주의 명령에 의해 묵향의 세력에 합류하면서 서열 10위를 차지했을 정도로 뛰어난 고수였다.

"그건 안 됩니다. 그러기 위해서는 상당량의 전력(戰力)을 투입해야 하고, 정작 총타를 공격할 때 그 전력을 되돌릴 수 없습니다. 원래 계획대로 섬서분타는 버리시는 것이 좋을 것입니다."

"흠, 그 말도 옳군."

묵향의 어정쩡한 대답에 설무지는 미간을 찌푸렸다. 설무지가 막 뭔가 말하려 할 때 다혈질인 천리독행이 먼저 입을 열었다. 그의 목소리에는 노기가 섞여 있었다.

"지금은 섬서분타를 버릴 때가 아닙니다. 섬서분타가 무너진다면 수하들의 사기에 어떤 영향을 줄지 알 수 없습니다. 마교가 1천 년의 역사를 자랑할 수 있었던 것은 아직까지 단 한 번도 총단이 무너진 적이 없었기 때문입니다."

천리독행의 말에 만묘 서생이 반박했다.

"그거야 총단이 천험의 요새이기 때문이지요. 하지만 섬서분타는 요새도 뭣도 아닙니다. 그냥 날파리들을 불러들이기 위한 미끼였을 뿐이지 않습니까? 접근 중인 무림인이야 보나마나 장인걸의 꾐에 속아 버린 멍청한 정파 녀석들이겠죠.

아마도 정파 놈들은 장인걸의 꾐에 자극받아 엄선한 정예를 투입했을 가능성도 있습니다. 큰일을 앞두고 구태여 백도의 정예와 드잡이할 필요는 없다고 생각합니다. 총타의 전력은 엄청납니다. 전력을 분산해서는 죽도 밥도 안 됩니다."

만묘서생의 말을 듣고 있던 고루혈마 옥관패(玉冠覇)가 절충안을 내놨다.

"꼭 그들과 정면충돌을 벌일 필요는 없겠지만, 놈들에게 너무 손쉽게 무너지는 것도 좋지는 않다고 생각합니다. 본교 분타들의 고수들이라면 상대가 도착하기 전까지 최소한 1천여 명은 족히 모을 수 있을 겁니다. 그들을 투입하는 것이……"

하지만 옥관패의 말이 채 끝나기도 전에 설무지가 반박했다.

"그것은 안 됩니다. 그들을 이용하지 못하는 것은 그 속에 장인걸의 끄나풀이 섞여 있을지 모르기 때문입니다. 그 때문에 전 마교 분타들에 금족령을 내려놨는데, 그걸 풀 수는 없습니다. 정파에서 정예를 투입했다고 해도 그놈들은 맹주도 없는 상태에서 모인, 우두머리 없는 오합지졸에 불과하죠. 그들을 막기 위해 분타의 힘까지 빌린다면, 장인걸은 우리들의 주력(主力)이 어디에 있는지 의심할 것이 분명합니다."

한참 벌어지는 수하들의 말다툼을 조용히 듣던 묵향은 천천히 손을 들었다. 그들은 더 이상 말다툼을 중지하고 묵향을 바라봤다. 어쨌거나 최후의 결정은 우두머리가 내려야 하기 때문이다.

섬서분타로부터 1백 리(약 40킬로미터) 정도 떨어진 허름한 관제묘, 바로 이곳이 섬서분타를 괴멸시키기 위해 투입된 정파의 수뇌부들이 집결 장소로 잡은 곳이었다. 이들은 장인걸 측에서 퍼뜨린 거짓 정보에 속아서 집결하게 된 몇몇 정파에서 차출된 정예 무사들이었다. 다섯 개 문파에서 파견된 이들은 각각 그들의 문파를 출발하여 비밀리에 이동해 이곳에서 합류한 것이다.

"이 정보는 정확한가요?"

밝은 빛깔의 청의(靑衣)를 입은 여인이 너무 자세하게 그려져 있기에 오히려 믿음이 가지 않는다는 듯 지도를 노려보며 말했다. 이 여인의 말에 황의(黃衣)를 입은 사내가 반박했다.

"하하하, 이(李) 소저는 본파의 능력을 너무 얕보시는 듯합니다. 이 지도는 본파에서 매우 고생하여 입수한 것이오."

"하지만 이건 너무 자세한 것 아닌가요? 아무리 정보 능력이 우수하다 해도, 이 정도로 정확한 지도와 자료라면…, 함정일 가능성도 생각할 수 있죠."

이 소저의 말에 청의(靑衣)를 입은 사내가 고개를 가로 저었다.

"그것만으로 함정이라고 단정하기는 어렵죠. 이 지도를 잘 보면 알 수 있지만, 외부는 이상하리만큼 상세합니다. 그러나 정작 중요한 내부는 자세한 것 같지만 필요한 것은 다 빠져 있다, 이 말이오. 그리고 내부와 외부를 차단하는 이 진세(陣勢)에 대한 자료를 보면, 살상용 진법이 아니고 사람을 현혹시켜 내부로 들어가는 것만을 막는다고 되어 있소.

 살상용 진법이 아닌 만큼 공격해 들어가는 우리들에게 매우 유리한 것 같이 보이는 게 사실이오. 하지만 그 말은 안에서 밖으로 공격해 나올 때도 진세가 걸리적거리지 않아서 매우 빠른 공격이 가능하다는 뜻이기도 하죠. 그런 진세를 사용하는 경우는 내가 알기로 단 한 가지뿐이라고 단언할 수 있소. 안에 엄청난 힘이 감춰져 있을 때! 즉 내부의 고수들이 언제든지 밖으로 돌격해 나가는 데는 최적의 진법이라고 할 수 있소."

 청의를 입은 사내가 좌중을 훑어보며 말을 끊자, 또 다른 청의의 사내가 독촉했다.

 "그렇다면?"

 "여기 자료를 보면 외부에 거의 4천에 가까운 수비 무사와 하인, 하녀들이 거주하고 있소. 또 곳곳에 서 있는 망루(望樓) 덕분에 기습하기도 까다롭죠. 여기저기 보루(堡壘 : 화살 따위를 쏠 수 있는 작은 요새)의 세밀한 구조를 따져 보면, 이건 흡사 무림의 문파가 아닌 병영(兵營)을 그려 놓은 것 같소. 이걸 보면 느끼는 것 없소? 이 각각의 보루들은 상호 협조하여 어떤 방향에서 적이 쳐들어오더라도 화살이나 쇠뇌를 날릴 수 있소. 그 말은······."

 청의를 입은 남자의 말을 한참 듣고 있던 이 소저가 뭔가 깨달았다는 듯 탄성을 올리며 그 말을 이었다.

"아! 외곽을 지키는 무사들 중에는 고수가 거의 없다는 말이 되겠군요."

"바로 그거요, 이 소저. 이 자료들은 어쩌면 함정일 수도 있소. 정작 중요한 내부는 자세하게 안 나와 있으니까 말이오. 하지만 잘만 이용한다면 상대의 외곽 방어선에 치명적인 타격을 줄 수 있을 겁니다. 그런데 문제는 외곽 방어선을 돌파한 후 필연적으로 충돌할 수밖에 없는 내부에 어느 정도 수준의 무사들이 대기하고 있느냐 하는 것이지요. 여기 있는 자료에 의하면 마교의 정예라고 되어 있소. 정예라고 한다면 어느 정도 수준이죠? 이 자료를 입수하신 언(彦) 소협?"

언 소협이라고 불린 황의를 입은 인물은 신중하게 대답했다.

"정예라고만 한다면 상당히 애매한 표현이죠. 마교가 자랑하는 자성만마대가 포진하고 있을지도 모르고 최악의 경우 염왕대가 있을지도 모릅니다. 하지만 그럴 가능성은 거의 없소."

"만약에 염왕대가 있다면 이 공격은 너무 무모해요. 염왕대가 있을 가능성이 있다면 수라도제 어르신이 도착할 때까지 기다려야 해요."

이 소저의 말에 모두 수긍하는 눈치였다. 염왕대는 2천여 고수들로 이루어진 마교의 최고 정예로 세간에 알려져 있었다. 물론 그보다 윗줄에 놓이는 전력(戰力)을 지닌 단체들도 있지만 무림에 공공연히 돌아다니며 마교의 강대한 힘을 과시한 것은 염왕대까지가 한계였다. 그렇기에 여기에 모인 이들도 염왕대를 최악의 상황으로 잡고 있는 것이다.

너무 분위기가 가라앉는 것 같자 청의를 입은 인물이 주의를 환기시키려고 애썼다.

"자자, 신중하게 생각해 봅시다. 본인은 염왕대가 이곳에 있을 가능성은 없다고 생각합니다. 왜냐하면 염왕대를 거느리는 염왕적자 한중평은 마교 서열 8위의 뛰어난 고수죠. 그런 인물이 이런 분타에 얽매여 있을 리가 없다는 게 제 생각입니다. 서열 9위의 삼면인마가 여기 있을 가능성도 거의 없구요. 있다면 자성만마대의 일개 지단(支團) 정도가 고작이겠죠. 여러분들의 의견은 어떻소?"

"본인도 육(陸) 소협과 같은 의견이오. 지레 겁먹을 필요는 없다고 생각하오. 이 일대 모든 마교의 혈겁이 바로 이곳 섬서분타를 기지로 해서 벌어지고 있소. 하지만 혈겁을 당한 곳은 모두 다 작은 군소방파들뿐이오. 그 말은 이곳에 그렇게 강한 전력이 없다는 증거라고 본인은 생각하고 있소. 아마 있다고 한다면 자성만마대 1천여 명 정도일 것이라는 게 가장 신빙성 있는 추측이 아닐까요?"

청의를 입은 사내의 말에 백의를 입은 준수한 얼굴의 사내가 고개를 끄덕였다.

"본인의 의견도 장(張) 소협과 같소."

상당수가 자신의 의견에 찬성하는 듯하자, 육 소협은 좌중을 훑어본 후 말했다.

"간단하게 탐색전(探索戰)을 벌여 봅시다. 상대의 대응을 보고 결정하는 게 좋겠소. 적의 힘이 생각 외로 강하면 재빨리 후퇴하여 수라도제 어르신과 합류하기로 하죠."

넓찍하게 발이 쳐 있는 실내. 그 덕분에 발의 반대편에 앉아 있는 사람의 모습은 거의 보이지 않았다. 그 발 뒤편에 어렴풋이 느껴지는 인기척을 향해 부복한 채 공손히 뭔가를 아뢰고 있는 사내. 발 속에 앉아 있는 사람의 반응은 매우 신경질적이었다.

"뭐라고요?"

발 속에 앉아 있는 여인의 목소리가 살짝 올라가면서, 짜증을 더해 가자 사내는 식은땀을 흘렸다. 발 뒤편의 여인은 매우 무서운 사람이었기 때문이다.

"예, 그것이, 젊은 것들이 공명심(功名心)에 눈이 멀어 가지고는……."

"아이고, 머리야……."

발 뒤쪽에서는 한동안 아무런 기척이 없더니 불쑥 말이 튀어나왔다.

"묵향이 그곳에 없는 것은 분명하겠죠?"

신경질적인 목소리에 사내는 머리를 더욱 조아리며 공손하게 대답했다.

"옛! 지금 어디 있는지 정확하게는 파악하기 힘들지만, 대략 세 군데 정도로 압축됩니다. 그에게 연락을 보낼까요?"

"아니, 연락을 보낼 필요는 없어요. 묵향이 섬서분타에 없다는 것이 그나마 그 녀석들에게 다행스런 일이군요."

"이번 일을 어떻게 처리하실 건지 하명해 주십시오."

"지금 본문에 여력(餘力)이 좀 있나요?"

"에…, 그러니까 거의 없다고 보시면 될 겁니다. 3할은 지금 군부의 동향을 감시하는 중이고 1할은 묵향을, 1할은 장인걸, 3할은 혈교, 남은 1할이 무림의 대략적인 정보를 모으고 있죠. 그 덕분에 이번 일을 알아내는 게 늦었습니다."

"여력이 거의 없다……. 그렇다면, 그냥 되는 대로 놔두세요. 그런 꼬맹이들 몇 죽는다고 해서 본문에 영향이 미치는 것은 없으니까 말이죠. 장인걸이 하는 짓에 장단을 맞춰서 무림맹을 자극하고 서문세가의 세력을 소모시킬 생각이었는데…….

명청한 놈들! 마교가 요즘 원체 조용하다 보니 실력도 없는 것들까지 마교를 우습게 보는 게 문제예요. 수라도제와 합류해야 할 놈들이, 그의 의견은 들어 보지도 않고 앞서 가서는 섬서분타를 공격하려고 하다니……. 그런 놈들은 죽어도 싸요! 그건 그렇고 수라도제는?"

"예, 수라도제는 서문세가의 정예 1천여 명을 거느리고 무림맹 및 9파1방, 그리고 나머지 4대세가에서 파견한 주력 3천과 합류하여 비밀리에 이동 중입니다. 물론 수라도제가 이번 정사대전(正邪大戰)에서 대승을 거두기를 무림맹은 원하지 않지요. 그 때문에 뛰어난 고수들의 수는 많지 않은 것으로 밝혀졌습니다. 수라도제는 젊은 것들을 기다리다가 그들이 앞서 갔다는 것을 눈치 채고 뒤늦게 이동을 시작했기에, 섬서분타에는 15일쯤 후에 도착할 것으로 판단됩니다."

"15일 후라……. 그때가 기대되는군요. 묵향이 과연 어떤 식으로 대처할지 말이에요. 참! 요즘 혈교의 동태는 어떤가요?"

"무림맹에서는 초기에 파견한 2천여 명의 정예 무사 외에도 3천여 명을 추가로 파견했다고 합니다. 물론 그 지휘자는 공동파의 장문인 옥진호지요. 옥진호는 이번 혈교와의 전투를 무림맹주에

즉위하기 위한 발판으로 삼으려는 모양입니다. 그 때문에 각 문파에서 뛰어난 고수들을 지원받아 자신이 직접 지휘하고 있는 것이죠. 벌써 3백이 넘는 강시를 없애 버렸고, 6백여 명의 혈교도들을 주살(誅殺)했다고 합니다."

 총관은 이 보고를 듣고 상관이 혹시나 짜증내지 않을까 걱정했지만 안에서 들려온 반응은 정반대였다.

 "호오, 그 녀석도 꽤 의욕적으로 덤비기 시작했군요. 그런 식으로 좀 더 공을 쌓는다면, 맹주 자리를 차지하게 될지도 모르죠, 호호호."

 발 뒤편에서 호탕한 웃음소리가 들려오자, 사내는 미간을 약간 찌푸리며 반박했다.

 "그렇게 웃으실 때가 아닙니다. 분명 섬서분타는 젊은 것들이 만만히 볼 상대는 아닙니다. 하지만 그곳은 정보에 의하면 주력이 빠져 나간 빛 좋은 개살구고, 그 덕분에 수라도제는 정사대전의 초반을 압승으로 장식하며 명성을 높일 것이 분명합니다. 그리고 옥진호 또한 지금 상태로 나간다면 차곡차곡 공을 쌓게 되겠죠. 어느 쪽도 문주님께는 불리한 전개입니다."

 "걱정하지 마세요. 섬서분타가 그렇게 쉽게 무너지지는 않을 테니까 말이에요. 총관이 생각하듯 그렇게 마교라는 단체는 물컹하지 않아요. 그건 그렇고 다음 수(手)는 어떤 게 좋을까? 호호호."

 "어떻게 하시겠어요?"
 음희 설약벽(薛若碧)의 물음에도 상대는 곧장 대답을 하지 않고 먼 산을 바라보며 생각에 잠겨 있을 뿐이었다. 하지만 음희는 상대가 입을 열기를 느긋하게 기다렸다.

지옥혈귀!

이 무서운 명호의 주인공은 세상에 가장 널리 알려져 있는 마교의 검도고수(劍道高手) 천진악(天進惡)이었다. 천진악은 오랜 옛날부터 그녀의 상관이었고, 지금도 그러했기에 그녀는 끈기 있게 그의 선택을 기다리는 것이다.

1각(15분) 정도 시간이 흘렀을까? 냉막해 보이는 그의 입술을 뚫고 얕은 한숨과 함께 억양이 없는 무뚝뚝한 말이 흘러나왔다.

"매복 기습을 하기로 하지. 지금 분타에 있는 정예는 처음부터 주둔하던 염왕대 1개 대(隊)와 우리가 데려온 2개 대뿐이다. 그 인원으로 방어만 한다는 것은 자살 행위야."

"소녀가 이끌까요?"

음희의 제안에 천진악은 천천히 고개를 가로 저었다.

"아니, 본좌가 하기로 하지. 그대는 상황을 잘 살피고 있다가 안에서 치고 나오도록!"

지옥혈귀 천진악과 음희 설약벽은 과거 마교가 분열되기 전에도 정파문도들의 가슴을 서늘하게 만들었던 실력 있는 고수들이다. 하지만 그들이 아무리 뛰어난 고수고 또 그들에게 3백 명의 염왕대가 있다고 하지만, 수라도제가 거느린 6천에 달하는 적을 지금의 인원으로 완전히 막는다는 것은 불가능했다. 그들이 염왕대 2개 대와 함께 파견되어 온 것은 섬서분타가 무너지는 시간을 좀 더 늦추기 위함이었지 적의 섬멸은 처음부터 바라지도 않고 있었다.

"자네는 여기에서 음희를 돕도록!"

천진악의 지시를 받은 제13대주 곽철은 재빨리 고개를 숙였다.
"옛!"
염왕대 제13대주 곽철은 제5대주 염상(炎翔)과 제9대주 왕정(王靜)을 이끌고 나가는 천진악의 믿음직스러운 등판을 바라보며 안도의 한숨을 내쉬고 있었다.
곽철은 한 시진 전까지만 해도 자신이 지휘하던 섬서분타를 향해 6천의 적이 이동 중이라는 사실 때문에 심한 심리적 압박을 받고 있었다. 하지만 이제 더 이상 그는 우두머리가 아니었다. 자신과 동급의 인물 둘과 상관 둘이 한 시진 전에 도착했기 때문이다. 이제 그는 좀 더 홀가분한 마음으로 싸울 수 있게 된 것이다.

정사대전(正邪大戰)

정사대전의 서막은 정파의 선발대 2천이 섬서분타를 기습한 것으로 시작되었다. 하지만 사실 그것은 기습이 아니었다. 상대방은 그들이 올 걸 알고 준비를 하고 있었기 때문이다.

"전진하랏!"

군데군데 찢어진 청의를 입은 젊은이가 검을 휘두르며 수하들을 독려했지만, 그에 응하는 자는 거의 없었다. 매우 교묘하게 위치를 선정하여 어떤 곳에서 적이 침입해 오더라도 화살이나 연노(連弩)를 발사할 수 있게 구축된 보루들 때문이었다.

연노에 장착되는 화살은 길이가 짧고 가늘기 때문에 강노(强弩)처럼 사정거리가 길지도, 또 파괴력이 강하지도 않았다. 하지만 훨씬 더 많은 수의 화살을 날릴 수 있었다. 그 탓에 침입자들은 거의 움직이기가 힘들 정도로 화살 세례를 받고 있었다.

폭포처럼 퍼부어 대는 화살들. 하지만 그 속에서도 그렇게 많은 사상자가 발생하지 않았던 것은 순전히 기습 전에 수집한 정보로 모두 널찍한 나무 방패를 하나씩 구해 둔 덕분이었다.
　무림인들은 원래 이렇게 커다란 방패를 가지고 다니지 않기 때문에 간밤에 각자 나무를 잘라 서둘러 만든 것이 이렇듯 도움이 되고 있었다.
　급조(急造)한 방패라서 방어력은 현저히 떨어졌지만, 뛰어난 무공을 지니고 있는 그들에게는 그 정도로도 큰 도움이 되었다. 각자가 들고 있는 방패에는 적게는 한두 개, 많게는 수십 개씩의 화살이 박혀 고슴도치와 같은 형상이었다.
　청의를 입은 젊은이 장 소협의 독려에 힘입어 수하들은 수십 개의 화살이 박힌 방패를 의지하여 천천히 앞으로 나가기 시작했다. 그리고 장 소협이 거느린 선발대를 뒤따라 각각의 젊은이들이 거느리는 무사들이 속속 진격했다.
　"적은 그렇게 강하지 않다. 모두 힘을 내라! 이보게 육 소협! 자네는 오른편 보루를! 그리고 이 소저는 왼편 보루를 맡아 주시오. 자, 돌격하라!"
　공격자들은 각 문파의 젊은 기재들인 만큼 그 왕성한 혈기로 밀어 붙이며 전투를 점차 자신들에게 유리하게 이끌었다. 쏟아지는 화살 덕분에 뛰어난 고수가 아닌 자들은 운신하기도 힘이 들었지만 그들은 지속적으로 적을 압박해 들어갔다.
　공격자들은 각 보루에서 엄청난 화살비가 쏟아지는 것에 대해 오히려 마음을 놓고 있었다. 마교란 원래가 힘을 숭상하는 단순 무식한 단체였다. 교묘한 진세나 모략을 잘 모르는 단체. 그렇기에 그들에게 강력한 힘을 지닌 세력이 있다면 초반부터 그들을 투입해 왔을 것이 분명했다. 그럼으로써 쓸데없는 자신들의 피해를 줄이고, 또 적에게는 더 큰 피해를 입히려고 들었을 것이다.

하지만 공격이 시작되고 나서 거의 2각이 지나도록 상대는 각각의 보루를 중심으로 완강한 저항을 하고 있을 뿐, 강력한 고수들을 투입하지는 않았다. 그 때문에 처음에는 서서히 밀어 붙이던 공격자들은 이제는 아예 총력을 기울여 돌진해 들어갔다. 백도의 젊은이들이 맹렬히 공격해 들어가자 각 보루의 두터운 문짝이 파괴되고 곳곳에서 병장기 부딪치는 소리가 들려오기 시작했다. 비처럼 쏟아지던 화살의 양은 점차 줄어들어 가고 있었다.

〈쩝, 되는 일이 하나도 없군. 이제 어떻게 하지?〉

공격해 들어오는 상대방의 방패에다가 일부러 화살을 쏘던 황의를 입은 인물이 전음(傳音)으로 역시 옆에서 화살을 날리고 있는 동료에게 물었다. 이곳 섬서분타의 외곽 방어대는 청, 황, 백, 흑색의 네 가지 색상의 옷을 입었다. 각 색깔에 따라 방어하는 방위(方位)가 달랐기에 유사시에 혼란을 최소화할 수 있었고, 또 자신들이 맡은 영역에서 이탈하는 것을 파악하기 쉬웠다.

〈어떻게 하긴 뭘 어떻게 해? 기회를 봐서 슬쩍 후퇴해야지. 그건 그렇고 왜 이 지경이 되도록 위쪽에서는 지시가 없는 거지?〉

〈그러게 말일세. 설마 여기서 죽으라는 것은 아닐 테지?〉

그는 자신들을 이곳 섬서분타에 밀정으로 박아 넣고는 이 위급한 때에 아무런 연락도 없는 얄미운 상관에 대해 욕지거리라도 퍼붓고 싶었지만 이때 옆에서 동료가 그의 옆구리를 쿡 찌르면서 말을 건네 왔기에 기회를 놓치고 말았다.

〈이봐, 저 녀석 좀 보라구!〉

동료가 살짝 가리키는 곳에는 자신들과 같은 생각을 품고 은근슬쩍 힘에 밀리는 척 후퇴하는 놈이 있었다. 그 황의인은 세 백도인의 공격을 여유 있게 막아 내고 있었지만 어쩐 일인지 본격적인 공격을 하지 않고 뒤로 뒤로 물러서는 중이었다.

〈저놈은 어디에서 들어온 놈이지?〉

〈제길! 알 게 뭐야. 지금 남 걱정하게 생겼어? 지시가 아직도 없는 걸 보면 적당히 패잔병에 섞여서 이동하라는 말이겠지 뭐. 자, 빨리 후퇴하세. 어쨌든 여기서 살아남아야 마교 놈들이 무슨 짓을 꾸미고 있는지 알 거 아닌가?〉

황의인이 화살을 하나씩 날리면서 슬슬 엉덩이를 뒤로 빼기 시작했을 때, 그들은 갑자기 전세(戰勢)가 뒤집히는 경이적인 장면을 목격할 수 있었다.

상대의 주력이 섬서분타 안쪽으로 깊숙이 들어온 후에야 천진악은 공격 명령을 내렸다. 원래 이런 식의 머리를 써야 하는 전술을 마교도들은 별로 좋아하지 않았지만, 그건 상대보다 압도적인 힘의 우위에 있을 때 일이었다.

천진악의 명령에 따라 2백여 명의 흑의인들이 장검을 뽑아 들고는 안으로 기어들려고 발악을 하는 백도인들의 뒤통수를 향해 돌격해 들어갔다. 곧 병장기 부딪치는 소리가 더욱 크게 울리는 가운데 지독한 살육전이 벌어졌다.

드디어 정파의 젊은 공격자들이 우려하던 일, 즉 마교 쪽에서 강력한 고수들을 투입해 왔던 것이다.

　이제 공격자들은 자신들이 보루들을 점령해 나가면서 항아리와 같은 형상으로 개척해 놓은 통로 속에 갇혔다. 앞은 진세, 좌우는 상대방의 보루, 뒤에는 악귀와도 같은 검은 옷을 입은 무사들. 화살이 간간이 쏟아지는 가운데 벌어진 육박전은 처절했다. 공격자들은 자신들의 뒤통수를 향해 들이닥치는 상대의 공격 때문에 처음의 계획대로 후퇴할 수 없었다. 이제 남은 것은 죽자고 발악하는 것뿐이었다.

　거의 2각에 걸친 접전이 벌어진 후에 음희 설약벽이 거느리는 염왕대 제13대가 가세했다. 그들은 백도인들에게는 장벽이었던 진세를 매우 간단하게 통과하여 밖으로 돌격해 나왔다.

　완전히 포위되어 사기는 땅에 떨어졌고, 어쩔 수 없이 살기 위해 발악을 하던 백도인들의 힘은 한창 한계점을 향해 치달리고 있는 중이었다.

　물론 이들에게도 희망은 있었다. 상대방이 거느린 고수의 수가 3백여 명 정도뿐이라는 것이었다. 힘을 뭉쳐 한 곳을 뚫고 나간다면, 일부는 살아서 도망칠 가능성이 다분했다. 하지만 불행하게도 이미 두 번에 걸쳐 앞뒤로 기습을 당한 그들의 공포와 두려움에 질린 눈에 그 실낱같은 가능성은 보이지 않고 있었다.

　무엇보다 그들의 대부분이 이런 대규모 살상극에 익숙하지 않은 애송이들이라는 것에 가장 큰 문제가 있었다. 그들은 더 이상 지휘 체계를 유지하지 못하고 뿔뿔이 흩어져서 발악을 하다가 죽어갈 뿐이었다.

"급보가 도착했습니다. 모든 게 문주님의 예상대로 되었습니다."

총관이 허겁지겁 달려 들어오며 외치자, 실내의 화초들을 섬세한 손길로 매만지고 있던 옥화무제 매향옥은 살짝 미간에 주름을 지었다. 하지만 평소에 무게 있는 행동을 하던 총관이 저렇게 허둥대는 것을 보면 무슨 중요한 일이 있을 거라는 생각에, 그의 점잖지 못한 행동에 주의를 주지는 않고 천천히 발 뒤편에 가 앉으면서 약간 짜증스런 목소리로 물었다.

"뭐가 말인가요?"

옥화무제가 자리에 앉자 총관은 재빨리 용건을 말했다.

"문주님의 예상대로 정파의 선발대는 전멸했습니다! 그 소식을 접한 수라도제는 진격 속도를 줄이기 시작했습니다."

예상외의 정보였다. 옥화무제는 묵향이 없는 섬서분타를 접수하는 데 제법 시간이 걸리고 상당한 피해를 보리라고 예측했다. 이런 식으로 초전부터 섬서분타 쪽이 압승을 거둘 것이라고는 생각하지 못했던 것이다.

"전멸? 섬서분타의 피해는?"

"첩자의 보고에 의하면, 사상자가 5백여 명 정도라고……."

"사상자가 5백뿐이라고? 본녀는 그렇게 터무니없는 예상을 한 적은 없어요. 최소한 그 배는 넘는 피해를 입을 것이라고 생각했는데……. 그렇다면 묵향은 도대체 섬서분타에 어느 정도의 전력을 놔두고 간 거죠?"

"예, 첩자들의 보고에 따르면 천진악과 설약벽, 그리고 3백여 명의 흑의 고수들이 접전에 참가했다고 합니다."

"음…, 그게 묵향이 섬서분타에 남겨 둔 전력의 전부라고 해도, 그로서는 상당히 무리를 한 게 분명하군요. 천진악과 설약벽. 그리고 그 흑의 고수들은 아마도 천랑대일 가능성은 별로 없고, 염왕대일 가능성이 크겠죠?"

"속하도 그렇게 생각합니다. 첩자에게 그 부분을 더욱 자세히 알아보라고 지시할까요?"

"아니, 그럴 필요는 없어요. 염왕대만 해도 본녀로서는 상상 이상이니까 말이에요. 묵향은 도대체 무슨 생각을 하고 있는 거죠? 그렇게 큰 전력을 뺀다면 이제 벌어질 총단 공격에 커다란 틈이 생길지도 모르는데……."

자신이 예측하지 못한 상황 때문에 옥화무제가 약간은 짜증스럽게 말하자, 총관은 자신의 추측을 조심스레 설명했다.

"아마도 그 정도 전력은 없어도 상관없다는 자신감이 아닐까요?"

옥화무제는 살짝 머리를 감싸며 중얼거렸다.

"글쎄요……."

섬서분타가 정사대전의 초전에서 능력 이상의 대승을 거두자, 그에 충격을 받은 정파는 두 번째 전투를 승리로 이끌기 위해 만반의 대비를 했다. 섬서분타가 웬만한 무림의 분타들과 달리 의외로 강력한 방어력을 가지고 있다는 것이 밝혀지자, 각종 방어 장비들이 현지의 대장간에서 관군이 눈치 채지 못하도록 비밀리에 제작되어 납품되었다.

방어 장비라고 해 봐야 철판을 덧댄 대형 방패라든지, 얄팍한 갑옷 따위가 전부였지만, 이것은 일반적으로 무림인들이 사용하지 않는 것이었다. 그만큼 정파에서는 수천의 정예 무사가 모여 있음이 확실하다고 생각되는 마교의 전진 기지 섬서분타를 우선적으로 초토화시키는 것이 이번 정사대전을 승리로 이끄는 열쇠라고 굳게 믿고 있었다.

정파에서 자신들의 계획대로 섬서분타 쪽에 막대한 전력을 투입하자 신이 난 쪽은 마교 총단의 수뇌부들이었다. 이제 어부지리를 남에게 뺏기지 않도록 준비만 하고 있으면 되는 상황이었기 때문이다.

"상황은 대단히 고무적입니다, 교주님"

마교 총단의 대 회의실의 중간에 놓인 탁자에는 세세하게 그려진 중원의 지도가 펼쳐져 있었고, 지도 위에는 빽빽하게 뭔가가 꽂혀 있었다. 혁무상 장로는 길쭉한 지휘봉을 들고 신이 나서 지도의 이곳저곳을 가리키며 떠들어 댔다.

"정사대전의 초반을 압승으로 장식한 섬서분타를 없애기 위해 정파의 각 문파들은 숨겨 뒀던 정예 무사들을 풀기 시작했습니다. 비영대의 최신 정보에 따르면 무당(武當), 화산(華山), 당문(唐門), 종남(終南)에서 5백여 명의 정예를 추가로 차출하여 파견했습니다. 그들의 전진 속도가 엄청난 것으로 볼 때 6일 후에는 수라도제의 주력과 합류할 것입니다."

"좋아, 자네는 이번 회전에서 묵향과 정파가 공멸(共滅)할 수 있도록 최선을 다해 보게나."

"예, 지금 각지에서 유언비어를 유포하고, 이간책들을 동원하고 있습니다. 정파는 섬서분타를 본교에서 중원을 장악하기 위해 건

설한 교두보(橋頭堡)라고 굳게 믿고 있죠. 게다가 묵향이 초전을 대승으로 장식했으니, 그곳에 본교의 중원 침략을 위한 정예가 주둔 중이라는 것을 공포한 거나 마찬가지인 상태라 일은 더욱 쉽게 풀리고 있습니다. 다만 한 가지…….”

"뭔가?"

"예, 구휘의 무덤에 꼬인 날파리들은 이번 정사대전에서 빠졌다는 게 흠이지요. 그들은 지금 구휘의 무덤을 두고 심각한 대결 구도를 취하고 있기에 정사대전 쪽으로 신경 쓸 겨를이 없는 모양입니다."

"크크크, 괜찮아. 송사리 몇 마리쯤 빠져 나갔다 해도 대어(大魚)만 놓치지 않으면 상관없지. 이제 중원이 눈앞에 다가오고 있군. 지금이 중요한 때야. 이 기회를 헛되이 넘기면 두고두고 후회하게 되겠지. 자네의 의견은 어떤가?"

"예, 지당하신 생각이십니다. 속하의 얕은 생각으로는 이때를 이용해서 본교의 고수들을 선동하여 마교 천하를 이룩하기 위한 성전(聖戰)에 참여하도록 해야 합니다. 무림일통은 본교 무사들의 꿈이니만큼, 현 상황이 얼마나 본교에 유리한지를 잘 설명한다면 원로원도 지지해 줄 것입니다.

그런 식으로 본교 내부의 의견을 하나로 통일하여 내부로는 더욱 단합을 굳건히 하고, 외부로는 본교가 중원을 제패할 수 있는 주춧돌을 놓아야 하는 시기입니다. 현재 중립을 지키는 세력들을 충동질하여 묵향을 더욱 압박하면서, 그에 응하지 않는 단체들은 없애 버려야 하지요. 물론 이것은 묵향이 한 짓이라는 충분한 증거를 남겨 두고 말이죠."

"좋은 생각이야. 그대들의 의견은 어떤가?"

장인걸의 말에 수하들은 이구동성으로 외쳤다.

"속하들도 같은 의견입니다!"

어느 정도 소란이 가라앉자 혁무상은 말을 이었다.

"교내의 여론이 일치되면 우선적으로 몇몇 원로원의 노고수들을 교외로 내보내야 합니다."

"응? 원로원은 왜?"

"물론 독수마제를 고립시키기 위해서죠. 본교의 모든 이목이 무림일통 쪽으로 기운 상태에서 혈수라(血修羅)와 지령마객(地靈魔客)에게 각각 임무를 주어 교외로 보내는 겁니다. 본교 최대의 숙원을 이루려는 성전이 선언된 마당에 원로원 전체를 움직이는 것도 아니고 고수 몇 명만을 쓰겠다는데, 독수마제도 반대할 수는 없겠죠. 그들이 가 버린 후 홀로 남은 독수마제를…, 크흐흐흐."

혁무상은 의도적으로 말꼬리를 흐리며 음흉한 웃음을 터뜨렸다. 물론 그의 말뜻을 못 알아들을 멍청이는 없었기에 이곳에 모인 고수들은 저마다 웃음을 터뜨렸다. 이제 장인걸을 실질적인 힘의 중심으로 마도천하의 꿈을 이룰 수 있는 날이 멀지 않았을 거라는 생각에 들떠 있는 수하들의 붉게 상기된 얼굴을 장인걸은 찬찬히 살펴봤다. 구양운, 소무면, 여진, 장영길, 진란…….

핵심 고수들의 표정을 훑어가던 그의 시선은 혁무상의 얼굴에서 멈췄다. 혁무상은 자신의 생각대로 모든 일이 되어 가자 매우 기분이 좋은 듯 보였다. 교주에게 칭찬을 받은 데다가 동료 고수들도 자신의 의견을 지지했기에, 더욱 기분이 좋을 것이다.

현재 혁무상은 그만큼 장인걸에게 없어서는 안 될 인물이었다.

그래서 그런지 장인걸의 얼굴은 다른 수하들처럼 함박꽃 같은 웃음을 터뜨리고 있었지만, 혁무상을 향한 그의 시선만은 차갑게 가라앉아 있었다.

분투와 계책

 수천 구도 넘는 시신들이 사방에 널브러져 있었다. 하늘을 불사르는 듯한 붉은 놀 덕분에 대자연조차도 그들의 주검에 피눈물을 흘려주는 듯 보일 정도였다. 시체를 배불리 쪼아 먹은 새들이 황혼을 타고 푸드덕거리며 둥지로 날아가는 것을 무심한 눈길로 바라보는 사내. 저녁놀의 빛을 받아서 그런지 사내의 눈은 붉게 물들어 있었다. 그는 최악의 상황에서 벌어진 이틀간에 걸친 격전을 승리로 이끈 장본인이었다.
 "오늘이 그날이군."
 검붉은 피가 엉켜 붙어 산뜻하던 청의가 여기저기 찢어진 흑의가 다 되어 있었지만, 그는 별로 신경 쓰지 않았다. 믿음직스러운 사내의 넓은 등을 보며 웃음 짓던 음희는 시선을 돌려 멀리 포진한 정파의 본거지를 바라보며 그의 혼잣말에 대꾸했다.

"예, 오늘이죠."

하지만 그녀가 애써 생기 있게 보이려 해도 전신에서 퍼져 나오는 피로감을 숨길 수는 없었다. 사내는 잠시 할 말을 잊고 자신의 뒤에 서 있는 음희와 세 명의 수하 무사들을 자랑스러운 듯 바라봤다. 모두 몰골이 말이 아니었지만, 사내의 눈에는 그들이 이 세상에서 가장 늠름하고, 또 가장 믿음직스럽게 보였다.

"그동안 정말 수고 많았다. 노부조차도 수라도제를 상대로 이토록 오랫동안 분전할 수 있으리라고는 생각을 못 했으니 말이다."

"수라도제 쪽에서도 피해를 줄이려고 애쓰다 보니까 그렇게 된 것이죠."

수라도제는 선발대 역할을 한 젊은이들 덕분에 상대방에 대해 상당한 정보를 얻을 수 있었다. 수라도제가 알기에 그 젊은이들도 개개인의 실력은 상당히 뛰어났지만 순식간에 전멸하고 말았다. 그것은 섬서분타에 상당한 수준을 갖춘 마교의 정예가 주둔하고 있다는 뜻이다.

그렇기에 구사일생으로 살아 도망친 몇몇 젊은이들에게 받아 낸 진술과 섬서분타에 첩자를 파견해 둔 문파들에게서 입수한 정보를 바탕으로, 피해를 최소한으로 줄이고 필승을 얻기 위해 수라도제는 철저한 준비를 했다.

그러나 그는 시간을 너무 지체했다. 방패와 갑옷 등 상대의 화살에서 무사들을 보호할 수 있는 장비들을 완전히 갖추었을 때는 이미 4일이라는 시간이 지나 있었다. 주야로 작업했지만 겨우 몇 안 되는 대장간들을 이용해서 2천여 개의 방패와 갑옷을 만들었으니, 그 정도 시간이 필요했던 것이다. 그사이 수라도제는 섬서분타에 집결되어 있는 마교 세력이 도주하지 못하도록 철저하게 대비했다. 이제 눈앞에 있는 먹이를 최소한의 대가만 지불하고 포식하면 된다고 생각했던 것이다.

노회(老獪)한 수라도제는 섬서분타 전투에서 결코 서두르지 않았다. 그로서는 확실한 승리가 필요했기 때문이었다. 그는 우선 섬서분타 외곽을 1천5백여 고수들로 넓게 포위하고 3천 명의 고수를 집중 투입하여 공격을 개시했다. 하지만 처음 젊은 아이들처럼 너무 깊숙이 들어갔다가 오히려 포위당하는 실수를 되풀이하지 않기 위해서 착실하게 퇴로를 유지하면서 한 개씩 한 개씩 보루들을 침몰시켜 나갔다.

그 때문에 분타의 외당을 완전히 점령하는 데 하루하고도 반나절이라는 시간이 들어갔지만, 그건 중요하지 않았다. 그로서는 별로 시간에 쫓기는 것도 아니었다. 그에게는 언제 마교 총타에서 구원병이 도착할지, 그것만이 가장 큰 관심사였다. 잘못하면 마교의 지원 부대에게 역으로 포위당해서 괴멸당할 수도 있었기 때문이다.

수라도제가 천천히 압박해 들어온 덕분에 천진악은 자신에게 부여받은 임무를 완수할 수 있었다. 임무를 완수해 낸 지금 수천에 이르는 외당을 지키던 호위 무사들이 모두 죽거나 항복했다는 사실이나 염왕대 고수 40여 명이 전사했고, 거의 대부분이 크고 작은 부상을 당했다는 것은 그에게 중요한 것이 아니었다.

총단을 공격하기 전까지 섬서분타가 함락되지 않도록 지켜야 한다는, 거의 불가능에 가까운 임무를 완수해 낸 뒤의 희열만이 있을 뿐이었다.

천진악은 천천히 고개를 들어 어둠이 내리는 밤하늘을 올려다봤다. 이런 밤에 전서구 따위는 날릴 수 없다. 섬서분타에서 묵향의 세력이 패퇴했다는 사실을 첩자가 총단에 보고하려면 아무리 빨라도 내일 점심때쯤이어야 할 것이다. 그것 때문에 그는 지금까지 악전고투하며 이곳을 지키고 있었던 것이다.

"철수하자!"

천진악의 감정이 전혀 드러나지 않는 딱딱한 음성에 음희 이하 세 명의 대주들은 재빨리 응답했다.

"옛!"

세 명의 대주들은 각기 자신의 수하들을 인솔하기 위해 그들이 포진하고 있는 구역으로 몸을 날렸다. 1각도 채 지나지 않아 염왕대의 무사들은 훈련받은 대로 비밀 통로를 이용해 섬서분타에서 탈출하기 시작했다.

"교주님."

"아니, 지금 들어가시면 안 된다니까요. 잠시만 기다려 주십시오."

다급한 혁부상 장로의 목소리와 그를 말리는 호위 무사들의 목소리에 장인걸은 잠에서 깼다. 그의 옆에는 한중길 전 교주의 손녀인 한영영이 거의 벌거벗은 채로 잠들어 있었다. 장인걸은 이불을 끌어다가 그녀의 몸을 덮어 주고 천천히 일어나 문을 열며 약간은 짜증스런 목소리로 물었다.

"뭔가?"

혁무상은 교주가 모습을 드러내자 다급하게 말했다.
"몇 가지 이상한 점이 발견되었기에 늦은 시간이지만 이렇게 찾아뵈었습니다."
혁무상이 이렇듯 허둥대는 일은 매우 드물었으므로, 교주는 불호령을 내리려다가 노기를 억눌렀다.
"말해 보라."
혁무상은 교주의 심기가 어떻든 또렷한 어조로 자신이 온 목적, 즉 자신이 이비대를 통해 수집한 정보 중에서 뭔가 앞뒤가 안 맞는 부분을 설명했다. 섬서분타는 거의 3천여 리(약 1천2백 킬로미터)나 떨어져 있었기에 정보가 도착하는 데 시간이 많이 걸리는 데다, 또 그것을 취합해서 뭔가 알아내는 데도 많은 시간이 흘렀다. 그렇기에 혁무상은 이렇듯 늦은 시간에 교주 방문을 두드린 것이다.
"예, 섬서분타 건인데 말입니다. 섬서분타에는 천랑대와 염왕대가 주둔하고 있습니다. 그들의 전투력은 교주께서도 잘 알고 계실 겁니다. 섬서분타는 근본적으로 내당과 외당으로 나뉘어 있고, 그 둘의 경계점은 백영환혼진(魄影還混陣)이죠.
백영환혼진의 장점은 내부의 강력한 세력을 즉시 외부로 투입할 수 있다는 것입니다. 그런데 이상하게도 아직까지 묵향 쪽에서 주력의 투입을 꺼리고 있습니다. 겨우 수라도제 따위가 며칠씩이나 공격을 할 수 있을 정도로 섬서분타의 전력은 약하지 않습니다. 최소한 거의 대등한, 또는 우세한 전투를 펼쳐야 정상이죠.
자신의 모든 힘을 투입한다면, 수라도제까지 포함하여 겨우 5천여 고수들쯤은 하루 저녁에 끝장을 낼 수 있습니다. 그런데 왜 묵향이 방어만 하면서 전면전을 망설이고 있느냐 하는 거죠."

어느 정도 교주의 흥미를 끄는 주제였기에, 대답하는 교주의 어조는 전보다는 한결 부드러워져 있었다.

"음, 자네의 의문이 당연하군. 왜 그럴까? 자네의 생각을 말해 보게."

"예, 그에 대해서 몇 가지 추리를 해 볼 수 있습니다."

"뭔가?"

"어떤 기회를 기다리고 있다는 가정을 하나 세울 수 있습니다. 전면전을 벌인다면 피해가 너무 크니까 상대의 마음이 헤이해질 때까지 기다렸다가 치는 것이죠."

장인걸은 고개를 주억거리며 말했다.

"좋아. 그럴듯하군. 그리고?"

"또 하나는 주력이 거기 없기에 물리치지 못하고 있을 수도 있습니다."

장인걸의 표정은 이제 조금씩 떨떠름해지고 있었다. 혁무상의 말이 뜻하는 것이 얼마나 중요한 것인지 알 수 있었기 때문이다.

"주력이 없다?"

"예, 어딘가에 그 주력이 빠져나가 있다고 볼 수 있죠. 천랑대와 염왕대, 둘을 합해 봐야 3천밖에 안 됩니다. 그리고 모두 무공이 뛰어나니 기척도 없이 움직이기 딱 알맞은 숫자죠."

이제 교주는 짜증스러움에서 완전히 벗어나 혁무상의 말에 귀를 기울이고 있었다.

"그렇다면 그들의 목표는?"

"첫째로 꼽을 수 있는 목표는 정파의 후방을 기습하여 재빨리 전투를 완결 짓는 겁니다. 무림맹은 지금 여러 곳에 고수들을 투입했기에 거의 빈 집이나 마찬가지죠. 그 정도 전력을 투입한다면 간단히 승리를 얻을 수 있을 겁니다. 하지만 이럴 가능성은 희박합니다. 정파가 어떤 한 사람을 구심점으로 두고 움직인다면 매우 효과가 있겠지만, 그렇지 않기 때문입니다.

그렇다면 가능성 있는 추리는 정파의 핵심 문파 몇 군데를 기습하여 괴멸시키려 한다는 것이죠. 본거지를 공격당한 각 문파의 고수들은 자연적으로 수라도제의 전력에서 이탈할 것이고, 결국은 수라도제가 이끄는 서문세가만 남을 겁니다.

또 정예가 다 빠져나간 서문세가를 공격하여 괴멸시키려 할 가능성도 있습니다. 그렇게 된다면 수라도제는 과연 섬서분타를 계속 공격하겠습니까? 아니면 서문세가의 정예들만을 이끌고 서문세가로 달려가겠습니까?"

장인걸은 천천히 고개를 주억거리며 말했다.

"일리는 있는 추리야. 어떤 식이 되든 수라도제는 당황할 것이고, 묵향은 때를 기다리지 않고 후퇴하는 정파의 뒤를 치겠지."

"그렇게 된다면 묵향은 많은 피를 흘리지 않고도 수라도제를 격파할 수 있을 겁니다. 저희로서는 별로 탐탁치 않은 전개입니다."

"좋아. 자네가 하고자 하는 말은 그걸로 끝인가?"

"아닙니다. 또 다른 가능성도 있습니다. 사실 그것을 아뢰기 위해서 찾아뵌 겁니다."

"뭔가?"

"어쩌면 일부 수하들만을 놔두고 총타를 기습하려고 할지도……."

혁무상의 말에 장인걸은 잠시 깊은 생각에 잠겼다. 하지만 첫 번째 의견에 비해 두 번째 의견은 현실성이 별로 없어 보였다. 장인걸은 혁무상이 자신이 생각하기에는 너무 가능성이 희박한 말을 하자 돌연 짜증이 솟구쳤다. 하지만 상대는 혁무상 장로였다. 나중에는 없애 버려야 할 테지만 지금은 필요한 존재였다. 그렇기에 그는 짜증을 억누르며 자신이 할 수 있는 한 부드러운 어조로 말했다.

"아마 그럴 가능성은 없을 것 같다고 생각되네. 묵향이 정파와 전투를 벌인 지 겨우 이틀밖에 되지 않았어. 아무리 그가 방어만 하고 있다고 하지만, 본거지를 놔두고 총타를 치기 위해 주력을 빼돌렸을 가능성은 별로 없다고 생각하네. 섬서분타는 묵향의 본거지. 섬서분타를 잃는다는 것은 자신의 얼굴을 잃는 것이나 다름없지 않나?

자네의 그 비약적인 상상력은 좋지만, 그렇게 최악의 상황으로 몰고 가는 비생산적인 상상까지 할 필요는 없네. 여태껏 그 어떤 문파들이 본거지를 비워 두고 싸웠나?

또 섬서분타와 총타와의 거리는 거의 3천 리. 만약 묵향의 세력이 이동을 시작했다면 자네가 거느리는 이비대가 눈치 채지 못했을 리가 없지. 대충 싸우는 것도 아니고 총단을 공격하는데 만반의 준비가 없을 리는 없겠지. 그렇다면 여러 가지 장비와 무기들을 지녔을 테고, 그런 무리가 3천이나 3천 리를 이동하는 데 흔적이 남지 않을 리가 있을까?"

교주의 말에 혁무상의 안색은 약간 창백해졌다. 사실 묵향으로부터 기습 공격을 당한다면 자신의 책임이 매우 큰 것이 사실이었기 때문이다. 묵향의 대 부대가 3천 리를 이동해 왔는데도 눈치를 못 챘다면, 그것은 이비대가 제 기능을 발휘하지 못하고 있다는 말과 같기 때문이다. 하지만 혁무상은 나중에 자신의 잘못을 추궁당하더라도 대를 위해서 총단이 기습당하는 것은 막기 위해 끈질기게 말했다.

"그래도 혹시 모르니 어느 정도 대비는 하는 것이 좋지 않을까요?"

"좋아. 자네의 그 성실함에 답하기 위해서 내 신경 쓰기로 함세. 아침에 날이 밝으면 소무면 장로와 여진 장로에게 본좌가 보자고 하더라고 전해 주게."

혁무상은 교주가 자신의 생각을 망상쯤으로 치부해 버리자 기분이 썩 좋지 못했다. 그렇지만 교주가 묵향의 기습 공격에 대비하기 위해 경계를 더욱 강화하겠다고 했기에 그 정도로 만족할 수밖에 없었다. 또 그 자신이 생각해도 총단이 기습당할 가능성은 많지 않았다.

아무리 마교의 정보력이 떨어진다고는 하지만 이비대는 정파 최강이라는 무영문에는 뒤질지 몰라도 개방보다는 앞선다고 혁무상은 자부하고 있었기 때문이다.

"예, 교주님. 미천한 속하의 말에 신경 써 주셔서 감사드립니다. 그럼 안녕히 주무십시오."

"자네도 잘 자게나."

교주는 혁무상을 돌려보내고 한영영의 옆에 누워 그녀를 슬머시 끌어안았다. 이제 그와의 생활에 익숙해진 탓인지 한영영은 잠결에 그의 품에 안겨 왔다. 부드러운 여체를 느끼며 장인걸의 언짢

앉던 마음은 약간 풀어졌다. 그리고 곧 그는 깊은 수면의 세계로 빠져 들었다. 하지만 그의 수면은 그리 오래 지속되지 못했다.

총타 공격

 마교의 총타가 있는 곳은 대산(大山)이었다. 십만대산(十萬大山)이라고도 불릴 정도로 수많은 봉우리를 가진 대산은 매우 험악한 산세를 자랑한다. 그 산세를 의지하여 대산 깊은 곳에 마교가 똬리를 튼 후 수많은 세월이 흘렀다. 마교는 대산 곳곳에 수많은 함정과 기관, 진세를 설치했고, 중요한 교통로에는 요새들을 건설했다. 지금에 이르러서 십만대산은 그야말로 난공불락의 요새가 되어 있었다. 수많은 명문 정파들이 한 번씩은 자신의 집구석을 털려 보았지만 마교는 아직 그런 경험이 없는데, 그 이유가 여기에 있다.
 그런데 이 난공불락의 요새를 향해 공격해 들어가는 무리가 있었다. 흑의를 입고 오른쪽 어깨와 왼쪽 발에 자그마한 흰색 천을 붙인 무리들이었다. 각자 가지고 있는 검(劍)은 그을음을 묻혀서

빛이 하나도 반사되지 않았다.

그들은 개개인이 대단히 뛰어난 무공을 지닌 듯 그 움직임은 매우 재빨랐고, 그들의 행동을 눈치 챈 몇몇 보초들은 거의 순간적으로 목숨을 내주어야 했다. 그들이 통로를 개척하자 그들보다는 조금 무공이 떨어지는 무리가 그 뒤를 이어 이동했다.

그리고 제일 마지막으로는 도저히 무림인이라고 생각되지 않는 수천의 무리가 뒤따랐다. 중후한 갑주를 걸치고, 달빛에라도 반사되어 빛나는 것을 막기 위해 각자 흑색의 펑퍼짐한 옷을 갑주 위에 입고 있었다. 그들은 갑주의 무게 때문인지 경공술을 쓰는 대신 거대한 말을 타고 있었는데, 말발굽에는 두꺼운 천을 덧대어 발굽 소리가 거의 들리지 않았다.

"술을… 드셔도 괜찮겠습니까?"

설무지의 조심스런 물음에 묵향은 입에 대고 있던 술병을 내려놓으며 씩 웃었다.

"바야흐로 오랫동안 준비해 왔던 복수가 이루어지려는 순간인데, 축배(祝杯)가 빠질 수는 없지. 장인걸 녀석, 뒤통수를 얻어맞은 걸 깨달으면 어떤 표정을 지을지 궁금하군. 그 녀석도 나를 함정에 밀어 넣을 때 이런 생각을 했을까? 흐흐흐……."

묵향이 음흉한 미소를 흘리고 있을 때 산봉우리 쪽에서 빨간 불빛이 세 번 반짝이고 사라졌다. 웬만해서는 알아보기조차 힘들 정도로 희미했지만, 묵향도 설무지도 그 불빛을 놓치지 않았다. 설무지는 바위 위에 앉아 뭐가 좋은지 혼자 키득거리는 묵향을 향해 공손하게 말했다.

"세 번째 목표인 마천령(魔泉嶺)을 점령했다는 보고입니다. 아직까지도 조용한 걸 보면 천리독행 장로님이 상당히 분투하고 계신 모양입니다."

"수석장로는 어디로 갔나?"

"예, 치석장로님과 함께 천랑대 제5대를 거느리고 총타 반대쪽으로 가셨습니다. 잘하면 그분께서 가장 큰 공을 세우실 수 있을 겁니다."

"도주로를 차단하러 갔군."

"예."

"하지만 쓸데없는 일이야. 도망치려고 하는 극마에 오른 고수를 그 정도 인원으로 막는다는 것은 불가능하지. 수하들도 분투하고 있는데, 이제 슬슬 본좌도 가 봐야겠군. 자네는 여기 있게나. 전체적인 대국(對局)을 바라보며 인원을 움직일 인물이 하나 정도는 있어야 하지 않겠나?"

묵향의 말에 설무지는 공손하게 대답했다.

"알겠습니다, 부교주님."

묵향이 앞으로 달려가자 주위에 서 있던 10여 명의 흑의인들이 그의 뒤를 좇았다. 이들은 묵향의 호위들로 천랑대에서 뽑은 정예였다.

"무슨 일이냐?"

요란스레 울려 퍼지는 종소리에 경악한 장인걸은 잠자리를 박차고 나와 부서질 듯 문을 열고는 호위 무사를 향해 외쳤다. 문 앞에 서 있던 호위 무사는 깊숙이 머리를 숙였다.

"옛, 제1급 비상 신호음입니다. 교내에 적이 침입한 모양입니다."

"적이라고? 제길! 어떤 미친 녀석이 감히 1천 년 동안 한 번도 외인의 발길을 허락하지 않은 이곳을 넘본단 말이냐? 혁무상 장로를 불러라."

"옛!"

급히 답한 호위 무사는 재빨리 혁무상 장로의 거처로 뛰어갔다.

호위 무사가 달려 나간 후 반 각(약 8분)도 지나지 않아 엄청난 마기를 뿜어내는 인물이 장인걸 앞에 나타났다. 교주 독립 호위대의 대장인 마혈검귀(魔血劍鬼) 왕천(王擅)이었다. 왕천은 도착과 동시에 3교대로 휴식을 취하고 있는 독립 호위 대원들을 황급히 불러 모으는 한편, 교주의 원거리 호위대인 수마대(守魔隊)에 특급 경계령을 내렸다. 그리고 만일의 사태에 대비해 학살인도(虐殺人屠) 박용(朴龍)이 거느리는 교주 직속의 무력 단체인 사사혈시마대(邪死血屍魔隊)에도 전령을 보냈다.

교내 최강의 전투력을 자랑하는 천마혈검대가 교내에 없으니, 두 번째 전투력을 지닌 수라마참대는 아마도 소무면 장로의 지휘 아래 적이 침입한 곳으로 직행했을 것이다. 그래서 그는 세 번째 전투력을 지닌 사사혈시마대를 불러 들여 교주가 기거하는 천마대전(天魔大殿)을 호위할 생각이었던 것이다.

장인걸이 팔짱을 끼고 묵묵히 밤하늘을 바라보고 있는 사이에도 사태는 매우 급박하게 움직였다. 박용이 끌고 온 사사혈시마대가 천마 대전의 외곽에 포진했고, 흑수천마(黑手千魔) 여진(呂震)이 거느리는 호법원의 고수들이 재빨리 장인걸의 가족들을 천마대전으로 모아 들였다.

장인걸은 두 명의 처와 열두 명의 첩을 거느렸고, 서른 명에 가까운 자식들과 손자, 손녀들이 있었다. 그들을 빠른 시간 내에 끌어 모으는 것이 결코 쉬운 일은 아니었지만 호법원의 고수들은 눈 깜짝할 사이에 그 일을 완수해 냈다.

그러는 사이 장인걸에게 전령들이 속속 도착하기 시작했다.

"적의 주력은 북쪽에서 공격해 들어오고 있습니다. 현재 6진부터 3진까지 돌파하고 파죽지세로 진입 중입니다. 속하가 달려올 때 삼면인마 장로께서 수라마참대를 거느리고 그곳으로 직행하고 계셨습니다."

전령은 혁무상 장로에게 몇 가지 지시를 받고 전장으로 다시 달려갔다. 첫 번째 전령의 보고를 들은 장인걸은 내일 아침이 되면 이번 습격을 잘 막아 낸 소무면 장로에게 보검을 한 자루 선물해야 하겠다고 생각했다. 소무면 장로가 거느린 수라마참대라면 상대를 충분히 격퇴할 수 있을 것이라고 생각했기 때문이다.

채 반 각도 지나지 않아 두 번째 전령이 달려와 보고를 올렸다.

"북동쪽에서 자성만마대와 적이 충돌했습니다."

혁무상은 신중한 태도로 전령의 보고를 들으며 머리를 회전시켰다.

'놈들은 양동작전(陽動作戰)을 펼치는 것이군.'

"놈들의 수는?"

"옛! 대략 7천 정도입니다."

"뭣이, 7천? 이런 험준한 요새를 향해 7천이나 투입했다는 말이냐? 정파 놈들이 아무리 대가리가 굳은 놈들이라고 해도, 변변한 방어 장비도 없이 그 정도 인원을 이런 험준한 곳에 투입할 정도로 멍청하지는 않을 텐데……."

 무림인들은 원래가 갑주나 방패 따위를 사용하지 않는다. 그 둘의 사용 방법이나 효능을 몰라서 사용하지 않는 것이 아니라 걸리적거리기 때문이었다. 또 그런 것을 가지고 이동한다면 도중에 필연적으로 만날 수밖에 없는 관군들이 그들을 가만히 놔둘 리가 없었다.

 그래서 무림인들의 표준 장비는 장식용으로 인정되는 검(劍)이나 도(刀) 정도가 한계였다. 창을 사용하는 인물들은 보통 서너 토막 친 칼을 가지고 다니다가 적이 나타났을 때만 연결해서 사용했다.

 아무리 무림의 일을 관이 묵인해 준다 하더라도 어느 정도 한계가 있었다. 무림인인 척하고 중무장을 한 군대가 침입해 올 가능성이 있는 한 무림인은 절대로 전투용 중장비를 휴대할 수 없었다.

 전령은 곧 혁무상의 의문에 답했다.

 "무영신마 장로께서는 상대가 아무래도 무림인이기보다는 군대(軍隊)인 것 같다고 전하라고 하셨습니다. 어떻게 해야 하올지 하명해 주십시오."

 혁무상은 기가 차다는 듯 되물었다. 군대가 마교를 건드릴 이유가 없었기 때문이다. 더구나 지금은 진천왕이 반란을 일으켜서 시국이 어수선한 때였다.

 "군대라고?"

 "옛! 강노(强弩)와 강궁(强弓)으로 무장하고 있으며, 매우 치밀한 움직임을 보입니다. 거대한 마상용 장도(長刀)에 중갑주를 입은 것으로 보아 무림인은 아닌 듯 생각됩니다."

한밤의 기습이었기에 상대에 대한 정확한 정보를 입수하기는 힘들었다. 하지만 무림인들과 관군들은 그 싸우는 방식에서 상당한 차이를 보이는 것이 사실이었다.

군대는 기계 장치를 이용해 수 개에서 수십 개의 화살을 쏠 수 있는 장치인 노(弩)라든지, 투석기, 충차(衝車 : 성문을 부수는 데 애용됨) 등의 효과적인 대량 살상 무기를 사용했고, 개개인의 무술 실력보다는 집단적인 힘을 강조했다. 그 때문에 각종 진법(陣法)이나 병법(兵法)을 집중적으로 교육받았다.

하지만 무림인들은 전체적인 틀보다는 개개인의 무술 실력을 중시했다. 칠성검진 따위의 각종 진세가 발전하기도 했지만, 군대의 진법과는 달리 개개인의 무술 실력에 따른 융통성이 있었다. 그렇기에 상대방이 혼자서만 움직인다면 몰라도 수백, 아니 수천 명이 이동하면서 전투를 한다면 서로의 차이점은 확연히 드러나게 되는 것이다.

상대는 수천 명이었고, 또 그들이 집단적으로 공격해 오는 모양새를 보고 무영신마는 곧 그들이 군인들이라는 것을 알아챘던 것이다. 전령의 보고를 들은 장인걸은 의문에 빠져 들었다.

"군대가 왜……?"

장인걸이 깊은 생각에 잠겨 있는 동안, 혁무상은 재빨리 혓바닥을 놀렸다.

"이 일을… 너는 원로원에 보고하라. 본교의 사활이 걸린 문제다."

"옛!"

전령이 원로원으로 달려가는 것을 볼 겨를도 없이 혁무상은 짙은 수염을 길러선지 퇴폐적인 인상을 지닌, 50대 초반의 인물에게 고개를 돌렸다.

"박용 대주는 사사혈시마대 5백 명 정도를 거느리고 가서 무영신마 장로를 도와주시오. 상대가 관군이라면 귀혼강신대법(歸魂殭身大法)을 익힌 사사혈시마대가 더 효과적일 것이오."

"알겠습니다."

갑작스런 기습으로 마교 총타가 갈팡질팡하는 동안 마교의 중심부를 향해 엄청난 속도로 진격해 들어가는 무리들이 있었다. 이들을 막아서는 인물들이라고 해 봐야 총타 외곽 호위 무사들 정도로, 그 실력이 많이 떨어졌기에 이들을 막는다는 것은 거의 불가능에 가까웠다.

게다가 기습해서 들어오는 무리들은 다름 아닌 얼마 전까지만 해도 한솥밥을 먹던, 호위 무사들보다 훨씬 더 많은 시간을 이곳에서 보낸 정예들. 어디에 기관 장치가 있고, 또 어디가 매복하기 좋은지는 환히 알고 있었다. 또 외곽 호위 무사들이 경계를 위해 주둔한 위치까지도.

그렇기에 외곽 호위진은 매우 **빠른** 시간 안에 무너져 버렸고, 침입자를 포착한 것은 적이 중심부에 근접해 들어왔을 때였다. 서둘러 출동한다고 했지만, 소무면 장로의 수라마참대는 유리한 지형을 차지하기도 전에 적들과 충돌할 수밖에 없었다.

사방에서 칼부림이 벌어지고, 맹렬한 육박전이 시작되었다. 소무면 장로는 뭔가 이상함을 느꼈다. 상대가 정파의 무공이 아닌 마교의, 그것도 상승의 무공을 사용하고 있었던 것이다.

"설마······."

소무면 장로는 제발 자신의 짐작이 틀리기를 바랐다. 하지만 그의 짐작은 점점 현실로 나타났다. 저쪽에서 자신도 익히 잘 아는 인물이 천천히 걸어오고 있었기 때문이다. 흑색 옷을 입은, 적당히 마른 체구의 인물. 격전이 벌어지는 사이를 느긋하게 걸어왔지만, 그를 막는 자는 없었다.

어쩌다 병장기나 강기의 파편이 그쪽으로 날아갔지만 그의 몸에 어떤 피해도 줄 수 없었다. 오히려 그쪽으로 검을 날렸던 사람들의 무기가 뭔가에 막힌 듯 튕겨 나가며 자세가 허물어졌고, 여태껏 싸우던 상대방에게 목숨을 날렸다.

"부, 부교주님."

경악감에 부들부들 떨리는 목소리가 소무면 장로의 입술 사이로 새어 나왔다. 하지만 그에 답하는 목소리는 소무면 장로를 놀리는 듯 부드러웠다.

"오랜만이군, 소무면 장로."

"어떻게, 어떻게······."

도저히 일어날 것이라고 상상도 못했던 일이 현실로 나타났기에 소무면 장로의 머릿속은 뒤죽박죽이었다. 아군일 때는 매우 든든하지만, 그 반대로 적일 때는 최악의 상대. 마교의 1천 년 역사를 통틀어 최강의 고수가 그의 앞에 서 있는 것이다.

소무면 장로가 검을 뽑을 생각도 하지 못한 채 멍청하게 서 있자 묵향은 느긋하게 입을 열었다.

"본좌는 본교의 율법을 바로 세우려고 왔다. 자네는 본교의 율법을 수호해야 할 아홉 명의 장로 중 하나. 선택은 자네에게 달려 있네. 어떻게 할 텐가?"

 소무면 장로는 재빨리 자신의 생각을 정리하며 묵향을 바라봤다. 소무면 장로와 눈이 마주치면서 묵향은 그가 더 이상 자신을 두려워하지 않는다는 것을 느끼고 쓴웃음을 지었다. 그의 눈은 죽음을 각오한 눈빛이었다.

 '기어이 피를 볼 생각인가?'

 묵향은 상대가 먼저 손을 써 오기를 기다렸지만, 소무면 장로는 검을 뽑는 대신 천천히 입을 열었다.

 "율법을 바로 세운다 하시면 어떤 뜻입니까?"

 소무면 장로의 말에 묵향은 나지막하지만 힘 있게 답했다.

 "실력도 없는 주제에 비열하게 암습을 해서 본좌를 해치고, 또 교주를 해친 인물을 척살하고자 한다."

 "그다음은 어떻게 하실 겁니까? 그것은 엄연한 개인적인 복수. 개인적인 복수를 가지고 율법을 운운하실 수는 없습니다. 복수 후에는 어쩌실 겁니까?"

 "강자지존(强者之尊)!"

 묵향의 대답은 단 한 마디. 하지만 그 짧은 한마디는 많은 뜻을 내포하고 있었다.

 소무면 장로의 머릿속에는 마교에서 자라나며 뿌리 깊이 박힌 하나의 이상이 있었다. 바로 그것은 힘, 순수한 힘에 대한 열정이었다. 마교에서 가장 인망이 높은 소무면 장로가 장인걸의 독주를 제지하지 않았던 것도, 전대 교주였던 한중길은 마교의 이상에 맞지 않는다고 생각했기 때문이었다. 만약 한중길 교주가 소무면이

지닌 이상에 맞게 행동했다면, 마교는 일찌감치 그 강대한 무력으로 마도천하를 이룩하기 위한 어떤 행위에 들어갔어야 했다.

묵향은 다른 의미에서 소무면 장로의 이상에 맞지 않았다. 묵향은 힘을 추구하기는 하되, 오로지 개인적인 힘에 국한시켰다. 사람이 발휘하는 힘은 하나 더하기 하나를 했을 때 열도 될 수 있는 것이 아니던가? 그런데도 묵향은 집단의 힘을 등한시하고 오로지 자신의 수련에만 빠져 들며, 마교가 추구하는 힘의 율법을 외면하고 있었다.

그런데 그 묵향이 지금 '강자지존'을 들고 나왔다. 그 말은 곧 마교라는 집단의 우두머리가 되겠다는 뜻. 그가 교주가 된다면 더 이상 마교 내의 반목은 있을 수도 없었고, 또 그를 중심으로 마교도들은 빠른 시간 안에 단합할 것이 분명했다. 그리고 단합된 힘을 이용하며 마도천하를 이룩할 가능성이 최소한 장인걸보다는 높았다. 그는 강했기 때문이다.

"전투를 중지하랏!"

웅후한 음성으로 외친 소무면 장로의 몸은 마치 힘이 다해 버린 듯 천천히 아래로 무너졌다. 소무면 장로는 무릎을 꿇고 검을 뽑아 무릎 앞쪽 땅속 깊이 박아 넣었다. 그는 검 손잡이를 잡은 채 포권하는 듯한 형상으로 정중하게 말했다.

"속하, 본교의 장로로서 율법을 바로 세우지 못한 죄, 처분을 기다립니다."

깊은 공력이 내재된 소무면 장로의 음성은 벼락 치듯 아수라장을 관통했고, 곧 싸움은 멈췄다. 수라마참대 소속의 고수들은 그들의 대주인 삼면인마 소무면 장로의 행색을 보고 일이 어떻게 돌아가는지 재빨리 눈치 챘다. 자신들의 우두머리는 더 이상 싸움을 원하지 않는 것이다.

그들은 약간은 허탈한 표정이었지만 묵묵히 소무면 장로와 같은 행동을 했다. 상대가 검으로 친다면 조용히 죽어 주겠다는 의지의 표현이었다. 하지만 묵향이 거느린 고수들은 재빨리 무릎 꿇은 그들의 옆을 지나쳐 들어갔다. 처음부터 묵향이 노린 목표물은 그들이 아니었기 때문이다.

"부상자들을 돌보라. 그들은 이렇듯 헛되이 피를 흘리도록 키워지지는 않았다. 그들은 장차 본교를 위해 더욱 값진 피를 흘릴 수 있을 것이다."

묵향은 소무면 장로의 대답도 듣지 않고 재빨리 돌아서서 수하들을 뒤따랐다. 묵향이 사라지고도 한참 동안 소무면 장로의 숙여진 고개는 들릴 줄을 몰랐다.

"소무면 장로께서 개선하시는 모양입니다."

멀리서 엄청난 마기를 피워 올리는 고수들이 달려 올라왔다. 그것을 보고 수마대의 고수 하나가 내뱉은 말이었다.

닭들이 모인 곳에 오리 한 마리가 있다면 금세 알아볼 수 있겠지만, 지금은 상황이 달랐다. 묵향이나 장인걸 둘 다 마교의 중추적 인물들이었고, 그들의 수하도 마찬가지였다. 상대방이 정파라면 그 풍기는 기운이나 무공 따위를 보고 적이라는 것을 곧 알아챘겠지만, 엄청난 경공술을 발휘하여 돌진해 오는 인물들은 틀림없는 마교의 무공을 썼고 또 막강한 마기를 뿜어냈다.

소무면 장로가 거느린 수라마참대의 인원들은 천랑대의 무사들보다 한 끗발 높은 실력을 가졌다. 그 때문에 천랑대원들이 뿜어내는 마기는 약간 미약하겠지만, 그래도 수라마참대와 구분하기 힘들 만큼 엇비슷했다. 따라서 상대가 적이라는 것을 알아채기는 너무나 힘들었다.

천랑대가 접근해 올 때 박용은 5백여 명의 사사혈시마대 대원들을 거느리고 자성만마대를 지원하기 위해 출발하고 있었다. 개선해서 도착한다고 생각하던 무리와 이제 전장으로 떠나는 무리는 한순간 섞일 수밖에 없었고, 바로 그때 칼부림이 시작되었다.

수십 명에 이르는 사사혈시마대 대원들이 기습 공격을 받고 허무하게 머리통이 깨져서 뒹굴 때에야 장인걸 쪽에서는 그들이 아군이 아니라 적이라는 것을 눈치 챘다. 사사혈시마대 5백여 명과 천랑대 8백여 명은 치열한 난타전을 벌였다.

"뭣들 하는 짓이냐?"

정말이지 고막이 터져 버릴 것 같은 괴성이 울려 퍼졌다. 그 목소리 때문에 몇몇 무공이 약한 시비들이 기절해 버렸을 정도였지만, 이곳에는 그 정도에 타격을 받을 만큼 나약한 인물들은 없었다. 하지만 그 괴성 속에 내재된 막강한 마기에 모두 움찔 했고, 혼전으로 치달으려던 싸움이 일순 멈춘 것 또한 사실이었다.

한쪽에서 노기등등한 표정으로 40대 중반쯤으로 보이는 사내가 10여 명의 수하들을 거느리고 나타났다.

"이건 뭣 하는 짓이야? 겨우 집안싸움 때문에 본좌를 부른 것이냐?"

매서운 표정으로 사내는 장인걸을 쏘아보며 외쳤다. 하지만 장인걸은 사내에게 고개를 돌릴 정신이 없었다. 저 멀리서 히죽 웃고 있는 흑의 사내를 쏘아보는 것만으로도 그는 정신이 없었기 때문이다.

"본좌의 말이 말같이 안 들리는가, 교주?"

"예? 예, 태상교주님."

장인걸은 시간을 끌기 위해 헛기침을 하며 재빨리 두뇌를 굴리며 천천히 입을 열었다. 아직까지도 그의 머릿속은 너무나 혼란스러웠고, 조금이라도 정리할 시간이 필요했다.

"험험, 원로원에 지원을 요청한 것은 변절자를 처리해 달라는 부탁을 드리기 위해서입니다."

"본교의 율법에 따라 원로원은 본교의 흥망에 관계되는 일이 아니면 그 어떤 일에도 참견하지 않는다는 것을 잘 알 테지?"

이때 혁무상 장로가 재빨리 끼어들었다.

"예, 그러니까 원로원에 지원을 요청한 것이지요, 태상교주님. 본교 내의 권력 다툼에서 원로원이 중립을 지킨다는 것을 속하도 잘 알고 있습니다. 하지만 묵향 부교주 측에서 군대를 동원했다면 말이 다르지 않겠습니까? 본교의 일에 외부 세력을 개입시키는 자는 율법에도 나와 있듯 참형(斬刑)에 해당합니다."

혁무상의 말에 태상교주는 주위를 두리번거리다가 시큰둥한 어조로 말했다.

"어디에 군대가 있다는 말이냐? 본좌의 눈에 외인(外人)은 보이지 않는데?"

"맹호령(猛虎嶺) 쪽에서 약 7천의 군세를 무영신마 장로가 막고 있습니다. 그래서 여기에 외인이 보이지 않는 것이지요."

"저 녀석의 말이 사실이냐?"

태상교주의 말에 묵향은 슬쩍 비웃음을 흘렸다.
"반쯤은."
"네놈은 외세를 개입시켰다는 것을 인정하는 것이냐?"
태상교주는 매서운 표정으로 묵향을 쏘아보며 질책했지만, 그에 반해 묵향은 유들유들하게 대답했다. 어떻게 보면 일부러 태상교주를 약 올리는 듯 느껴질 정도로.
"아니, 군대를 끌어 들였다는 걸 인정하는 것이지. 내 수하들의 상당수는 해체된 찬황흑풍단의 무사들이니까 말이오. 그건 그렇고, 태상교주는 빠지시오. 이건 장인걸과 본좌 사이의 일이니."
묵향의 반말지거리에 분노를 터뜨린 것은 태상교주가 아닌 그를 수행하여 함께 온 두 노인들이었다.
"닥쳐라, 은퇴하셨다고는 하지만 네 녀석이 얕잡아 볼 정도로 태상교주님의 권세가 낮지는 않다."
하지만 그들의 노성은 태상교주에 의해 가로막혔다.
"조용해야 할 것은 자네들이야. 본교의 율법은 바로 힘. 저 아이의 무공이 본좌보다 강하니, 그것은 어쩔 수 없는 것이지. 찬황흑풍단은 이미 해체되어 버린 단체. 그들을 흡수했다면 외세를 개입시킨 것은 아니지. 원로원은 중립을 선언하겠으니 둘이서 잘 해결해 보게나."
태상교주는 마치 그곳에서 지독한 악취가 풍기기나 하는 듯 서둘러서 떠나 버렸다.
이제 방해자는 없어졌지만 장인걸의 수하들과 묵향의 수하들은 서로 병장기를 들고 상대를 노려볼 뿐 본격적인 행동을 시작하지는 않았다. 이때 묵향이 천천히 앞으로 나섰다.

"수하들을 쓸데없이 희생시키느니 일대일 대결이 좋지 않겠소?"

묵향과의 거리는 10장(약 30미터). 이 정도 거리에서는 암습 따위 할 수도 없었다. 서로 간의 거리에 온 정신을 집중하고 있던 장인걸은 묵향이 더 이상 접근하지 않자 한숨을 푹 쉬면서 어기전성(御氣傳聲)으로 자신의 뜻을 전달했다. 협상이 결렬되었을 때의 여지를 남겨 두기 위해서였다.

《대결할 필요도 없이 본좌가 졌네. 사실 자네가 이렇듯 빨리 손을 써 오리라고는 생각도 못 해 봤지. 나는 율법에 따라 은퇴하겠네. 패자에게 더 이상 어떤 선택의 여지가 있겠나?》

묵향은 장인걸의 말에 빙긋이 미소를 지었다.

"그렇게 손쉽게 발을 뺄 수 있을 것이라고 생각했나? 본좌를 건드린 이상 저세상에 가서 휴식을 취하라구."

그와 동시에 묵향의 몸이 날아올랐다.

장인걸은 천마혈검대도 없는 상황에서 묵향과 정면 대결을 벌인다는 것이 자살 행위라는 것을 알고, 은퇴를 선언했다. 그것은 다만 말뿐, 이 상황을 넘기기만 한다면 구양운 장로와 합류하여 다음 기회를 엿볼 생각이었다. 마교에서는 원칙적으로 은퇴를 선언한 인물에게 더 이상 위해를 가하지 않았기에 '은퇴 선언'은 장인걸이 택한 마지막 수단이었다. 하지만 묵향은 자신을 놓아 줄 생각이 처음부터 없었던 모양이니 장인걸로서는 또 다른 방책을 강구해야만 했다.

"쳐랏!"

"우와아아아아아!"

장인걸의 명령에 따라 마교의 고수들이 묵향을 공격하기 위해 몸을 날렸다. 그들은 장인걸이 묵향을 상대로 죽음을 무릅쓰고 사투를 벌이려는 줄 알았던 것이다. 묵향은 사방에서 자신을 향해 돌진해 들어오는 고수들을 베면서 장인걸을 향해 달려갔다. 하지만 장인걸은 묵향과 정면으로 검을 섞으려고 들 정도로 멍청하지는 않았다. 그는 달려오는 묵향을 향해 최대한 공력을 끌어 모아 흑살마장(黑殺魔掌)을 한 방 날린 후 재빨리 도망치기 시작했다.

강자의 자리

　거대한 연무장(練武場)에는 높은 단상이 마련되었고, 그 중간에 호화로운 호피 의자를 놓았다. 단상의 앞에는 수많은 고수들이 무릎을 꿇고 앉아 있는데, 그중 일부는 튼튼한 강철 사슬에 묶여 있었다. 그 외에 부상자들은 그들의 뒤에 앉아 있었고, 무릎 꿇고 앉을 수 없을 정도로 중상을 당한 인물들은 제일 뒤쪽에 누워 있었다. 그리고 그들을 포위하는 듯 또 다른 고수들이 무장을 한 채 그들의 양옆에 도열해 서 있었다.
　묵향은 검은 비단에 황금빛 용과 은빛 호랑이가 싸우는 형상이 수놓인 호화로운 옷을 입고 천천히 걸어 나와 단상 위의 호피 의자에 앉았다. 이 호화로운 옷은 마교의 교주가 즉위식을 할 때 단 한 번 입는 옷으로, 식이 끝나면 불살라져 그 짧은 생명을 마쳤다. 이 값비싼 옷을 태우는 것은, 마교의 교주가 되기 위해 많은 경쟁

자들을 물리치며 피를 흘렸지만 이제 더 이상의 혼란은 없기를 바라는, 상징적인 의미를 지닌 행위였다.
"삼면인마 장로!"
소무면 장로는 부름을 듣고 천천히 일어서 단상 위로 올라갔다.
"그대는 본좌를 도와 마인의 길을 함께 할 것으로 믿네. 검을 가져오라."
수하 하나가 소무면 장로가 평소에 애용하던 검, 즉 그가 장로로 즉위하면서 교주에게서 받았던 검을 가져와 묵향에게 바쳤다. 예로부터 마교에서는 교주의 신물(信物)인 수라마검(修羅魔劍)만은 못하지만 그에 준할 정도로 대단히 뛰어난 무기 아홉 가지를 선택하여 장로의 신물로 삼았다.
그것은 교주가 즉위할 때, 또는 새로운 장로가 임명될 때마다 다시 받게 된다. 새로운 교주가 즉위할 때가 되면 장로들은 자신이 가진 무기를 반납했고, 그것은 즉위식 때 다시 지급되었다. 이때 새로운 교주에게서 무기를 하사받지 못한다는 것은 장로에서 해임되었다는 것을 뜻했다.
소무면 장로는 새로운 교주에게서 검을 받아 들어 그것을 소중히 허리에 찼다. 묵향은 그 모습을 잔잔한 표정으로 지켜보았다.
"자네에게는 예전과 같이 수라마참대를 맡기겠네."
"감읍할 따름입니다."
묵향은 정중히 허리를 굽히는 소무면 장로에게서 시선을 돌려 무영신마를 바라봤다. 무영신마는 장인걸이 집권한 후 두각을 나타내어 자성만마대의 대주가 된 신진고수였다. 무영신마는 개인적인 무공의 성취에 있어서는 조금 떨어졌지만 병서를 많이 읽은,

마교 고수로서는 특이한 인물이었다. 그 덕분에 이번에 벌어진 집단 전투에서 상당한 전과를 올렸다. 물론 그 때문에 묵향 쪽에서는 단단히 고생을 했지만 말이다.

무영신마는 장인걸이 탈출했다는 사실을 알기 직전까지 외곽 호위 무사들과 자성만마대를 통솔하여 흑풍대와 혈전을 벌였다. 자성만마대 개개인의 무공은 흑풍대보다 훨씬 윗줄에 놓였지만, 흑풍대는 각종 공격 및 방어 장비를 충분히 갖춘 상태였기에 간신히 평수를 이룰 수 있었다.

좀 더 오랜 시간 전투가 계속되었다면 인원과 개개인의 무공이 월등히 우세한 무영신마 쪽의 승리로 결판이 났겠지만, 현실은 그렇지 못했다. 치열한 사투 끝에 어느 정도 우위를 차지했을 때 장인걸이 탈출했다는 보고를 접한 것이다.

그는 더 이상 전투에 미련을 가지지 않고, 수하들을 이끌어 재빨리 전장을 이탈했다. 무릇 정예라는 칭호를 받을 가치가 있는 무리는 그 진격과 후퇴, 특히 후퇴할 때의 속도가 엄청나다. 관지는 상대가 총공세를 취할 듯 진을 전개하다가 어느 순간 사라져버린 것을 알고 일순 당황했다. 그들이 후퇴했다는 것을 뒤늦게 눈치 챈 관지는 재빨리 묵향에게 전령을 보냈다.

묵향은 무영신마가 거느린 자성만마대를 포획하기 위해 재빨리 천랑대를 파견했고, 힘들게 그들을 찾아냈다. 만약 자성만마대보다 윗줄에 놓이는 천랑대를 파견하지 않았다면, 그들은 무사히 장인걸과 합류에 했을지도 몰랐다.

묵향은 씁쓸하게 웃으며 무영신마를 바라봤다. 장인걸의 탈출에 가장 지대한 공헌을 한 인물이 바로 앞에 포박되어 있는 무영신마

였던 것이다. 자성만마대를 잡기 위해 묵향은 천랑대를 파견할 수밖에 없었고, 당연히 장인걸을 추격하는 포위망에는 커다란 구멍이 뚫렸던 것이다. 그사이로 장인걸은 유유히 사라져 버렸다.
"자네는 어찌할 생각인가?"
무영신마는 묵향을 똑바로 쳐다보았다. 말 한마디에 자신의 목숨과 어쩌면 수하들의 목숨까지도 걸려 있기 때문이었다.
"장인걸 교주를 향한 의리는 충분히 지켰다고 생각합니다. 받아만 주신다면 충성을 다하겠습니다."
"좋아. 관지와 천리독행이 자네 칭찬을 많이 하더군. 자네 덕분에 엄청나게 고생했다고 말이야."
자신의 마음속까지 꿰뚫을 듯 쏘아보는 묵향의 강렬한 시선을 받으면서도 무영신마는 태연자약하게 대답했다. 하지만 속마음까지 그럴 수는 없었기에 그의 등 뒤로는 식은땀이 흘러내리고 있었다. 그는 기왕에 죽을 것 비굴한 모습을 보이기 싫었기에 꿋꿋함을 가장하고 있었던 것이다.
"어쩔 수 없었습니다."
묵향은 빙긋이 웃더니 그에게도 장로의 신물을 건넸다.
묵향은 정통 마공을 익힌 인물들은 대부분 받아들였다. 혁무상 장로만 빼고. 그는 오마분시(五馬分屍)당하는 것으로 긴 생애를 마쳤다.
장인걸이 탈출에 성공했기에 사사혈시마대를 비롯한 장인걸이 키운 고수들은 모두 처형당했다. 그리고 장인걸의 혈족들 또한 죽음을 면할 수는 없었다. 혈족을 살려 두지 않는 것이 마교의 불문율이었기 때문이다. 이렇듯 새로운 교주의 탄생으로 인해 부와 권력이 상승한 인물들도 있었지만, 목숨을 바친 자 또한 수없이 많았다.

쭈글쭈글한 피부, 하나뿐인 퀭한 눈동자. 어디를 봐도 이제 죽을 날이 가까운 초로의 노인이었다. 이렇듯 한눈에 보기만 해도 닭 한 마리 잡을 힘도 없어 보이는 인물의 비파골에는 굵직한 쇠사슬이 꿰어 있었고, 하나뿐인 다리에도 굵직한 족쇄가 채워져 있었다.

허약해 뵈는 노인을 꼭 이렇게나 학대를 할 필요가 있을까? 하지만 그의 지나온 삶을 아는 인물이라면 이런 조심성이 반드시 필요하다고 이구동성으로 답할 것이다. 왜냐하면 그가 바로 중원 최강의 문파인 마교의 전 교주였기 때문이다.

묵향은 한때 태산과 같이 거대하고 태양과 같이 강한 존재로 우러러봤던 한 무인의 비참한 말로에 눈시울이 뜨거워짐을 느꼈다. 하지만 묵향은 일부러 더욱 무뚝뚝하게 말했다.

"오랜만이구려, 교주."

교주는 환골탈태(換骨奪胎)했을 정도로 엄청난 수련을 쌓은 육체를 지니고 있었지만, 거의 대부분의 내공이 상실되면서 급속하게 노화가 진행되었다. 교주는 하나뿐인 눈을 반쯤 감고 있다가 오랜만에 듣는 목소리에 천천히 눈꺼풀을 들어 올리고 시선을 돌렸다.

"쿨룩쿨룩, 자네로군. 이 꼴이 된 나를 보니 꽤 기분이 삼삼할 거야. 안 그런가?"

이렇게도 비참한 상황에서도 당당한 교주를 보며 묵향은 미소를 지었다. 그 순간 묵향의 눈에 아주 오래전 당당했던 교주의 강인한 모습이 떠올랐기 때문이다. 하지만 묵향의 미소는 곧이어 사라져 버렸다. 묵향은 슬픔이 묻어 있는 표정으로 천천히 고개를 좌우로 저었다.

"그렇지는 않소, 교주. 한때는 당신을 찢어 죽이고 싶기도 했지만 말이오."

"크흐흐흐, 쿨룩쿨룩! 자네는 언제나 정직했지. 그런 자네를 믿었어야 했지만, 나는 그렇게 하지 못했네. 쿨룩, 왜냐하면 나 자신이 거짓투성이였기에, 상대방도 거짓투성이일 거라고 생각했거든. 남을 속이는 자는 절대로 타인을 믿지 못하지, 쿨룩."

묵향은 그를 똑바로 쳐다보았다.

"나는 교주의 지금 하는 말이 거짓이라고 생각하오. 내가 알고 있던 교주는 배신의 그 순간을 제외하고는 언제나 정직했소."

"크흐흐, 쿨럭쿨럭! 그래서 자네는 좀 더 배워야 하는 거야. 인간이란 것들은 간사하고 거짓을 좋아하지. 조금이라도 이익이 있을 것 같으면 배신을 밥 먹듯 하는 거야. 지금의 내 꼴을 보면 알지 않나?"

"최소한 내가 보기에 교주는 그렇지 않았소. 그런데 지금도 이해가 가지 않는 것은 왜 교주의 자리를 나에게 물려주려고까지 했으면서 나를 경계했느냐는 것이오. 그렇지 않았다면 이런 일은 벌어지지 않았을 텐데……."

그 말에 교주는 공허한 웃음을 흘린 후 힘겹게 대답했다.

"허허허… 그걸 아직도 이해 못 하다니, 멍청한 친구군. 쿨룩! 나는 처음부터 자네나 장인걸에게 교주 자리를 물려줄 마음은 눈

곱만큼도 없었어. 자네나 그 녀석을 안심시키기 위해서 한 말이었을 뿐이었지. 자네는 처음부터 교주가 될 욕심이 없었지만, 쿨룩쿨룩! 장인걸 녀석은 교활하게도 나를 멋지게 속였지. 카악, 퉤! 그놈이 교주 자리를 욕심낸다는 사실을 본좌가 미리 알았다면 이 자리에 묶여 있을 놈은 장인걸이었을 거야. 대답이 되었나?"
"어느 정도는."
"이제 궁금증이 풀렸다면 나에게 안식을 주게나. 그리고 지 친구에게도."
교주는 사슬에 묶인 왼팔을 슬쩍 들어 자신 못지않게 참혹한 모습으로 묶여 있는 노인을 가리켰다.
"더 이상 삶을 연장한다는 것은 나, 저 친구에게 너무나도 잔인한 일이야."
"교주는 살고 싶지 않소? 그전의 내공을 되살려 줄 수도 있소. 물론 신체적인 문제는 알아서 해결해야 하겠지만, 팔이나 눈, 다리가 없는 무사들도 알다시피 매우 많소. 그것을 어떻게 극복하느냐는 교주에게 달린 것이겠지요."
교주는 허옇게 변해 가는 머리를 좌우로 천천히 저었다.
"아니, 다 필요 없네. 백수의 왕 호랑이는 호랑이의 삶을 살아야 행복한 거야. 나에게 더 이상 구차한 삶을 강요하지는 말아 주게나."
"장인걸은 죽지 않고 도망쳤소. 복수를 하고 싶지 않소?"
교주는 다시 한 번 입술을 일그러뜨리며 웃었다.
"그건 자네에게 떠넘기기로 하지. 나를 교활하다고 생각하지는 말게나. 이 정도 세상을 살다 보면, 자연히 생겨나는 지혜니까 말이야, 쿨룩쿨룩. 이제 말하기도 힘들군. 마지막은 자네의 손으로 해 주겠나?"

"잘 가시오, 교주."

"자네도 잘 있게나."

교주의 죽음은 순간적이면서도 평온한 것이었다. 묵혼검은 주인의 마음을 알기라도 하는 듯 얼기설기 얽혀 있는 쇠사슬들과 함께 교주의 머리를 깨끗하게 몸통에서 분리시켜 버렸다.

묵향은 묵혼검을 검집에 집어넣을 생각도 하지 않고 망연히 한쪽 구석에 떨어진 머리를 바라봤다. 잠시 후 묵향은 더욱 딱딱해진 음성으로 뒤에 서 있는 수하들에게 명했다.

"율법대로 교주에 대한 예를 다하여 성대히 장사지내도록!"

"존명!"

"그리고 저분에게도 안식을 드려라. 한때 정도무림의 주인이셨던 분이다. 예의에 어긋나지 않게 처리하도록!"

"존명!"

묵향이 돌아서서 세 발자국도 걷기 전에 뭔가가 떨어지는 듯한 둔탁한 소리가 지하실에 울려 퍼졌다.

제자리 찾기

  당황, 당혹, 황당. 그 어떤 단어로도 지금 수라도제의 마음을 표현하기는 힘들었다. 만반의 준비를 다하여 총공격을 가하고 보니 상대는 이미 오래전에 도망치고 없었기 때문이었다.
  "이게 어떻게 된 일인가?"
  당황하기는 질문을 받은 쪽도 마찬가지였다. 하지만 당연히 가주인 수라도제보다는 책임감의 무게를 덜 느꼈기에 그들은 어느 정도 정신을 차리고 있었다. 그래서 그런지 말라붙은 검붉은 피가 군데군데 묻었지만, 꽤 고급스러워 보이는 옅은 청의를 입은 50대 중반쯤 되는 인물의 대답은 꽤나 빨리 튀어나왔다.
  "적의 간계에 걸린 것 같습니다, 가주님. 빨리 결정을 내리십시오. 놈들에게 역으로 포위당했을 수도 있습니다."
  수라도제는 아차 하는 심정으로 흑의를 걸친, 날카로운 인상의 나이든 무사에게 소리쳤다.
"자네는 파마대(破魔隊)를 이끌고 반경 1백 리 이내를 철저히 수색하라."
"존명!"
"그리고 자네는 파사대(破邪隊)를 이끌고 반경 3백 리까지 수색하라."
"존명!"
각기 2백여 명의 무사들로 이루어진 파사대와 파마대는 파요대(破妖隊)와 함께 서문세가 최고의 정예였다. 사악한 마교의 무리들이 이곳에 어떤 함정을 마련해 놓고 외곽으로 빠졌다가 다시 외곽에서부터 압박해 들어온다면 상당한 타격을 당할 수도 있었다.
"그리고 자네는 각 문파들에게 적의 습격에 대비하라고 전해 주게."
"예."
"놈들이 이토록 철저하게 준비했을 줄이야……."
자책 어린 가주의 혼잣말에 나이든 노신(老臣)들은 몸둘 바를 몰랐다. 하지만 이미 엎질러진 물이었다. 놈들이 어떤 식으로 나오든, 허무하게 당하는 것만은 절대로 막아야 했다.
수라도제의 명령으로 그들은 적의 외습에 철저하게 대비했다. 그리고 내부에 있을 함정, 예를 들면 독 같은 것을 피하기 위해 내부로 진입했던 모든 무사들을 재빨리 철수시키고 몇몇 뛰어난 고수들을 보내어 샅샅이 수색을 시작했다.
모두 독에 대비하기 위해 즉시 운기요상(運氣療傷)까지 해 봤지만 독 따위는 없다는 것이 얼마 지나지 않아 밝혀졌다. 그리고 독

따위를 살포하기 위한 그 어떤 기관 장치 또한 존재하지 않는다는 사실도 곧 밝혀졌다. 안으로부터의 우환거리는 없다는 생각에 안도의 한숨을 쉬는 사이, 외곽을 정찰하기 위해 나갔던 파마대에서 전령이 도착했다.

"마교도의 흔적은 어디에서도 찾을 수 없었습니다."

수라도제는 고개를 갸웃거렸다.

"놈들의 속셈은 뭐지? 더욱 아리송하군."

"혹시 이곳 섬서분타의 전투는 뭔가 또 다른 큰일을 벌이기 위한 미끼가 아니었을까요?"

"미끼? 그럴지도 모르지. 자네는 개방에 연락을 보내게나. 혹시나 맹(盟)이 공격당했을 수도 있고, 어쩌면······."

서문길제는 말을 여기서 끊었다. 혹시나 하는 생각이기는 했지만, 차마 그것을 입에 담을 수 없었던 것이다. 말이 씨가 된다는 속담도 있지 않은가?

하지만 굳어진 서문길제의 표정을 보고 노신들은 노가주가 무슨 말을 하려 했는지 눈치 채고는 얼굴이 핼쑥하게 질려 버렸다. 화경의 경지에 이른 노가주가 저렇듯 굳어진 표정을 짓게 만들 만한 일은 몇 가지 되지 않았기 때문이다.

"본가에 빨리 전서구를 띄워라."

한 노신의 우렁찬 음성이 채 끝나기도 전에 서문길제는 나지막하게 뇌까렸다.

"놈들이 본가에 노부가 없는 틈을 노린 것이었다면, 마교도의 씨를 말려 줄 것이다."

"지당하신 말씀이십니다, 가주님."

"너무 오랜 시간 떠나 있었다. 첫 목표는 달성했으니 돌아가기로 하지. 각 문파에 연락해라. 노부는 떠나겠다고."

"알겠습니다, 가주님."

수라도제 서문길제로서는 이것이 최선의 선택이었다. 그들이 마교와 같은 강대한 단일 집단이어서 본가를 수비할 만한 충분한 세력이 남아 있다면, 그는 결코 이런 선택을 하지 않았을 것이다. 또 그가 만약 서문세가의 가주가 아니라 그저 높은 지위를 차지하고 있는 노신이었다고 해도 마찬가지였을 것이다. 하지만 그는 서문세가의 가주였고, 또 서문세가의 거의 모든 정예를 끌고 전장에 나왔기에 빈 집을 털릴 걱정을 하지 않을 수가 없었다.

서문길제는 나중에야 마교 내의 권력 다툼에 대한 정보를 주워들었고, 또 그때 섬서분타에 마교가 수백 명 정도의 고수를 투입한 것도 대단히 무리한 행위였다는 것을 알았을 때는 정말이지 땅을 치며 통곡하고 싶은 기분까지 들었다. 하지만 이미 물 건너간 일이었다.

그때 서문길제가 마교의 형편을 알고 있었다면 섬서 쪽에 퍼져 있는 모든 마교 세력은 완전히 근절되었을 것이다. 하지만 그 사실을 무영문의 할망구는 일부러 알려 주지 않았고, 모든 기회가 지나가 버린 후에야 그것을 넌지시 알려 주어 서문길제의 속만 벅벅 긁어 놨던 것이다. "정보력이란 것이 어떤 것인지 이제 알겠어요? 호호호호"하고 비웃으면서 말이다.

누렇게 변색되어 가는 덩굴의 잎사귀들을 바라보며 매영인은 나지막하게 한숨을 내쉬었다. 뛰어난 무공, 무영문의 금지옥엽이라는 튼튼한 배경, 무공으로 다져진 날씬한 몸매, 그리고 할머니에게서 물려받은 아름다운 얼굴.

모든 무공을 익히는 소녀들의 목표이자, 소년들의 선망의 대상인 4봉에 들어 있는 그녀가 한숨을 내쉴 이유는 하나도 없을 듯이 보였지만, 그것은 사실이었다.

"휴우우."

그녀의 방은 마화의 지시로 시녀들이 정성을 쏟아 단장을 했기에 꽤나 예쁘게 꾸며지기는 했지만, 조금도 그녀의 마음을 달래 줄 수 없었다. 이 방에서 한 발자국도 나가지 못한 것이 벌써 보름이 넘었기 때문이다. 그녀가 높은 무공을 익혀 심신이 튼튼하지 못했다면, 또 악양소소와 마화라는 대화 상대가 없었다면 벌써 미쳐 버렸을 정도로 답답한 노릇이었다.

"왜 그렇게 한숨을 쉬니?"

"요즘 들어서 뭔가 더 이상한 것 같은 기분이 들어요."

"뭐가?"

"갑자기 방에 가둬 두고, 또 하녀가 음식을 가져오거나 어쩌다가 한 번씩 마화 언니가 들어올 때 힐끗 보면 문 앞에서 무사들이 감시하고 있고……. 이 모든 게 예전에는 없었던 일이잖아요. 혹시 무슨 큰일이 벌어진 것은 아닐까요? 그리고 저들을 보세요."

매영인은 창문을 통해 보이는 여러 명의 무사들을 가리켰다.

"예전에는 경비를 서는 무사들이 도저히 경비 무사라고 생각되지 않을 정도로 엄청난, 뭔가 모를 숨 막히는 기운을 강렬하게 뿜어 댔죠. 하지만 지금은 아니잖아요. 그들은 지금 도대체 어디로 갔을까요? 저는 그걸 생각하면 소름이 끼쳐요."

"괜찮아, 괜찮아. 다 좋아질 거야. 좋은 방향으로 생각하자, 응?"

 소소가 매영인의 어깨를 토닥이면서 위로하고 있을 때 갑자기 문이 확 열렸다. 동시에 그들이 문 쪽으로 고개를 돌렸을 때, 그곳에는 험상궂은 마인이 서 있었다. 마인이라는 표현밖에 할 수 없는 것이 방금 전 경비 무사에 빗대어 표현했던 엄청난 마기를 뿜는 고수였기 때문이다.

 악양소소는 상대의 그 막강한 마기에 가슴이 답답해 옴을 느끼며 억지로 입을 열었다.

 "무슨 일인가요?"

 간신히 그녀가 냉정을 유지하며, 근엄한 표정으로 말했으나 상대의 태도는 하나도 바뀌지 않았다. 그는 여전히 딱딱한 표정으로 고갯짓을 했다.

 "따라와라."

 상대의 으스스한 등판을 보며 복도를 가로지르는 동안 그들은 별별 생각을 다 했다.

 '이제 드디어 처형되는 것은 아닐까? 아닐 거야. 그럴 거라면 무기를 그냥 휴대하게 놔뒀으려고. 아니면 마화 언니가 불러서? 아니지, 그 언니라면 자신이 찾아오지 저런 무례한 인물을 보내지는 않았을 테고……'

 이런저런 생각을 하는 사이 그들은 어느새 널찍한 방에 도착했다. 그 방에는 40대 후반 정도로 보이는, 텁수룩한 수염을 기른 매서운 눈초리의 사내가 커다란 탁자 반대편에 앉아 있었다.

 "거기에 앉아라."

사내의 말에는 상상하기 힘든 위압감이 있었다. 그들은 감히 찍 소리도 못하고 의자에 앉았다. 숨 막힐 듯한 괴이한 기운. 자신들을 안내했던 인물도 엄청난 마기를 뿜었지만 저 인물에 비하면 새 발의 피였다.

"너희들의 이름이 매영인과 악양소소가 맞나?"

조용히 앉아 있던 사내가 갑자기 입을 열었기에 잔뜩 긴장한 매영인은 하마터면 검을 뽑으며 일어설 뻔했다. 하지만 그녀보다는 그래도 연륜과 침착성이 앞서는 소소가 그녀의 손을 잡으며 나직하게 답했다.

"예."

"흠……."

사내는 흡사 먹이를 노리는 맹수처럼 그들을 잠시 노려봤다. 사내의 눈이 훑고 지나가자 그들은 온몸에 소름이 돋는 것을 느꼈다.

"너무 마른 것 같은데? 원래 이런 거야, 아니면 밥을 제대로 안 준 거야?"

"원래 날씬한 거예요."

자신의 몸매에 대해 이러쿵저러쿵하자 매영인이 발끈해서 답했다. 그녀의 자부심 섞인 분노가 공포심을 눌러 버렸던 것이다. 그녀의 당돌한 태도에 사내는 역시나 날카로운 눈초리로 그녀를 잠시 쏘아보더니 이죽거렸다.

"그래? 그런대로 물품의 상태는 괜찮은 것 같군. 왕각(王珏)!"

"옛! 대주(隊主)."

뒤에서 답하는 소리가 들렸을 때에야 비로소 밥을 안 준 게 아니녀는 질문의 대상이 자신들이 아니라 뒤에 서 있는 왕각이란 인물이었음을 알았다.
"확실하게 돌려주고, 인수증(引受證)을 받아오도록!"
'인수증? 웬 인수증?'
그게 무슨 말인지 이해를 할 사이도 없이 그녀들은 왕각이란 사내에게 이끌려 마차에 올라탔고, 목적지가 어딘지 묻지도 못한 채 10일간이나 끌려 다녀야만 했다. 정춘각(叕瑃閣)이라는 주루에 닿았을 때 왕각은 매영인과 악양소소를 데리고 안으로 들어갔다. 잠시 후 문이 열리더니 옥화무제가 들어왔다. 매영인은 할머니를 보고는 갑자기 눈시울이 뜨거워지는 것을 느꼈다.
"할머니!"
"오냐, 오냐. 고생이 심했지?"
매영인의 언니뻘 정도로 밖에 보이지 않는 옥화무제는 매영인을 부드럽게 안으며 토닥거렸다. 이때 왕각이 품속에서 종이쪽지를 꺼내며 조손 상봉의 분위기를 망쳐 버렸다.
"상봉의 기쁨은 나중으로 미루시고, 여기 서명부터 해 주시죠."
왕각의 손에는 「매영인 및 악양소소를 무사히 돌려받았음을 증명합니다」하는 글자가 또렷하게 쓰인 종이가 들려 있었다. 그녀는 손녀를 품에서 떼어 놓고는 종잇조각을 받아 들며 이죽거렸다.
"자네, 일 처리를 아주 철저하게 하는군."
"감사합니다."
하지만 왕각의 얼굴은 전혀 감사를 느끼는 표정이 아니었다.
"자네 직책이 뭔가?"
"그건 밝히기 곤란합니다. 이해해 주시기를."

자신이 염왕대의 제12대 소속 무사라고 말한다면, 영리한 옥화무제는 그 한마디에서 염왕대의 위치를 파악해 낼 수도 있었다. 또 잘하면 현 마교의 상황까지도 눈치 챌 가능성이 있었기에 왕각은 생각할 필요도 없이 대답을 거절했다. 하지만 옥화무제는 왕각이 그런 식으로 거절할 것이라는 것을 미리 알고 있기라도 했던 것처럼 안색 하나 변하지 않고 서명한 종이를 건네주었다.
  "여기 있네. 손녀를 무사히 넘겨줘서 고맙다고 교주에게 전하게나."
  교주라는 말에 왕각의 눈썹이 꿈틀했다. 총단에서 매우 조용히 일어났고, 또 수습된 일을 벌써 알고 있기 때문이었다. 과연 중원 무림 최고의 정보 조직 무영문의 수뇌답다고 그는 내심 생각했다.
  "알겠습니다. 조만간 교주님께서 만나 뵙기를 청한다고 전하라고 하셨습니다."
  "좋아. 한 달 후, 그곳에서."
  왕각은 '그곳'이 어디를 뜻하는지 알지 못했지만, 더 이상 물어보지는 않았다. 자신은 다만 그렇게 전하기만 하면 나머지는 교주가 알아서 할 것이다.
  "안녕히 가십시오."
  정중히 포권하는 왕각의 몸가짐에는 정과 마를 떠나서 위대한 무인에 대한 경외심이 내포되어 있었다.

가는 것과 오는 것

　묵향의 세력 재편성은 놀랍도록 빨랐다. 물론 그 모든 게 설무지가 해치운 것이었지만 말이다. 뇌옥에 갇혀 있던 많은 고수들이 묵향이 교주가 되면서 복권되었다. 그들은 장인걸이 어떻게 해서든 회유하려고 했을 정도로 뛰어난 인물들이었기에 그들의 합류는 묵향으로서는 뜻하지 않았던 횡재였다.
　묵향은 9대 장로에 천도왕 여지고, 수라혈신 북궁뇌, 인도 동방뇌무, 천리독행 철영, 고루혈마 옥관패, 염왕적자 한중평, 삼면인마 소무면, 지옥혈귀 천진악, 무영신마 장영길을 각각 임명했다. 그리고 5대 무력 세력을 통솔하는 막중한 자리인 내총관에는 동방뇌무를, 그리고 외부 분타를 통솔하는 외총관에는 소무면을 임명했다.
　이렇게 하여 교내의 모든 크고 작은 일은 군사 설무지에 의해 입

안(立案)되었고, 수석장로 여지고를 통해 실행되었다. 여지고는 총단의 일은 내총관 동방뇌무를, 외부의 일은 외총관 소무면을 통해 지시했다.

내총관은 5대 무력 세력을 통솔할 수 있는 지위였고, 외총관은 모든 분타들을 지휘할 수 있는 위치였다. 하지만 그들의 직속에는 그 어떤 무력 세력도 없었기에 실세라고는 보기 힘든 위치였다. 묵향은 무공은 뛰어나지만 자신에 대한 충성심이 아직 확인되지 않은 그들을 한직으로 돌려 버린 것이다.

그리고 자신을 도와 거사를 행했던 사혈천신 호계악, 천리독행, 고루혈마, 염왕적자, 지옥혈귀에게는 각기 독립적인 세력을 주어 그들에 대한 자신의 깊은 신뢰감을 표시했다.

차석장로였던 사혈천신 호계악은 호법원의 수장인 대호법으로 임명하고, 초진걸과 여문기를 붙여 절정고수 2백여 명을 통솔하게 했다.

천리독행에게는 고르고 고른 2백 명의 고수를 주어 새롭게 혈랑대(血狼隊)를 만든 후 그 대주에 임명했다. 혈랑대는 장인걸이 가진 유일한 무력 단체인 천마혈검대를 대적할 수 있을 정도의 전투력을 가지고 있었다.

고루혈마 옥관패는 수라마참대를, 염왕적자 한중평에게는 천랑대를, 섬서분타 대전(大戰)에서 큰 공을 세운 천진악에게는 염왕대를, 그리고 뛰어난 지략으로 묵향을 상당히 애 먹였던 무영신마 장영길에게는 그 지휘력을 높이 사서 자성만마대를 맡겼다.

그리고 특이할 만한 사실은 장로원에 소속되지 않은 독립적인 단체의 수장인 관지와 홍진에게도 장로원에 출석하여 발언할 수 있는 발언권을 준 것이다. 그렇게 해서 말은 아홉 명의 장로지만, 실질적으로는 열한 명의 장로 체계가 성립되게 된 것이다.

　설무지는 전체적인 세력을 재편성하면서 내적인 단결에도 힘을 쏟았지만, 사실상 마교라는 단체가 원래 강자지존의 법칙이 확실하게 통하는 곳이었기에 그의 노력은 별 필요 없는 것이었다. 안 그래도 모두 묵향을 존경하며 확실하게 따르고 있었기 때문이다.

　묵향은 교주가 된 후 원칙적으로 교주가 지니고 있던 막대한 권한의 상당 부분을 수하들에게 이양해 버렸다. 그 덕분에 교주의 명령을 중계하는 역할이었던 내총관의 권력은 많이 축소되었고, 대신 장로원의 힘이 급속히 부상했다. 마교는 원칙적으로 아홉 명의 장로를 거느렸고, 그들은 대부분 독립적인 세력을 거느렸다. 그렇기에 마교의 장로가 되려면 교주의 신임이 두터워야 했다.

　묵향은 일부러 장로원의 권한을 크게 만들어 버렸다. 그렇게 해 놓으면 자신이 없어도 아홉 명의 장로가 모여 설무지나 내총관, 외총관의 견제를 받으며 마교를 이끌어 가리라고 생각했던 것이다. 또 그런 식으로 잘 돌아가기만 한다면 자신이 원하는 충분한 자유 시간을 가질 수 있을 것이 분명했다.

　이렇듯 나 몰라라 하는 묵향에게 원망 어린 시선을 보내며 설무지가 천마신교의 세력 재편에 정신없을 때, 묵향은 홀로 조용히 총타를 떠났다. 무영문의 문주 옥화무제와 약속이 일주일 앞으로 다가왔기 때문이다.

　어쨌든 지금까지는 묵향에게 상당히 좋은 방향으로 일이 진행되었다. 그렇기에 묵향은 홀가분하게 총타를 떠날 수 있었던 것이다. 그리고 일부러 호위 따위도 거느리지 않았다. 호위란 것은 자신과 같은 상상을 초월한 고수에게 있어서 불필요한 것이었다.

천천히 말을 몰며 주위를 두리번거리는 묵향은, 말안장에 검과 천으로 둘둘 말아 놓은 막대기 같은 것을 꽂아 놓았지만 평범한 체형 덕에 영락없이 할 짓 없는 서생처럼 보였다. 마화가 억지로 입혀 놓은 밝은 빛깔의 청의가 그의 섬세한 하얀 피부와 굵직한 선을 지닌 얼굴에 잘 어울렸다.

말안장에 매달아 뒀던 술병을 풀어 입을 축이던 묵향은 약간은 쓸쓸한 듯한 기분을 느꼈다. 이 술병을 안장에 달아 준 인물도 마화였고, 그 안에 독한 천일취를 넣어 놓은 장본인도 마화였다. 불현듯 그녀가 옆에 있었으면 좋겠다는 생각이 들었지만 묵향은 곧 쓸쓸한 미소를 지으며 고개를 저었다.

"어쨌든 잔소리가 너무 심해."

"어서 옵쇼!"

점소이가 반갑게 맞이했지만 묵향은 일언반구도 없이 점소이를 밀치고는 아름다운 소녀가 앉아 있는 탁자에 주저앉았다. 순간 옆 탁자에 앉아 있던 사내들의 손이 검을 움켜쥐고 싶어 움찔거렸지만, 곧 청의를 입은 사내가 자신들의 문주가 기다리던 손님이라는 사실을 알고는 모르는 척 딴전을 피웠다.

"오랜만이군요."

"……"

"우선은 교주가 되신 것을 축하드려요. 그런데 만나자고 한 용건은 뭐죠?"

옥화무제는 짐짓 흥미 없다는 표정이었지만, 그녀의 눈은 반짝이고 있었다. 도대체가 이 단순한 인물이, 너무나 단순하고 무식하게 생각하는 바람에 오히려 파악이 불가능한 사내가 자신을 부른 이유를 알 수 없었던 것이다.

묵향은 대답은 하지 않고 품속에 손을 넣어 뭔가를 꺼내어 재빠른 동작으로 그녀에게 건네주었다.

챠릉!

순간적으로 옆 탁자에 앉아 있던 네 사내들의 검이 반쯤 뽑혔다가, 묵향의 손에 쥐어져 있는 물건이 무기류가 아닌 것을 알고는 황급히 다시 들어갔다. 원래가 이런 무인들이 만나는 자리에서 이루어지는 모든 행동은 의식적으로 천천히 이루어진다. 언제, 어느 순간에 서로 암습할지도 모르기 때문이었다.

"이건 뭔가요?"

"여태껏 본좌에게 협조해 준 데 대해 자그마한 성의를 보이는 것이지. 그야말로 작은 성의니까 너무 적다고 투덜거리지 말고 받아."

옥화무제가 그의 손에서 받아 쥔 종이는 전표(錢票), 그것도 상당히 신용도가 높은 대륙전장(大陸錢場)에서 발행한 무려 금화 5백 냥짜리 전표였다.

금화와 은화의 비율은 20대 1이니 이것은 은화 1만 냥이었고, 일가족의 1년 생활비가 은화 다섯 냥 정도라면 2천 가구의 1년 생활비였다. 이때는 일가족이 보통 아홉 명 정도의 대가족이었다는 것을 생각한다면 무려 1만 8천 명의 1년 생활비였다. 물론 풍족하게 쓸 수는 없이 그저 대충 먹고 입는 데 들어가는 돈이었지만 말이다.

"자그마한 성의는 아닌 것 같은데요? 하지만 마교의 교주라면 좀 더 근사한 것을 준비했으리라 기대했는데……."

그녀가 과장되게 아쉬운 표정을 짓자, 묵향은 씁쓸히 웃더니 딱 딱하게 말했다.

"과욕은 화(禍)를 부르지."

"나중에 재앙을 받더라도 욕심은 내 보고 싶은데요?"

옥화무제는 일부러 상큼한 미소를 지으며 대꾸했다. 도대체 140여 세에 이른 할머니라는 생각이 들지 않는 자태였다.

"후회하지 않을까?"

"절대로 후회는 하지 않아요."

"좋아. 말안장에 매여 있으니까 가져가라구. 딴 건 건드리지 말고 말이야."

"본녀는 도둑질을 할 생각은 전혀 없어요. 주니까 받는 거지요."

"좋을 대로. 그건 그렇고 장인걸은 어디에 있지?"

묵향의 질문에 옥화무제는 일부러 방글방글 웃으며 시선을 돌려 창밖의 화산을 바라보며 딴전을 피웠다.

"본좌의 힘으로 찾으라는 건가?"

"영인이의 청혼을 거절한 이유는 정보력에 자신이 있었기 때문이 아닌가요?"

"할 말 없게 만드는군. 그럼 다음에 보자구."

묵향이 일어서자 옥화무제도 따라 일어서며 그의 뒤를 좇았다.

"왜 쫓아오는 거지? 더 이상 볼일은 없을 텐데?"

옥화무제는 생글거리며 답했다.

"선물을 받지 못했잖아요."

묵향이 이렇듯 한가로운 시간을 보내고 있을 때, 그곳에서 3천여 리 떨어진 어두운 밀실 안에는 한 가지 목적을 위해 적에서 동지로 변화를 도모하는 인물들이 있었다.

"호오, 이번에 큰 고생을 치르셨다구요."

"허허헛! 뭐 그까짓 것이 고생이겠소? 본좌에게는 아직 몇 곳의 비밀 분타가 남아 있고, 또 천마혈검대가 있는 이상 재기가 어렵지는 않을 것이외다."

그는 상대가 호탕한 말로 얼버무리고 있지만 재기라는 것이 너무나도 어렵다는 사실을 잘 알았다. 그 자신이 저 '웬수' 같은 마교라는 단체 덕분에 너무나 오랫동안 음지에서 생활해 왔기 때문이다.

"하지만 말만큼 쉽지는 않을 거요. 적이 너무 강하기 때문이지요. 안 그렇소이까?"

"하지만 희망은 있소."

"어떤 희망 말이오?"

"흐흐흐, 그것은 본좌가 마인이라는 것이지요. 묵향만 없어진다면 또다시 교주의 자리는 자연스럽게 본좌에게 굴러 들어오게 되어 있소."

"그렇다면 그대의 생각은?"

"바로 그것이오. 그 녀석만 수단과 방법을 가리지 않고 없애 버린다면 만사는 본좌의 뜻대로 된다는 것이지요."

"하지만 이 세상에는 죽일 수 있는 상대가 있고, 그렇지 못한 상대가 있소. 또 죽일 수 없는 상대의 종류에도 여러 가지가 있겠지요. 배경이 너무 튼튼한 인물이라든지, 아니면 그를 죽인 것이 들통 났을 때 너무나도 큰 대가를 치러야 한다든지, 또는 너무 강해서 죽인다는 것이 불가능한 자도 있소. 본좌도 여러 가지로 그를 없애려고 여러 가지로 생각해 봤지만, 본좌가 내린 결론은 그는 죽인다는 것은 거의 불가능한……."

아수혈교(阿修血敎)는 오래전 묵향이란 인물과 단 한 번 충돌한 후, 그에 대한 정보를 모으는 데 오랜 시간을 투자했다. 그 결과 그 정체불명의 인물이 마교의 부교주 묵향으로 밝혀졌고, 또 그의 무공 수위까지 파악하고는 아예 응징을 포기해야만 했다.

마교라는 벽은 혈교가 힘을 떨치는 데 막대한 지장을 주는 걸림돌이 되려고 작정을 한 듯 보였고, 또 그것을 하늘이 도와주는 것처럼 느껴졌다. 그만큼 상대도, 또 상대의 배경도 혈교로서는 간단히 무너뜨릴 수 없는 존재였다. 그렇기에 혈교 교주가 자신 없는 듯 말했는데, 장인걸은 상대의 말을 가볍게 가로막았다.

"아아, 이론과 실제는 다르지요. 물론 물리적인 힘만으로 그를 상대한다면 그대의 말이 맞소. 하지만 계책을 쓴다면 다르지요. 그대도 강자고 본좌도 마찬가지요. 본좌가 가만히 궁리를 해 보니 강자에게는 독특한 성질이 하나 있더라 이거지요. 뭔지 아시겠소?"

"글쎄요."

"바로 자부심이란 것이외다. 자신의 적이 중원에는 없다는 사실을 알고 있다는 것, 그것 하나만으로도 그에게는 커다란 허점이 생기는 것이지요. 만약 자신이 그 정도로 강하다는 것을 모른다면, 그는 자신의 호위에 만전을 기할 것이고 또 행동에 조심에 조심을 하겠지만, 그는 그렇지 않소. 그건 본좌가 그 방법을 이용해서 한중길을 해치웠기 때문에 자신할 수 있소이다."

"어떤 계책이라도?"

"오래전부터 본좌가 그놈을 해치우기 위해 준비해 둔 것이 있소. 물론 계획을 세우고 준비 작업을 시작한 것은 한중길 교주였지만, 본좌가 그를 없애 버린 후에 보강 작업을 해 놨지요.

그 작업에는 본좌의 가장 신임하는 수하들만을 투입했고, 2개월 전에 모든 것이 완성되었소. 그 함정을 만드는 데 동원되었던 장인(匠人)들은 모두 다 무덤 속에서 잠들어 있으니 비밀이 샜을 가능성은 아예 없소. 이제 그 함정을 어떻게 사용하느냐 하는 것만 남았을 뿐이오."

"흐흐흐, 그대가 이렇듯 본좌를 믿고 비밀을 털어놓으니, 본좌도 한 가지 알려 드리리다. 그를 죽일 수는 없겠지만 없애 버릴 수는 있소."

"없애다니요. 그게 죽인다는 말과 같은 뜻이 아니오? 서로 간에 말장난은 하지 맙시다."

"본좌의 말은 그야말로 없애 버린다는 말이요. 본교에는 대단히 강한 술법들이 많이 전해 내려온다는 사실을 알 것이오. 그중에서 특히 강한 술법이 있소. 그걸 사용하면 죽일 수는 없지만 없앨 수는 있소."

"호오, 없앤다구요?"

"그렇소. 말 그대로 없애는 거요. 진세를 발동시키기가 어려워서 그렇지, 진세만 발동되면 놈은 흔적도 없이 사라지게 되오. 본교에서는 그걸 묵령시분술(墨靈屍分術)이라고 부르죠. 그야말로 시체조차 분해되어 찾을 수가 없는 최고의 술법이오."
 혈교 교주의 말에 장인걸은 구미가 당긴다는 듯 반겨 말했다.
 "호오, 그런 게 있단 말이오?"
 "하지만 그걸 사용하는 데는 까다로운 조건이 있소. 진법을 가동시키는 데 약 반 각 정도 시간이 걸린다는 거지요. 그 시간을 벌어 줄 자신이 있소?"
 "반 각 정도라면 충분하오. 죽일 수 있을지도 모르는데, 겨우 반 각쯤이야, 하하하하"

 "정말 아름답군요. 멀리서는 몇 번 봤지만 이렇듯 자세히 보기는 이번이 처음이에요."
 옥화무제는 어린애가 새로운 장난감을 보듯 두 눈을 반짝이며, 맑고 투명한 검신에 새겨진 수룡을 바라보았다.
 "문주님, 그따위 검 한 자루에 감탄하고 계실 때가 아닙니다."
 "호호홋! 그따위 검 한 자루가 아니에요. 이건 무림맹주의 신물인 빙백수룡검(氷白水龍劍). 이게 본녀의 손에 들어온 이상, 무림맹주를 향해 남들보다 한 발자국 더 다가섰다고 보는 게 옳겠죠. 총관은 그렇게 생각하지 않나요?"
 "물론 문주님의 말씀이 옳습니다. 하지만 지금은 한낱 껍질뿐인 무림맹의 맹주 자리를 노릴 때가 아니지 않습니까? 우리에게는 2황야가 있고, 또 그는 우리의 도움을 절실히 원하고 있습니다. 지금 본문의 총력을 기울여 그를 도와준다면 나중에 크나큰 보상을 받을 수 있습니다. 진길영 원수가 정벌군을 이끌고 돌아온 후에는 너무 늦다 이 말씀입니다."

"진길영 원수는 대요전쟁에서 손쉽게 발을 뺄 수 없어요. 요가 거의 멸망한 지금 그 엄청난 땅덩어리가 전리품으로 남았어요. 그걸 탐욕스런 여진족과 미련한 정안국 국왕, 그리고 고려국 왕에게 적당히 배분을 해 줘야 할 것이 아닌가요? 여기서 배분이 잘못되면 곧장 아귀다툼이 벌어질 것이 확실한데."

"그래도……."

"그래도가 아니에요. 진길영 원수는 아무리 짧게 잡아도 2개월 이내로는 돌아오지 못해요. 즉, 두 달 동안 2황야를 주무를 수 있는 시간적 여유가 있다는 말이지요. 그동안 2황야를 주무르면서, 그를 우리 쪽의 입맛에 맞도록 길들이는 것이 중요하겠죠."

"참, 문주님, 중요한 보고가 있습니다."

"뭔가요?"

"장인걸이 문주님과 제휴를 원하고 있습니다."

"별 해괴한 소리를 다 들어 보겠군요. 그와 제휴를 해서 얻을 수 있는 게 어디에 있다고."

"있습니다. 여기 이것을 읽어 보십시오."

총관이 품속에서 꺼내어 두 손으로 바친 종이는 천천히 날아 발 안쪽으로 사라졌다. 잠시 종이 부스럭거리는 소리가 들리더니 발 속에서 의문이 가득한 목소리가 흘러나왔다.

"그가 원하는 것이 뭐죠? 묵향의 신상에 대한 정보를 자세히 알려 준다고 해도, 묵향을 죽인다는 것은 거의 불가능에 가깝다는 사실을 모르지는 않을 텐데요?"

"하지만 조건이 근사하지 않습니까? 죽이는 방법이야 장인걸이 생각해 낼 문제고, 그 대신 본문에서 얻게 되는 것은 1천 냥의 금화와 실종되었던 진영 공주의 행방입니다."

"흠, 역시 진영 공주는 장인걸의 손아귀에 있었던 모양이군요. 좋아요. 묵향의 세력이 더욱 커지는 것은 본녀가 원하는 게 아니죠. 장인걸과 묵향이 피 터지게 싸울수록 본녀에게는 유리하니까 말이에요. 그러다가 혹 장인걸이 그를 암살하는 데 성공이라도 한다면, 막대한 희생을 치른 후의 장인걸을 없애는 것은 어렵지 않을 거예요. 즉시 시행하세요."

"존명!"

사라진 탈마의 고수

 묵향의 여행은 그야말로 한동안의 휴식이었다. 그럴듯한 장소가 있으면 남들이 한 번씩은 해 보는 낚시도 했고, 아름다운 산이나 색다른 구경거리가 있다면 한가롭게 관광을 하는 시골 서생처럼 그곳을 찾아갔다. 또 색다른 요리가 있다면 일부러 그걸 시켜서 먹기도 했다.
 장인걸이란 거대한 적을, 그것도 자신보다 월등하게 강대한 세력을 지닌 적을 제압하는 것은 단순한 무공 대결과는 달리 묵향을 상당히 피곤하게 만들었다. 상대를 기만하고, 모략하고, 놈의 속임수에 속는 척도 해야 하고, 그러면서 뒤꽁무니로는 놈을 향한 함정을 준비하고…….
 묵향이 이번에 이렇듯 손쉬운 승리를—거의 세 시진에 걸친 사투를 통한 것이었지만—손에 쥘 수 있었던 것도 천마혈검대가 총단에 없었던 덕분이었다. 천마혈검대가 총단에 남아 있었다면 더욱 큰 대가를 치러야만 했을 것이다. 천마혈검대는 장인걸이 지닌 세력 중 유일하게 묵향을 붙잡아 둘 수 있는 강력한 힘을 지녔으니까 말이다.

어쨌든 그동안 해 온 일은 육체적인 것이 아니라 정신적인 혹사였기에, 묵향은 한가하게 이곳저곳을 기웃거리며 피곤해진 마음에 산뜻한 휴식을 제공했다. 모략이나 술수를 모르는 순수한 무인이었던 묵향으로는 요 근래 1년여가 매우 피곤하게만 느껴졌다.

한가하게 떠돌던 묵향은 어떤 식당에 앉아 그곳 특산물인 황사(黃蛇)로 만든 탕에 곁들여 죽엽청을 비우다가 험상궂은 다섯 명의 무림인들을 만났다. 그들은 퍽이나 시장했던 듯 오리탕과 오리구이 다섯 마리를 시켜 정신없이 들이켜고는 재빨리 식당을 빠져나갔다. 그리고 묵향도 그들의 뒤를 따랐다.

묵향이 이들에게 관심을 보인 것은 그들이 나눈 대화에 상당한 흥미를 느꼈기 때문이다. 사실 이들이 한 이야기라고는 식당 안에서 음식을 달라고 한 것과 대금이 얼마냐고 물은 것이 전부였지만, 묵향의 귀에는 또 다른 음성도 들려왔다. 물론 이것은 전음으로 나눈 대화였기에 식당에 있던 다른 사람들은 들을 수 없는 내용이었다.

〈대형, 그게 사실일까요?〉

〈물론이지, 네 녀석은 내가 한 번이라도 허튼소리하는 것 봤냐?〉

〈하지만 구휘 대협의 무덤은…….〉

〈그러니까 그게 혈교 놈들이 만들어 놓은 함정이라니까. 진짜는 따로 있어. 원래 구휘 대협은 재물을 많이 모은 사람은 아니었지. 그런 그가 재물을 잔뜩 모아 놓은 거대한 무덤을 건축했겠냐?〉

〈그건 그렇지만…….〉

〈그의 무덤에는 그의 죽음과 함께 자취를 감춘 무림에서 사라진 10대기병의 최고라는 흑묵검(黑墨劍)과 북명신공이 있을 뿐이라구.〉

여기까지 들은 묵향은 슬쩍 쓴웃음을 지었다. 북명신공은 자신의 손에 있었다. 한중길 교주에게서 장인걸에게로, 그리고 이제 총타의 주인이 된 자신의 손으로 넘어온 것이다. 하지만 험상궂은 사내의 다음 말을 들은 후에는 더 이상 쓴웃음을 지을 수 없었.

〈북명신공이라구요?〉

〈그렇지. 북명신공은 두 권이야. 하나는 구휘 대협이 사라지기 전에 자신의 아들 구천 대협에게 맡겼지만, 또 한 권은 언제나 품속에 지니고 있었지. 아마 그것은 흑묵검과 함께 있지 않을까?〉

'한 권이 더 있다구?'

묵향의 눈썹이 꿈틀거리는 순간 놈들은 음식값을 지불하고 밖으로 나가 말을 타고 달리기 시작했다. 그 말들은 덩치도 좋았고, 다리도 길고 쭉 뻗은 것이 대단히 뛰어난 명마들이었기에 묵향이 재미 삼아 시장에서 구입해서 끌고 다니는 말과는 그 속도와 지구력에서 엄청난 차이가 났다.

묵향은 반 시진도 안 되어 그 차이를 느끼고는, 필요한 짐들을 재빨리 말안장에서 꺼내어 대충 품속에 넣은 후 경공술을 펼쳐 쫓아가기 시작했다. 시간도 많았고, 과연 그것이 사실이라면 검 따위는 필요 없지만, 그 두 번째 북명신공을 한번 읽어 보고 싶었기 때문이었다.

 교주에게서 강탈하다시피 얻어 내서 읽어 본 북명신공은 묵향의 무공 성취에 엄청난 도움을 주었다. 그렇기에 묵향으로서는 아무리 바쁘더라도 만사를 제쳐 두고 그들을 뒤따랐을 텐데, 지금은 다행히 시간까지 꽤 많으니 망설일 필요가 없었다.

 묵향은 상대가 또 다른 북명신공을 찾아낼 때까지 조용히 뒤따라가다가 조용히 말로 해결할 생각이었다. 물론 말이 통하지 않는다면 간단하게 물리력을 행사할 예정이었다. 묵향은 상대가 그것을 찾아내는 것이 관심사였을 뿐, 그들에게서 그걸 어떻게 얻어내느냐 하는 생각은 전혀 하지 않았다.

《쫓아오는데요?》
《흐흐흐, 놈의 저 나약한 몸매로 봐선 무영문의 정보가 영 미덥지 않더니만, 진짜일 줄이야. 놈이 추격을 시작했으니 더욱 조심해라. 언행에 신경을 쓰고, 특히 우리끼리 주고받는 말은 어기전성이 아니면 안 돼. 알겠나?》
《옛! 흑마대주님.》

 그들은 묵향이 뒤따르는 것을 전혀 의식하지 못한 듯 삼광(三鑛)에 들러 이것저것을 조사했다. 그리고는 뭔가 단서를 찾아 낸 것처럼 태행산(泰杏山)으로 이동했다. 이들은 두툼한 책자 한 권과 오래된 듯 너덜거리는 양피지 한 장에 의지해서 길을 갔다. 물론 이 둘은 다 대어를 낚기 위해 고심해서 제작한 미끼였다.

 묵향은 놈들의 뒤를 무려 10일이나 끈기 있게 따라가 철우산(鐵

寓山)에 도착했다. 과연 철우산은 구휘 같은 인물이 만년에 무공을 연마하고 생을 마감할 생각을 했을 법한, 너무나도 아름다운 산이었다. 산세가 너무 험하지도 않고 그렇다고 너무 완만하지도 않은 데다가, 군데군데 기암괴석이 드러나 있어 보기에도 좋았다.

하지만 그들을 천천히 따라가면서 묵향은 문득 이상함을 느꼈다. 미약하지만 군데군데에서 마기(魔氣)와 사기(邪氣)가 느껴졌던 것이다. 하지만 묵향은 발걸음을 되돌리지는 않았다. 자신을 제압할 만한 고수가 존재하고 있을 거라고 생각되지도 않았고, 최악의 경우 혈마와 같은 엄청난 인물이 있다고 해도 그와 정면 대결이 아니라면 도망치는 것은 손쉬울 것이기 때문이었다.

여태까지 이리저리 모습을 숨기며 앞서가는 인물들의 뒤를 따르던 묵향이 이제 아예 대놓고 천천히 다가오자 숨어 있던 무리들은 묵향이 그들의 존재를 눈치 챘다는 것을 알았다.

"휘이이익!"

긴 휘파람 소리가 심후한 내공을 싣고 울려 퍼지자 곧 묵향 좌우의 땅속에서 암습자들이 튀어 나왔다. 묵향은 자신의 바로 옆에서 엄청난 속도로 튀어나오는 녀석에게 더 이상 생각할 것도 없이 일장을 먹였다. 하지만 손을 통해 전해지는 그 반탄력은 상당히 강력한 것이었다. 쓸 만한 실력을 쌓은 암습자 정도로 생각하고 날린 일장이었지만, 웬만한 사람은 즉사했을 텐데도 나자빠졌던 상대는 비실거리며 일어섰다.

"크아아아."

"쿠르르륵."

흐리멍텅한 눈을 하며 괴상한 소리를 질러 대는 것을 보고 묵향은 그제서야 상대가 누군지를 파악할 수 있었다.

"이런, 강시들이었군. 그런데 무슨 강시들이 이렇게 빠른 거야? 들은 것하고는 좀 다른데?"

저마다 괴성을 지르며 이제 본격적으로 공격해 들어오는 강시들은 묵향이 익히 알고 있던 혈교가 만들어 낸 걸작품이 아니었다. 혈교의 강시 제조법이 장인걸 패거리에게 전해진 후 더욱 연구를 거쳐 개발된 천령강시였다. 이지력을 완전히 상실한 강시와 달리 이 녀석은 충분히 스스로가 생각하고 행동하기에 강시처럼 피리 소리 따위로 조종을 할 필요가 없었다.

예전의 한중길 교주는 묵향을 제거하기 위해 보통의 강시보다 훨씬 속도가 빠르고, 더욱 강인한 천령강시를 3천 구나 제작해 두었다. 그들 상당수는 장인걸이 한중길 교주를 없애는 과정에 투입되어 소모되었다. 그러나 그 소모분을 장인걸이 적절하게 채워 놓았기에 이곳에는 3천2백 구의 천령강시 부대가 존재했다.

묵향은 처음의 한 방 맞았던 천령강시가 비실거리며 일어서는 것을 보고 더 이상 생각할 필요도 없이 검을 뽑았다. 놈들이 자신을 상대하기 위해 어느 정도 전력을 감춰 뒀는지 모르니, 자신의 장기인 검술로 상대하는 편이 공력의 소모를 줄일 수 있을 거라는 생각에서였다.

슈걱!

묵향은 공력의 소모가 큰 검강 종류를 사용하지 않고, 순수하게 어검술만을 이용해서 천령강시들의 대군을 상대했다. 검푸른 빛으로 이글거리는 묵혼검이 가르고 지나갈 때마다 어김없이 무쇠보다도 단단하다고 알려진 천령강시의 몸은 토막이 났고, 검붉은 약재에 전, 죽은피가 콸콸 쏟아졌다. 천령강시를 제조하는 데 사용하는 것의 8할이 독 종류였기에 그 피가 튄 묵향의 옷에는 곧 구멍이 뚫렸다. 하지만 만독불침(萬毒不侵)을 자랑하는 그의 신체에는 타격을 줄 수 없었다.

검의 능력을 최대한으로 뽑아내기에 그 어떤 고급 검술보다도 공력의 소모가 적은 어검술만을 사용했으므로 한꺼번에 많은 수의 천령강시들을 토막 칠 수는 없었지만 묵향은 한 번에 하나나 둘, 어떤 때는 셋씩 착실하게 강시들을 분해해 나갔다.

극마에 이른 고수였던 흑마대제 한중길이나 무림맹주였던 화경의 고수 무극검황 옥청학까지 어느 정도 궁지에 몰아넣은 천령강시였지만, 탈마의 고수인 묵향에게는 그 어떤 해도 주지 못하는 듯 보였다. 그 때문인지 4백여 구의 천령강시가 분해되어 버리자 당황한 듯한 목소리가 울려 퍼졌다.

"이런, 대천악마나진(大千惡魔羅陣)을 펼쳐랏!"

대천악마나진. 마교의 1천 년 역사에서 단 두 번밖에 사용되지 않았던 전설적인 진세가 서서히 발동되었다. 온 사방에서 마기가 짙게 깔리며 천령강시는 더욱 힘을 얻은 듯 미쳐 날뛰었다.

원래가 대천악마나진은 마기와 요기를 지닌 인물에게는 더욱 힘을 보태어 주고, 그렇지 못한 인물들은 그 힘에 압도되어 평상시 힘의 반도 내기 힘들게 만들었다. 이 진세를 이용하여 천하제일문이 멸문당했을 때, 그 강대한 힘에 놀란 마교의 고위급 고수들에 의해 오히려 사용이 제한되었을 정도로 지독한 진세였다.

천령강시들이 대천악마나진의 그 강력한 진세 속에서 미쳐 날뛰기 시작했을 때 그와 비슷한 현상이 묵향의 몸 내부에서도 일어나고 있었다.

 혈관을 격동시키는 힘의 이동. 묵향은 자신의 피가 끓어오르는 듯하며 온몸에서 힘이 펄펄 솟는 것을 느꼈다. 마의 극한을 뛰어넘었기에 도저히 마인으로 느껴지지 않았지만, 묵향 역시 마인이었기에 대천악마나진에서 힘을 얻어 내고 있었다. 이것으로 묵향의 내공 근원이 정인지 마인지는 자연스레 유추해 볼 수 있을 것이다.

 대천악마나진이 펼쳐지고 난 후 묵향은 더욱 강맹한 어검술을 구사하며 천령강시들을 베어 갔고, 이제 천령강시의 수가 수백 구 정도로 줄어들었다. 장인걸은 입술이 바싹바싹 말라 왔다.

 후퇴할 것인가? 아니면 천마혈검대를 투입할 것인가?

 자신이 믿었던 함정은 묵향에게는 그 어떤 타격도 줄 수 없음이 드러나 버렸다. 과거 화경이나 극마에 이른 한중길이나 옥청학을 상대할 때도 끝마무리는 자신이 했다. 천령강시 덕분에 그들의 힘을 많이 소진시킨 덕분이었다. 그렇기에 이번에도 기대를 했던 것인데, 이게 예상외로 그 어떤 도움도 되지 않고 있었다. 3천 구가 넘는 천령강시를 반 토막 내고도 묵향은 그 어떤 피로감도 보이지 않았다. 한중길이나 옥청학은 이때쯤 헥헥대며 제대로 실력을 발휘하지 못했는데 말이다.

 "자신은 있는 거요?"

 상대는 장인걸이 다시 한 번 더 확인하는 마음을 충분히 이해한다는 듯 장인걸을 마주 바라봤다. 하지만 그 또한 자신들의 선조가 제작한 최고의 강시인 천령강시가 저렇게 무기력하게 당하는 모습에는 엄청나게 충격을 받았다.

"물론이오. 하지만 반 각이 필요하오."
"그렇다면 빨리 준비하시오. 저놈이 천령강시를 몽땅 조각내 버리기 전에."

장인걸은 조금 더 지켜보기로 생각하고 구양운 장로에게 어기전성을 보내 천마혈검대로 하여금 제 위치를 지키고 있을 것을 당부했다. 괜히 저 난장판에 휩쓸린다면 또다시 수하들을 잃을 우려가 있었다. 그리고 그것은 그의 꿈이 이루어질 가능성이 더욱 적어짐을 의미하는 것이었다.

핏빛과 같은 적포를 입고 있는 혈교 교주가 드디어 움직이기 시작했고, 그의 수하들도 기다렸다는 듯 묵향을 향해 움직이기 시작했다. 하지만 천령강시들처럼 묵향을 향해 돌진하는 대신 상당한 거리를 두고 포진하는 것으로 그 움직임을 멈췄다.

그들은 모두 해골 모양이 새겨진 긴 지팡이를 들고는 일제히 중얼중얼 주문을 외웠지만, 자세히 들어 보면 그들이 모두 같은 주문을 외우지 않는다는 사실을 알 수 있었다. 혈교 교주를 따라 도열한 이들 3백여 명의 혈교 고수들 중 1백여 명만 교주와 비슷한 주문을 외웠고, 나머지 2백여 명은 목표물이 도망치지 못하도록 옭아매는 주문을 외우고 있었던 것이다.

묵향은 이제 얼마 남지 않은 천령강시를 상대로 싸우다가 과거에 상당히 자신을 곤혹스럽게 만들었던 것과 같은 어떤 느낌을 받았다. 뭔가 끈적한 것에 갇힌 느낌. 아차 하는 순간 주위를 둘러봤을 때는 이미 예전에 자신을 꽤나 고생하게 만들었던 해괴한 해골 모양 지팡이를 든 놈들 3백여 명이 그를 둘러싸고 있었다.

더 이상 시간을 지체했다가는 더 큰 곤욕을 치르게 된다는 것을 경험으로 알고 있던 묵향은 처음부터 강공으로 나갔다. 엄청난 검기가 사방으로 폭발적으로 뿜어졌다. 그의 검기는 대천악마나진의 도움으로 더욱 막강해졌으나, 요기를 뿜어 대는 혈교의 마술도 그 힘이 배가됐다. 그리고 예전에는 겨우 아홉 명이 자신을 향해 술법을 시전했지만, 지금은 스물두 배나 많은 인원이 묵향을 향해 대라혈망진(大羅血網陣)을 펼치고 있었다.

퍽퍽!

사방으로 뿜어 나가는 검강의 압력이 더욱 거세지자 혈의를 입은 인물들의 얼굴에서는 땀방울이 흘러내렸다. 겨우 반 각. 반 각을 버티는 게 이렇게 힘들었다. 묵향이 첫 번째로 혈의인들을 공격하기 위해 강기를 사방으로 뿜어 댔을 때, 그 한 방에 수백의 천령강시들이 토막 토막 잘려 파괴되는 것을 본 그들은 아예 눈을 질끈 감고 주문에만 온 신경을 집중했다. 저런 인간 같지도 않은 놈이 하는 짓거리를 보다가 정신이 흐트러지면 그야말로 끝장이었다.

시간이 가기만을 죽자고 기다리면 시간은 더욱 안 간다. 대라혈망진은 상대의 진기를 뺏는 효과도 가졌지만, 대천악마나진 안에 들어와 있는 묵향은 시간이 지날수록 더욱 힘이 난다는 듯 괴력을 발휘했기에 혈의인들은 죽을 지경이었다. 혈교의 무리들은 마기와는 관계없이 요기를 띠고 있었기에 그 진세의 영향을 받아 힘을 낭비하지는 않았지만, 그렇다고 그들의 능력이 배가된 것 또한 아니었다. 어쨌든 아무리 시간이 빨리 지나가기를, 또는 아무리 시간이 늦게 지나가기를 바란다 해도 시간은 일정하게 지나갈 뿐이다.

혈교의 교주, 그리고 그와 함께 주문을 외워 대던 1백 명의 혈교 고수들이 어느 순간 손을 쭉 뻗자 암흑의 기운이 묵향의 전신을 감쌌다. 그리고 바로 그때, 여태껏 전력을 다해 술법에 정신을 쏟던 2백여 명이 자신들의 할 일이 가까스로 끝난 것을 느끼고 허물어졌다. 그들은 헉헉거리며 거친 숨을 내뿜으면서 자신들을 그렇게 괴롭혔던 장본인이 분해되는 장면을 놓칠 수 없다는 듯 바라봤다.

그야말로 혈교가 최고, 최강의 주문으로 생각하는 묵령시분술의 위력에 의해 그놈의 시체까지도 갈가리 분해되어 공기 중에 흩어지는 장면을 꼭 봐야지만 오늘 밤 잠을 편히 잘 수 있을 것이었다.

검은 기운은 곧 사라졌지만 묵향의 몸은 이미 그곳에 없었다. 혈의인들의 믿음대로 묵향은 시체마저도 분해되어 버린 것인가? 그것은 알 수 없었지만 그를 이곳에서 '없앤' 것만은 확실했다.

모두 지독한 공력 소모와 오랜 시간의 정신 집중으로 몸을 가누기도 힘들 정도로 지쳐 있었다. 혈교의 교주는 부하들보다는 훨씬 더 우월한 능력을 지녔다는 것을 과시하는 듯 다리에 힘을 주고 서 있었지만, 그의 얼굴에서도 땀방울이 쉴 새 없이 떨어지는 것을 보면 그 역시 엄청나게 지쳤음을 알 수 있었다.

장인걸은 혈교의 교주 곁으로 슬그머니 다가서며 질문을 던졌다.

"과연, 없앤다는 것이 바로 이런 말이었구려."

"……."

장인걸은 묵향이 입었던 검은 옷과 땅바닥에 뒹구는 묵혼검을 지그시 쏘아보며 고개를 끄덕였다.

"묵령시분술이라. 정말 대단한 술법이었소."

이때 묵혼검이 눈에 보이지 않는 어떤 줄에 매달려 끌려오듯 천천히 날아올라 장인걸의 손에 들어왔다. 장인걸은 묵혼검을 차근차근 훑어봤다. 자신이 사용하는 검에 비해 매우 짧았다. 하지만 그 거무튀튀한 묵광을 발하는 검신은 매우 깨끗했고, 또 너무나도 날카로워 보였다.

"과연 좋은 검이군. 이 시대 최강의 고수가 가졌음직한 검이야."

그와 동시에 장인걸의 손에 들려 있는 묵혼검이 허공을 갈랐다.

슉!

장인걸이 노획 물품을 감상하는 줄 알고 미처 대비하지 않고 있었던 혈교 교주는 그 한 번의 기습 공격으로 치명타를 입었다. 우두머리의 곤경을 본 혈교의 고수들이 장인걸을 향해 달려들었지만, 그들은 곧이어 나타난 천마혈검대에 가로막혔다.

곧바로 치열한 난전이 사방에서 벌어졌다. 4척이나 되는 핏빛 장검을 휘두르며 달려드는 흑의 무사들. 그들이 바로 마교가 자랑하는 최강의 집단, 천마혈검대였다. 개개인이 신검합일급에 달하는 고수들로 이뤄진 천마혈검대와 대적한다는 것은 지금 너무나도 지쳐 있는 혈교 고수들로서는 불가능에 가까운 일이었다.

지쳐 있지 않아도 상대가 될까 말까 할 정도로 막강한 집단인데, 너무나도 지쳐서 지팡이도 들기 힘들 정도인 그들이 어찌 그 막강한 천마혈검대와 싸울 수 있겠는가. 순식간에 하나 둘 피를 뿌리며 나뒹굴기 시작했다.

장인걸은 혈교와의 전투 따위에는 신경도 안 쓰며, 묵혼검의 짧은 검신 덕분에 죽음은 면한 채 신음하고 있는 혈교 교주에게 천천히 다가가고 있는 중이었다.

혈교 교주는 발악적으로 외쳤다.

"이런 비열한 놈. 비록 네놈이 최후의 승자가 되었지만, 네놈의 명운도 그리 길지는 못할게다."

하지만 장인걸은 혈교 교주의 저주 따위에는 신경도 쓰지 않았다. 장인걸은 상대를 향해 조소 띤 어조로 이죽거렸다.

"크흐흣, 유언으로 알고 명심하겠소이다. 그래, 또 할 말은 없으시오?"

너무나도 상대가 느글느글하게 나오자, 혈교 교주는 치솟는 분노에 차마 말을 잇지 못했다.

"……."

장인걸은 손에 들고 있는 묵혼검을 손에서 놓으며 말했다.

"역시 이 검은 묵향에게나 어울릴까 본좌의 손에는 맞지 않는구려. 그렇지 않았다면 그대가 이토록 오랫동안 고통에 몸부림칠 필요는 없었을 텐데 말이오. 뭐, 덕분에 그대의 유언을 들었으니 이 또한 좋은 일이 아니겠소? 이제 곧 편안하게 해 주겠소. 잠시만 기다리시구려, 흐흐흐"

장인걸은 신음하고 있는 혈교 교주의 곁에 선 채 공력을 있는 대로 오른손에 끌어 모았다.

"대단한 술법이기는 했지만, 다시는 보고 싶지 않은 술법이었소. 잘 가시구려."

그리고 장인걸의 손은 아래로 내려갔다.

퍽!

혈교 교주의 어이없는 죽음이었다.

대 송제국의 숨 막히는 격변기. 그때를 즈음하여 진천왕의 세력은 확실하게 꺾이기 시작했다. 왜냐하면 그를 뒤에서 지원하던 혈교가 3백여 명의 상층부 고수들과 교주를 잃은 후 복수의 이빨을 갈며 지하로 잠적해 버렸기 때문이다.

『〈묵향5 : 외전-다크 레이디〉에서 계속』

묵향 교주 취임 직후
마교 세력 편제

✣ 묵향 교주 취임 직후 마교 세력 편제 ✣

- 묵향 교주
  - 독립 호위대 : 사군자
  - 군사 : 설무지
  - 호법원 : 호계악
  - 살막 : 7. 홍진
  - 흑풍대 : 8. 관지
  - 장로원 : 1. 여지고 수석장로, 2. 북궁뇌 차석장로
    - 내총관 : 9. 동방뇌무
      - 혈랑대 : 3. 철영
      - 수라마참대 : 4. 옥관패
      - 천랑대 : 5. 한중평
      - 염왕대 : 6. 천진악
      - 자성만마대 : 11. 장영길
    - 외총관 : 10. 소무면
      - 총타 외곽 경비대
      - 중원 각지에 있는 분타들
      - 혈화궁 : 나유란
      - 만악궁 : 진천악

* 마교의 전통적인 체제는 9명의 장로다. 장로들의 이름 앞에 붙어 있는 숫자는 그들의 서열을 나타내는 것이다.

* 장인걸이 천마혈검대와 함께 탈출했기에, 천마혈검대와 동등한 전력을 지닌 단체의 필요성이 제기되어 혈랑대 창설. 그때문에 다른 단체들의 전력이 감소된다. 거기에 가장 큰 피해를 본 단체가 호법원. 호법원의 1류들은 거의 모두 다 혈랑대로 차출되었다고 봐도 무방하다.

* 묵향은 직접 일을 처리하는 것을 좋아하지 않았기에, 뛰어난 인물에게로 권력을 대폭적으로 이양해 주는 것을 즐겼다. 그 때문에 장인걸 체제에서 사라졌던 장로원이 부활한다. 수석장로와 차석장로 밑에 내총관과 외총관까지 모두 다 장로로 채워 넣어진다. 장로원은 비약적인 성장을 한 셈이고, 수석장로 여지고는 사실상 교내의 제2인자가 되었다. 그만큼 묵향이 수석장로의 능력을 높이 샀다는 말일 것이다.

* 표의 숫자는 장로 서열. 묵향 집권 초기, 일시적으로 장로가 11명씩이나 된다. 이때 재미있는 것은 내총관이 그 하부의 무력 세력들을 장악할 수 있는 서열을 지니고 있어야 함에도 불구하고 그렇지 못하다는 것이다. 이것은 그들이 마지막에 흡수된 인물들이기에 아직 묵향의 신뢰가 다른 장로들에 비해 떨어짐을 보여 주는 증거다.

* 새로이 편입한 단체인 살막과 흑풍대의 경우 그 장에게 장로의 신분을 주기는 했지만, 그 단체들은 장로원에 편입되지 않고, 교주 직속으로 따로 편제되었다.

독립 세력은 ◆로, 예속된 단체는 ◇, ⊙로 표시했다. 장로 서열은 그 장로가 지니고 있는 발언권과 교주로부터의 신뢰도를 나타낸다.

• 서열 1위 묵향(墨香) 교주
⊙ 사군자(四君子) : 교주 직속 호위대, 4명의 흑풍대 출신 무사들

◆ 원로원(元老院) : 원로원의 수장은 변함없이 전대 교주이며, 마교가 하는 일에 일절 간섭하지 않는 것을 원칙으로 한다.

◆ 군사(軍師) : 서열 4위 설무지(雪無知)

◆ 호법원(護法院) : 각 요인들에 대한 호위가 주 임무로서 각 주요 인물들이 교외(敎外)로 외출 시 인력을 파견하여 호위함.
• 서열 3위 사혈천신(蛇血天神) 호계악(胡戒惡) 대호법
-서열 16위 묵인겁마(墨刃劫魔) 초진걸(楚眞杰) 좌호법 : 절정고수 1백 명을 거느림
-서열 17위 은편패왕(銀片覇王) 여문기(呂文起) 우호법 : 절정고수 1백 명을 거느림

◆ **살막(殺幕)** : 장로원 소속이 아닌 교주 직속 정보 단체. 구 살막 인원에 과거 삼비대에 소속되어 있던 마교 정보 단체의 잔여 세력 흡수. 현재 2천여 명으로 세력 개편.
• 서열 12위 홍진(洪搢) 장로(장로 서열 7위) : 홍진에게는 장로원에게 참여할 자격과 발언권이 주어짐.

◆ **흑풍대(黑風隊)** : 교주 직속의 독립 무력 단체. 과거 찬황흑풍단의 잔여 세력. 군부 출신의 기마병들이기에 평원에서의 집단 전투에 능하다.
• 서열 13위 관지(關知) 장로(장로 서열 8위) : 관지에게는 장로원에 참여할 자격과 발언권이 주어짐.

◆ **장로원(長老院)** : 통상 9명의 장로들로 구성되지만, 이때는 과도기로 11명에게 장로직이 주어진다. 장로들의 서열이 좀 앞뒤가 안 맞는 것은 장인걸 척결에 도움을 준 자들에게 높은 서열을 줬기 때문이다. 그리고 장인걸 편에 섰다가 나중에 포섭된 자들은 능력은 뛰어나지만 서열이 낮다.
• 서열 2위 천도왕(天刀王) 여지고(黎志高) 수석장로(장로 서열 1위) : 전체 장로원의 통제, 장로원의 수장. 마교 내외의 모든 일을 통괄 관리
• 서열 5위 수라혈신(修羅血神) 북궁뇌(北宮雷) 차석장로(장로 서열 2위) : 여지고 장로의 보좌로서 여장로가 내부의 일에 비중을 둔다면 외부의 일에 비중을 두고 처리

◇ 내총관 : 마교 내부의 5대 무력 단체들을 총괄 지휘

• 서열 6위 인도(人屠) 동방뇌무(東方雷武) 장로(장로 서열 9위) : 동방뇌무 장로는 실력과 인품에 의해 목숨을 구원받았다. 그리고 내총관직이 주어졌지만, 이 경우 그에게 준 명예직 같은 거다. 그의 장로 서열은 겨우 9위. 휘하의 장로들보다 서열이 낮기에 아무리 그가 내총관이라도 휘하 장로들을 통제한다는 것은 불가능하다.

◉ 혈랑대(血狼隊) : 2백 명의 초절정고수(천마혈검대와 동등한 전투력). 천마혈검대와 상대할 수 있도록 편제된 단체로, 여러 단체들로부터 뛰어난 고수들을 흡수. 특히 호법원의 고수들이 가장 많이 차출되었다.

• 서열 7위 천리독행(千里獨行) 철영(鐵營) 장로(장로 서열 3위)

◉ 수라마참대(修羅魔斬隊) : 4백 명의 절정고수

• 서열 8위 고루혈마(枯僂血魔) 옥관패(玉冠覇) 장로(장로 서열 4위)

◉ 천랑대(千狼隊) : 8백 명의 절정고수

• 서열 9위 염왕적자(閻王笛子) 한중평(寒重平) 장로(장로 서열 5위)

◉ 염왕대(閻王隊) : 1천5백 명의 고수

• 서열 11위 지옥혈귀(地獄血鬼) 천진악(天進惡) 장로(장로 서열 6위)

◉ 자성만마대(紫星萬魔隊) : 3천 명의 고수

• 서열 14위 무영신마(無影身魔) 장영길(張影吉) 장로(장로 서열 11위)

◇ **외총관** : 대외의 모든 업무를 총괄해서 수행하는 직책이다.
- 서열 10위 삼면인마(三面人魔) 소무면(簫無面)(장로 서열 10위)
- 서열 19위 음희(淫嬉) 설약벽(薛若碧) 좌외총관
- 서열 20위 흑수천마(黑手千魔) 여진(呂震) 우외총관

◉ 총타 외곽 경비대

◉ 중원 각지에 위치한 분타들

◉ **혈화궁(血花宮)** : 여인들로만 구성되며 화류계에 진출하여 돈벌이 말고도 외부 고수들의 포섭이나 정보 입수, 요인 암살 등을 행한다. 그리고 마교 내의 각 고수들에게 섹스와 향락을 제공함으로써 하층부 고수들의 불만을 해소시켜 주는 데 큰 힘이 된다. 마교 전체 수입의 45퍼센트를 차지한다.
- 서열 16위 사망혈매(死亡血梅) 나유란(羅幽蘭)

◉ **만악궁(萬惡宮)** : 표국, 전당포, 각종 상행위, 밀무역 등을 통해 교내 최대의 자금줄로서 마교 전체 수입의 50퍼센트를 차지한다. 그 외에 마교가 가지고 있는 전답 등을 소작하여 거두어들이는 일도 만악궁에서 책임지며 거기서 나오는 수입은 전체 수입의 5퍼센트 정도다.
- 만묘서생(萬妙書生) 진천악(陳天岳)